E-Z DICKENS SUPERHJÄLTE BÖCKER ETT OCH TVÅ

TATTOO-ÄNGEL: DE TRE

Cathy McGough

Stratford Living Publishing

Dedikerad till

För Dorothy som trodde.

Innehållsförteckning

BOK ETT:

TATTOO-ÄNGEL

PROLOG

Den första varelsen flög upp på E-Z:s bröstkorg och landade med hakan framåtskjuten och händerna på höfterna. Han vände sig en gång, medurs. Han snurrade snabbare och från fladdrandet av hans vingar hördes en sång. Sången var ett lågt stönande. En sorgsen sång från det förflutna som hyllar ett liv som inte längre fanns. Varelsen lutade sig tillbaka med huvudet vilande mot E-Z:s bröst. Snurrandet upphörde men sången fortsatte att spelas.

Den andra varelsen anslöt sig och gjorde samma ritual, men snurrade motsols. De skapade en ny sång, minus pip-pip och zoom-zoom. För när de sjöng behövdes inga onomatopoetiska uttryck. I vardagliga samtal med människor var det däremot nödvändigt. Den här sången överlagrade den andra och blev en glädjefylld, högfrekvent fest. Ett ode för saker som komma skall, för ett liv som ännu inte levts. En sång för framtiden.

Ett stänk av diamantstoft sprutade ur deras gyllene ögonhålor när de vände sig i perfekt synkronicitet. Diamantdammet sprutade från deras ögon på E-Z:s sovande kropp. Utbytet fortsatte tills det täckte honom med diamantstoft från topp till tå.

Tonåringen fortsatte att sova djupt. Tills diamantdammet genomborrade hans kött - då öppnade han munnen för att skrika men inget ljud hördes.

"Han vaknar, beep-beep."

"Lyft upp honom, zoom-zoom."

Tillsammans lyfte de upp honom när han öppnade sina glasartade ögon.

"Sov mer, beep-beep."

"Känn ingen smärta, zoom-zoom."

De två varelserna vaggade hans kropp och accepterade hans smärta i sig själva.

"Res dig upp, beep-beep", kommenderade han.

Och rullstolen reste sig upp. Den placerade sig under E-Z:s kropp och väntade. När en bloddroppe kom, fångade stolen upp den. Absorberade den. Konsumerade det - som om det vore en levande varelse.

I takt med att stolens kraft ökade, blev den också starkare. Snart kunde stolen hålla sin mästare i luften. Detta gjorde det möjligt för de två varelserna att slutföra sin uppgift. Deras uppgift att förena stolen och människan. Att för all evighet binda dem med kraften från diamantstoft, blod och smärta.

När tonåringens kropp skakade läkte såren på hans hud. Uppgiften var slutförd. Diamantdammet var en del av hans väsen. Därmed upphörde musiken.

"Det är gjort. Nu är han skottsäker. Och han har superstyrka, beep-beep."

"Ja, och det är bra, zoom-zoom."

Rullstolen återvände till golvet och tonåringen till sin säng.

"Han kommer inte att ha något minne av det, men hans riktiga vingar kommer att börja fungera mycket snart pip-pip."

"Hur är det med de andra biverkningarna? När kommer de att börja, och kommer de att märkas zoom-zoom?"

"Det vet jag inte. Han kan få fysiska förändringar...det är en risk värd att ta för att minska smärtan, beep-beep."

"Överenskommet zoom-zoom."

ORSAK

Alla familjer har meningsskiljaktigheter. Vissa bråkar om varenda liten sak. Familjen Dickens var överens om det mesta. Musik var inte en av dem.

"Kom igen pappa", sa tolvåriga E-Z. "Jag har tråkigt och de spelar en hel Musse-helg på satelliten just nu."

"Har du inte med dig dina hörlurar?" frågade hans mamma Laurel.

"De ligger i min ryggsäck i bagageutrymmet." Han suckade.

"Vi kan ju alltid stanna och hämta dem..."

Martin, pojkens pappa som körde, kontrollerade tiden. "Jag skulle vilja komma till stugan i bergen innan det blir mörkt. Muse är helt okej med mig. Dessutom är vi snart framme."

Laurel vred på rattarna till satellitsystemet i deras splitternya röda cabriolet. Hon tvekade ett ögonblick på Classic Rock. Speakern sa: "Nästa låt är Kiss-hymnen I Wanna Rock N Roll All Night. Rör inte den där ratten."

"Vänta, det är en bra låt!" ropade pojken.

"Vadå, inga fler Muse?" Laurel frågade och höll handen på ratten.

"Efter Kiss, okej?"

"Då blir det Kiss", sa Martin medan han satte på vindrutetorkarna. Det regnade inte än, men åskan dundrade. Kvistar och annat skräp piskade in och ut ur deras fordon när de tog sig uppför berget.

Laurel nös och satte ett bokmärke på sin sida. Hon korsade armarna och skakade. "Den där vinden ylar verkligen. Har du något emot att vi tar upp taket?"

"Jag röstar ja", sa E-Z och tog bort kvistar från sitt blonda hår.

THWACK.

Det fanns ingen tid att skrika - när musiken dog.

Pojkens öron ringde fortfarande av ljudet i kombination med explosionen av fyra krockkuddar. Blod droppade nerför hans panna när han rörde vid det som låg på hans ben: ett träd. Blod samlades i och runt inkräktaren av trä. Han drog fingret längs trädstammen. Det kändes som hud; han var trädet, och trädet var han.

"Mamma? Pappa?" snyftade han med tryckande bröstkorg. "Mamma? Pappa? Snälla svara!"

Han behövde ringa efter hjälp. Var var hans telefon? Kraschen hade kastat bort den. Han kunde se den, men den var för långt bort för att nå. Eller var den det? Han var catcher och vissa sa att hans kastarm var som gummi. Han koncentrerade sig och sträckte och sträckte tills han fick den.

Signalen var stark när hans blodiga fingrar tryckte på 9-1-1 och sedan kopplades bort. För att de skulle hitta honom behövde han använda den nya förbättrade tjänsten. Han skrev E9-1-1. Detta gav myndigheterna tillstånd att få tillgång till hans position, telefonnummer och adress.

"Räddningstjänsten. Vad är ditt nödläge?"

"Hjälp! Vi behöver hjälp! Snälla. Mina föräldrar!"

"Berätta först, hur gammal är du? Vad heter du?"

"Jag är tolv år. De kallar mig E-Z."

"Vänligen verifiera din adress och ditt telefonnummer."

Det gjorde han.

"Hej E-Z. Berätta om dina föräldrar. Kan du se dem? Är de vid medvetande?"

"Jag, jag kan inte se dem. Ett träd föll på bilen, på dem och mina ben. Jag behöver hjälp. Snälla."

"Vi får din position nu."

E-Z stängde sina ögon.

"E-Z?" Högre, "E-Z!"

Pojken vaknade till. "Jag, förlåt, jag."

"Vi skickar en helikopter. Försök att hålla dig vaken. Hjälpen är på väg."

"Tack", hans ögon föll ihop, han tvingade upp dem. "Jag måste hålla mig vaken. Hon sa att jag skulle hålla mig vaken." Allt han ville var att sova, sova för att få slut på all smärta.

Ovanför honom flimrade två lampor, en grön och en gul, framför hans ögon. För en sekund trodde han att han såg små vingar fladdra när de två föremålen svävade.

"Han är illa däran", sa den gröna och flyttade sig för att ta en närmare titt.

"Låt oss hjälpa honom", sa den gula och svävade högre upp.

E-Z höjde handen för att slå mot de flimrande ljusen. Ett högt ljud skadade hans öron.

"Går du med på att hjälpa oss?" sjöng ljusen.

"Ja, det gör jag. Hjälp mig."

Sedan blev allt svart.

EFFEKT

Sam, E-Z:s farbror, låg på sjukhus när han vaknade. Pojken ställde inte frågan - var hans föräldrar var - eftersom han inte ville höra svaret. Om han inte visste kunde han låtsas att de mådde bra. Att de skulle gå in i hans rum och kasta sina armar runt honom när som helst. Men i bakhuvudet visste han, ja han trodde faktiskt att de var döda. Han föreställde sig hur han skulle kasta tillbaka täcket och springa till dem och hur de skulle samlas i en gruppkram och gråta över hur lyckligt lottade de var. Men vänta lite, varför kunde han inte vicka på tårna? Han försökte igen, koncentrerade sig hårt men ingenting hände.

Sam som tittade på sa: "Det finns inget okomplicerat sätt att berätta det här för dig", samtidigt som han kämpade mot en snyftning.

"Mina ben", sa E-Z, "jag, jag kan inte känna dem."

Farbror Sam kramade sin brorsons hand. "Dina ben..."

"Åh, nej. Berätta inte för mig. Berätta bara inte."

Han slet loss sin hand från sin farbror. Han täckte för ansiktet och skapade en barriär mellan sig själv och världen medan tårarna rullade nerför kinderna.

Farbror Sam tvekade. Hans brorson var redan tårögd, redan sörjande och ändå var han tvungen att berätta för honom om sina föräldrar. Det fanns inget enkelt sätt att säga det på, så han sa det rakt ut: "Dina föräldrar. Min bror och din mamma... de klarade sig inte."

Att veta och höra orden var två olika saker. Det ena gjorde det till ett faktum. E-Z kastade huvudet bakåt och ylade som ett skadat djur, skakade och ville springa iväg, vart som helst. Bara bort.

"E-Z, jag är här för dig."

"Nej! Det är inte sant. Du ljuger för mig. Varför ljuger du för mig?" Han kastade sig runt, knöt nävarna och dunkade dem i madrassen medan han rasade och rasade utan tecken på att sluta.

Sam tryckte på knappen nära sängen. Han försökte lugna honom, men E-Z var utom kontroll, kastade sig och svor. Två sjuksköterskor anlände; en satte in nålen medan den andra med Sam försökte hålla honom stilla och han viskade mjukt att allt skulle bli bra.

Sam såg på när hans brorson i drömlandet - eller var han nu befann sig - tvingade fram ett leende. Han vårdade det leendet och tänkte att det skulle dröja ett tag innan han såg det igen i sin brorsons ansikte. Det skulle bli en lång och svår väg framåt. Hans brorson skulle behöva möta den dag då hans liv föll samman. När han hade gjort det kunde han kämpa och tillsammans kunde de bygga upp ett helt nytt liv åt honom. Nytt - annorlunda - inte detsamma. Ingenting skulle någonsin bli sig likt igen.

Allt för att de befann sig på fel plats vid fel tidpunkt. Naturens offer: ett träd. Ett träd som blivit naturens vapen på grund av mänsklig försummelse. Trästrukturen hade varit död och rötterna ovanför marken hade kämpat om uppmärksamheten i åratal. Och när de berättade för honom att det hade märkts med ett X för att fällas på våren - ville han skrika.

Istället ringde han den bästa advokat han kände. Han ville att någon skulle betala - betala räkningen för två liv som gått till spillo alldeles för tidigt, och för hans brorsons krossade ben och liv.

Men vad var poängen? Ingenting kunde förändra det förflutna - men i framtiden skulle han hjälpa sin brorson att hitta sin väg. I det ögonblicket formulerade Sam en plan.

Sam liknade en vuxen version av Harry Potter (minus ärret.) Som E-Z:s enda levande släkting skulle han ta hand om sin brorson. En roll som han hade försummat tidigare. Han skulle försöka vara som sin äldre bror Martin - inte ersätta honom.

Han skakade av sig ursäkterna som bubblade upp inombords. De försökte få honom att använda jobbet för att befria honom från ansvar. Han skulle gå sin väg, sudda ut alla förpliktelser. Då kunde han sluta anklaga sig själv. Hata sig själv för all förlorad tid.

Medan brorsonen sov vidare ringde han VD:n för sitt mjukvaruföretag. Som en skicklig senior programmerare i toppen av sin bransch - hoppades han att de skulle komma fram till en kompromiss. Han berättade vad han ville göra.

"Visst, Sam. Du kan arbeta på distans. Ingenting kommer att förändras. Du gör vad du måste göra. Vi är med dig. Familjen först - alltid."

När han kopplade från återvände han till sin brorsons säng. För tillfället skulle han flytta in i familjens hem, så att E-Z kunde bo kvar nära sina vänner och sin skola.

Tillsammans skulle de lägga bitarna på plats igen och bygga upp hans liv på nytt. Om han nu inte blev helt galen. Som ungkarl hade han trots allt liten eller ingen erfarenhet av barn - än mindre tonåringar.

***

Efter att ha lämnat sjukhuset - tvingade av ödet - hade de inget annat val än att skapa ett band som gick bortom blod.

E-Z gjorde motstånd och trodde att han kunde göra allt själv. Till slut hade han inget annat val än att acceptera den hjälp som erbjöds.

Sam ställde upp - fanns där för honom - nästan som om han visste vad hans brorson behövde innan han frågade.

Och han fanns där för E-Z på den näst värsta dagen i hans liv - när han fick veta att han aldrig skulle kunna gå igen.

"Kom in", sa Dr. Hammersmith, en av de främsta ortopediska neurologkirurgerna.

I sin rullstol kom E-Z in, följd av Sam.

Hammersmith var känd för att fixa det som inte gick att fixa och han skulle fixa honom. Vid tidigare konsultationer hade han lovat ynglingen att han skulle få spela baseboll igen.

"Jag är ledsen", sa Hammersmith. Efter några sekunders obekväm tystnad fyllde han den genom att blanda några papper.

"Vad är det egentligen du är ledsen för?" frågade E-Z och försökte med all kraft att flytta sig framåt i sätet. Han klarade inte av uppgiften utan stannade kvar där han var.

"Det han frågade", sa Sam och flyttade sig utan ansträngning framåt i sätet.

Hammersmith rensade sin hals. "Vi hoppades att förlamningen skulle vara tillfällig eftersom allt fungerade normalt. Det var därför jag skickade dig på fler tester och föreslog lite sjukgymnastik. Det råder ingen tvekan nu, jag är ledsen att behöva säga det till dig E-Z, men du kommer aldrig att kunna gå igen."

"Hur kan du göra så här mot honom?" frågade Sam.

Det slutgiltiga i hans ord sjönk in. "Ta mig härifrån, farbror Sam!"

"Vänta", sa Hammersmith, oförmögen att se dem i ögonen. "Jag bad om hjälp, från kollegor runt om i världen. Deras slutsats var densamma."

"Tack så mycket."

"E-Z, det är dags för dig att gå vidare. Jag vill inte ge dig fler falska förhoppningar. "

Sam ställde sig upp och satte händerna på rullstolens handtag.

"Vi skaffar en andra åsikt och en tredje och en fjärde!"

"Det kan ni göra", sa Hammersmith, "men det har vi redan gjort. Om det fanns något nytt där ute - något vi kunde utnyttja - då skulle vi göra det. Saker och ting kan förändras under din livstid E-Z. Stamcellsforskningen gör framsteg. Under tiden vill jag inte att du lever ditt liv för om och kanske."

Sedan riktat till Sam,

"Låt inte din brorson slösa bort sitt liv. Hjälp honom att återuppbygga och komma tillbaka till de levandes land. Åh, och jag hatar att ta upp det här, men vi behöver rullstolen snart - det verkar som om vi har lite brist på den. Om du inte har något emot att göra andra arrangemang."

"Visst", sa Sam och de lämnade Hammersmiths kontor utan att prata. Han satte rullstolen i bagageutrymmet, spände fast säkerhetsbältena och startade bilen.

"Det kommer att bli bra."

E-Z, som hade tårar rullande nerför kinderna, torkade bort dem. "Jag är ledsen."

"Du behöver aldrig be mig om ursäkt för att du visar dina känslor."

Sam slog nävarna i ratten och körde sedan ut från parkeringsplatsen med skrikande däck.

De körde vidare utan att prata under några ögonblick, sedan sträckte han sig fram och satte på radion. Det bröt tystnaden mellan de två och gav E-Z möjlighet att gråta ut utan att känna sig självmedveten.

När de svängde in på uppfarten hemma var de lugna och hungriga. Planen var att titta på några program och beställa pizza.

Några dagar senare kom en helt ny rullstol.

✳✳✳

Två lampor: en gul och en grön blinkade nära E-Z:s nya rullstol."Den här duger inte, beep-beep."

"Jag håller med, den duger inte alls. Han behöver något lättare, starkare, brandsäkert, skottsäkert och absorberande, zoom-zoom."

"Du-vet-vem sa att vi inte skulle slösa någon tid - så låt oss göra det, innan människan vaknar, pip-pip."

Lamporna dansade runt rullstolen. Den ena bytte ut metallen och den andra däcken. När de var klara med processen såg stolen likadan ut som den gjort tidigare, men det var den inte.

E-Z viskade i sömnen.

"Nu sticker vi härifrån! Beep beep!"

"Precis bakom dig! Zoom zoom!"

Och så gjorde de medan ynglingen sov vidare.

✳✳✳

Ett år senare tyckte E-Z att Uncle Sam alltid hade funnits där. Inte för att han hade ersatt hans föräldrar. Nej, det skulle han aldrig kunna göra, han skulle faktiskt inte försöka - men de kom överens. De var kompisar. De var mer än så, de var familj. Den enda familj som trettonåringen hade kvar i världen.

"Jag vill tacka dig", sa han och försökte att inte bli tårögd.

"Du behöver inte tacka mig, grabben."

"Men det gör jag, farbror Sam, utan dig hade jag kastat in handduken."

"Du är gjord av starkare material än så."

"Det är jag inte. Sedan olyckan blir jag rädd, jag menar riktigt rädd. Jag har haft mardrömmar."

"Vi blir alla rädda, det hjälper om man pratar om det. Jag menar om du vill prata med mig om det."

"Det händer ibland på natten - när du sover. Jag vill inte väcka dig."

"Jag är granne och väggarna är inte så tjocka. Ropa bara på mig så kommer jag. Jag har inget emot det."

"Tack, jag hoppas att jag inte behöver, men det är bra att veta."

De återgick till att titta på TV och diskuterade aldrig saken igen.

Tills en natt, när E-Z vaknade skrikande och Sam som utlovat var där.

Han tände lampan. "Jag är här. Är du okej?"

E-Z klamrade sig fast vid sängkanten, som någon som var på väg att gå över en klippa. Han hjälpte honom tillbaka till madrassen.

"Mår du bättre nu?"

"Ja, tack."

"Känner du för att prata om det? Jag kan göra lite choklad."

"Med marshmallows?"

"Det säger sig självt. Jag är strax tillbaka."

"Okej." E-Z blundade en sekund och de höga ljuden återkom. Han höll för öronen och tittade på de gula och gröna ljusen som dansade framför hans ögon. Han tog bort händerna och hörde sin farbrors bara fötter när de slog längs korridoren.

"Varsågod", sa Sam och satte en mugg varm choklad i systersonens hand. Han parkerade sig i rullstolen där han sippade och suckade.

Med vänster hand slog E-Z i luften så att han nästan spillde ut sin dryck.

"Vad håller du på med?"

"Kan du inte höra det? Det där öronbedövande ljudet?"

Sam lyssnade intensivt, ingenting. Han skakade på huvudet. "Om du hör något konstigt, varför försöker du då slå bort det?"

E-Z fokuserade på sin varma dryck och svalde sedan en mini-marshmallow. "Jag antar att du inte kan se ljusen då?"

"Ljusen? Vilken typ av ljus?"

"Två lampor: en grön och en gul. Ungefär lika stora som din fingertopp. Här till och från - sedan olyckan. De sticker mig i öronen och blinkar framför ögonen på mig. Det irriterar mig."

Sam gick fram till sänggaveln och tittade från sin brorsons perspektiv. Han förväntade sig inte att se något - och det gjorde han naturligtvis inte heller - utan ville bara få bekräftelse. "Nej, men berätta mer så att jag bättre kan förstå hur det började."

"Vid olyckan såg jag två lampor, en gul och en grön, och skratta inte, men jag tror att de talade till mig. Det är därför jag har haft mardrömmar."

"Vilken typ av ljus? Du menar, som juleljus?"

"Nej, inte som juleljus. Det är ingenting. De är borta nu. Förmodligen posttraumatiskt stressyndrom, eller en flashback."

"PTSD eller en flashback är två vitt skilda saker. Jag undrar om du kanske borde prata med någon. Jag menar någon, förutom mig."

"Menar du som mina vänner?"

"Nej, jag menar en professionell."

POP.

POP.

De var tillbaka igen. Blinkade framför hans näsa och gjorde honom skelögd. Han höll tillbaka. Försökte att inte vifta bort dem. När Sam tog sin kopp med ena handen och kände på sin panna med den andra, slog han i luften. "Håll dig borta från mig!"

Sam såg på när hans brorson frös till is, som en isskulptur på vinterfestivalen. Sam knäppte med fingrarna framför ögonen, men det kom ingen reaktion. E-Z suckade och lutade sig tillbaka, tog ett djupt andetag och inom några sekunder snarkade han som en soldat. Sam drog upp täcket. Han kysste sin brorson på pannan och gick sedan tillbaka till sitt rum. Så småningom somnade han.

Nästa dag föreslog Sam att E-Z skulle skriva ner sina känslor, kanske i en dagbok. Under tiden skulle han fråga om han kunde boka tid hos en psykolog.

"Menar du en psykiater?"

"Eller en psykolog. Och under tiden, skriv ner det. När du ser dem, hur de ser ut - registrera iakttagelserna."

"En dagbok, jag menar, vem ser jag ut som, Oprah Winfrey?"

"Nej," sa Sam. "Kiddo, du har mardrömmar, hör höga ljud och ser ljus. Det kan vara ett tecken på, som du sa, PTSD eller något medicinskt. Jag måste undersöka saken och prata med din läkare, få hans råd. Under tiden kan det hjälpa att skriva ner dina tankar och föra dagbok. Många män har skrivit dagböcker eller fört dagbok."

"Nämn någon vars namn jag skulle känna igen?"

"Låt oss se, Leonardo da Vinci, Marco Polo, Charles Darwin."

"Jag menar någon från detta århundrade."

"Du har redan nämnt Oprah."

✳✳✳

E-Z:s psykiska hälsa förbättrades efter några sessioner med en terapeut/rådgivare. Hon var trevlig och dömde inte tonåringen, som han var rädd att hon skulle göra. Istället erbjöd hon förslag och specifika strategier för att lugna och hjälpa honom. Hon, liksom hans farbror Sam, hade också föreslagit att han skulle skriva ner allt - i en journal eller dagbok.

Istället skrev han en novell till en skoluppgift inspirerad av sin mammas favoritfågel: en duva. Efter att han fått A+ på sin uppsats anmälde hans lärare hans berättelse till en skrivartävling i hela provinsen. Först blev han upprörd över att hon hade skickat in hans berättelse utan att fråga honom. Men när han vann blev han otroligt glad. Sedan dess har hans lärare anmält hans berättelse till en landsomfattande tävling.

Medan hans brorson fördjupade sig i skrivandets konst fick Sam en ny hobby: släktforskning. En kväll när de åt middag kom han på följande:

"Nu när du har skrivit en novell och haft lite framgång, kanske du skulle försöka skriva en roman."

"Jag? En roman? Aldrig i livet."

"Du har författarblod i dig", avslöjade farbror Sam. "Genom att spåra vår historia har jag upptäckt att du och jag är släkt med den ende Charles Dickens."

"Då kanske DU borde skriva en roman." Han skrattade.

"Det är inte jag som har en prisbelönt novell."

De gröna och gula lamporna flimrade ovanför hans tallrik. Han kunde åtminstone inte höra det där höga ljudet från Uncle Sam.

".... När allt kommer omkring är du och jag kusiner över tid med Charles Dickens. Se på allt du har övervunnit. Du är en fantastisk kille - vad har du att förlora?"

Han heter Ezekiel Dickens och det här är hans historia.

KAPITEL 1

Under de första tretton åren av sitt liv var han känd under flera namn. Ezekiel, hans födelsenamn. E-Z, hans smeknamn. Fångare i hans basebollag. Novellförfattare. Son till sina föräldrar. Brorson till sin farbror. Bästa vän. Nu hade de ett nytt namn för honom.

Inte för att han hade något emot "c"-ordet. Faktum är att han föredrog vissa av alternativen mindre. Som kommentarerna som vissa människor sa för att de trodde att de var politiskt korrekta. "Åh, där är killen som sitter i rullstol." De sa detta medan de pekade på honom - som om de trodde att han också var hörselskadad. Eller så sa de: "Det var tråkigt att höra att du sitter i rullstol nu." Det fick honom att rysa. Men det som fick honom att tappa fattningen var "Åh, du är killen som använder rullstol nu." Att se någon, särskilt en yngre person, i rullstol fick en del människor att känna sig obekväma. Om de kände så, varför behövde de då säga något?

Detta väckte ett minne från för länge sedan. Ett minne av hans föräldrar som tittade på filmen Bambi på TV en regnig lördagseftermiddag. Mamma gjorde sina berömda popcornbollar. De hade läsk, M&Ms, marshmallows och pappas favorit Twizzlers. Kaninen Thumper sa: "Om du inte kan säga något snällt, säg inget alls." När Bambis mamma dog var det första gången han såg sin mamma och pappa gråta över en film. Eftersom han var så chockad över deras beteende fällde han själv inte en tår.

Några av bögarna i skolan kallade honom "trädpojken - krymplingen". Några var idrottskamrater som en gång sett upp till honom när han var kung bakom plattan. Han hatade trädpojksreferensen mer än krymplingskommentaren. Han tyckte inte synd om sig själv (inte för det mesta) och han ville inte heller att någon skulle tycka synd om honom.

När det var dags för honom att återvända till skolan den där allra första dagen gjorde han det med hjälp av sina vänner. PJ (förkortning för Paul Jones) och Arden stöttade och pushade honom efter behov. De blev snart kända som Tornado-trion. Mest för att det blev kaos vart de än gick. Det var då E-Z lärde sig att förvänta sig det oväntade.

Så när hans vänner dök upp en morgon för att hämta honom till skolan några månader senare - och sedan sa att de inte skulle gå - blev han inte särskilt förvånad. När de sa att de var tvungna att sätta på honom ögonbindel - det var inte väntat.

I baksätet frågade han. "Vart är vi på väg?" Inget svar. "Kommer jag att gilla det?"

"Ja", sa hans vänner.

"Varför då kappan och dolken?"

"För att det är en överraskning", sa PJ.

"Och du kommer att uppskatta det mer när vi väl är där."

"Jag kan ju inte springa iväg." Han fnös.

Ardens mamma parkerade. "Tack mamma", sa han.

"Ring mig när du vill att jag ska hämta dig", sa hon.

De två vännerna hjälpte E-Z in i hans rullstol och sedan åkte de iväg.

"Är det bara jag, eller verkar den här stolen lättare varje gång vi tar ut den?" frågade Arden.

"Det är du!" svarade PJ.

När de tog sig fram över den ojämna marken kände E-Z doften av nyklippt gräs. När hans vänner tog av honom ögonbindeln var han vid basebollplanen. Tårarna vällde upp i hans ögon när han såg sina tidigare lagkamrater, motståndarlaget och coach Ludlow. De var i full uniform och stod uppradade längs den nykritade baslinjen.

"Välkommen tillbaka!" jublade de.

E-Z borstade bort tårarna med ärmen medan stolen flyttades närmare spelplanen. Sedan olyckan hade tagit bort hans dröm om att spela professionell baseboll hade han undvikit spelet. Med en klump i halsen var han så fylld av känslor att han inte kunde hämta andan.

"Han saknar ord", sa PJ och gav Arden en knuff med armbågen.

"Det var första gången."

"Tack, killar. Ni hade inte fel om att det här var en överraskning."

"Vänta här", instruerade hans vänner.

E-Z lämnades ensam för att njuta av utsikten över basebollplanen. Platsen som en gång hade varit hans favoritplats på jorden. Han fick tårar i ögonen igen när han såg det gröna gräset skimra i solljuset. Han torkade bort dem när hans vänner kom tillbaka med en väska med utrustning.

Arden lutade sig fram, "Överraskning kompis, du fångar idag!"

"Vad menar du med det? Jag kan inte spela i den här!" sa han och dunkade händerna mot rullstolens armar.

"Här, titta på det här medan vi utrustar dig", sa PJ, räckte över sin telefon och tryckte på play.

E-Z tittade förvånat på när spelare som han tog sig in på basebollplanen. Han tittade närmare på deras stolar som hade modifierade hjul. En spelare rullade fram till plattan, fick kontakt med bollen och zoomade runt baserna.

"Wow! Det här är fantastiskt!"

"Om de kan göra det, så kan du också!" sa Arden när han satte knäskydden på sin väns ben medan PJ säkrade bröstskyddet. På väg ut på planen gav hans vänner honom fångarmasken och handsken.

"Batter up!" ropade coach Ludlow.

Pitchern kastade den första snabba bollen rakt i zonen och han fångade den.

Den andra pitchen var en pop up. E-Z gick för den, zoomade över, lyfte upp sig själv. Han sträckte sig. Han överraskade till och med sig själv när han fångade den. De hade inte märkt det, men han hade lyft upp sig själv. Hans rumpa hade lämnat stolsitsen och han hade ingen aning om hur han hade gjort det.

"Wow", sa PJ, "det var en utmärkt fångst."

"Ja, du hade nog missat den om det inte hade varit för stolen."

E-Z log och fortsatte att spela. När matchen var över mådde han bra. Normal. Han tackade killarna för att de hade fått igång honom igen.

"Nästa gång slår du", sa PJ.

E-Z skrattade när Ardens mamma körde dem genom drive through och sedan tillbaka till skolan. Om de skyndade sig skulle de hinna i tid innan nästa lektion började. Eleverna trängdes i korridorerna när han rullade iväg till sitt skåp. Hans klasskamrater hörde det slamrande ljudet av däcken mot linoleumgolvet - och de gick åt sidan.

E-Z hade varit det första barnet som krävde rullstolsanpassning på sin skola, men han var redan en legend innan han förlorade förmågan att använda sina ben. Det hade krävts mycket av honom för att be om hjälp, men när han väl gjorde det fick han det. Han hade redan deras respekt som idrottsman, han hade vunnit en mängd troféer själv och som en del av laget. Han behövde vinna deras respekt igen som sitt nya jag.

Efter matchen återvände de till skolan och avslutade dagen. Eftersom det bara hade varit en halvdag var E-Z ganska trött när Ardens mamma och hans vänner släppte av honom efter skolan.

Efter att ha tackat dem gick han in.

"Jag är hemma, farbror Sam."

"Jag ser det, har du haft en bra dag", sa Sam.

"Ja, det var en bra dag." Han sträckte på sig och gäspade.

"Kom nu. Jag har något att visa dig. En överraskning."

"Inte en till", sa E-Z när han följde sin farbror genom hallen. Han passerade först till höger, hans föräldrars rum - avsett att bli ett gästrum en dag. Tills dess var det precis som de hade lämnat det - och så skulle det förbli tills E-Z bestämde något annat.

Då och då erbjöd farbror Sam sig att hjälpa honom att gå igenom rummet, men hans brorson sa alltid samma sak.

"Jag gör det när jag är redo."

Sam gick motvilligt med på det. Han var fast besluten att hans brorson skulle gå vidare. Det här var det första steget mot det målet. Sedan dess hade han pratat med sin rådgivare som sa att Sam borde uppmuntra E-Z att prata mer om sina föräldrar. Hon sa att om han gjorde dem till en del av sin vardag skulle det hjälpa honom att läka snabbare. De fortsatte längs korridoren, förbi badrummet och stannade vid lådan eller förvaringsrummet.

"Ta-dah!" sa farbror Sam när han knuffade in honom.

E-Z var mållös när han tog in det nyförvandlade kontoret. I mitten, framför fönstret som vette ut mot trädgården, stod ett skrivbord. På skrivbordet stod en helt ny speldator och ett ljudsystem. Han sköt in sin stol under skrivbordet - perfekt passform - och lät fingrarna glida över tangentbordet. I närheten fanns en skrivare, staplade med papper och en soptunna - allt planerat inom armlängds avstånd.

Till vänster om honom fanns en bokhylla. Han rullade sig närmare. Den första hyllan innehöll böcker om skrivande och klassiker. Han känner igen flera av sina föräldrars favoriter. Den andra innehöll troféer inklusive priset för hans skrivande. Den tredje och fjärde innehöll alla hans favoritböcker från barndomen. De två nedersta hyllorna var tomma. Hans ögon sprang längs bokhyllans topp, han var tvungen att backa stolen för att se vad som fanns där uppe.

Sam kom in i rummet bredvid honom. Han lade en hand på sin brorsons axel.

"De där, jag var inte säker på om det var för tidigt. I..."

Stycket de résistance: ett familjefoto. En tår rullade nerför hans kind när han mindes dagen för fotograferingen. Det var i en liten fotostudio i centrum. De var alla uppklädda. Pappa i sin blå kostym. Mamma i sin nya blå klänning med en röd scarf knuten runt halsen. Han i sin grå kostym - samma som han hade på sig på deras begravning.

Han kämpade tillbaka en snyftning och mindes upplägget i fotografens studio. Studion innehöll allt som hör julen till - trots att det bara var juli. Han log när han tänkte på de fula juldekorationerna och den falska eldstaden. Veckorna senare kom kortet med posten, men för hans föräldrar kom den julen aldrig. Han vände stolen mot utgången och gick ner i hallen med sin farbror i släptåg.

"Jag vet att det kommer att ta tid. Jag är ledsen om jag gick för långt för tidigt, men det har gått över ett år och vi, jag själv och din rådgivare, tyckte att det var dags."

E-Z fortsatte att gå. Han ville komma bort. Fly till sitt rum och stänga ute världen, men så kom han att tänka på något. Något avgörande. Hans farbror kunde inte ha känt till fotografiets historia. Om han hade vetat det skulle han inte ha lagt det där. Efter allt han hade gjort för honom var han skyldig honom en förklaring. Han slutade.

"Vi använde det aldrig, det var tänkt till vårt julkort, men de kom aldrig fram till jul."

"Jag är så ledsen. Jag visste inte."

"Jag vet att du inte gjorde det, men det gör det inte mindre ont."

Utmattad både fysiskt och mentalt gick han närmare sitt rum. Hans inre dialog fortsatte med positiv förstärkning. Påminde honom om att allt skulle se bättre ut på morgonen. För det gjorde det nästan alltid.

"Det var meningen att det skulle vara en plats för dig att skriva på. Kom ihåg att du är en prisbelönt författare nu och att du har författarblod."

Han var nästan inne på sitt rum - varför hade hans farbror inte låtit honom komma undan? Hans temperament flammade upp.

"Jag skrev en novell, men det betyder inte att jag kan skriva mer eller vill göra det. Du säger att jag har Charles Dickens blod i ådrorna, men vad jag vill är att bli catcher för L.A. Dodgers. Bara för att de kallar mig trädpojken - krymplingen, betyder det inte att jag måste nöja mig. Varför skulle jag behöva göra det?"

"Jag önskar att du inte använde "c"-ordet."

"Krympling, jävla krympling", sa han när han gjorde en plötslig vändning och slog armbågen i väggen. Hans inte så roliga, roliga ben gjorde ont som en galning.

"Är du okej?"

E-Z grymtade till ett svar och fortsatte sedan till sitt rum. Han planerade att smälla igen dörren bakom sig. Istället kilades han halvt in och halvt ut ur dörröppningen. Sedan låste sig hjulen på hans stol.

"FRICK!"

Sam släppte stolen utan att säga ett ord. Stängde dörren på väg ut.

E-Z tog några okrossbara föremål och kastade dem mot väggen. För att lugna sig visualiserade han sina föräldrar som berättade för honom hur stolta de var över honom. Han saknade det. Men om hans pappa var här nu skulle han skälla ut honom för att han var en sådan snorunge. Hans mamma skulle också skälla ut honom, men på ett mer vänligt och försiktigt sätt. Han torkade bort tårarna.

Kände skammen svida och hans kropp sjönk ihop av ren utmattning i rullstolen.

Farbror Sam frågade genom den stängda dörren: "Är du okej?"

"Lämna mig ifred!" svarade E-Z. Trots att han behövde hans hjälp. Utan honom kunde han inte ta på sig pyjamasen eller lägga sig i sängen. Han skulle behöva sova i stolen, i sina kläder. Innerst inne visste han alltid sanningen. Om han slutade bry sig, skulle alla andra också sluta bry sig. Då skulle han verkligen vara helt ensam.

Han rullade sin stol till fönstret och tittade ut på natthimlen. Musiken. Det hade varit det enda som verkligen förenade dem som familj. Visst hade de sina skillnader i musikgenrer, men när en bra låt kom på radion lade de den åt sidan.

En skabbig svart katt gick över gräsmattan. Hans mamma hade alltid velat att de skulle åka till New York och se Cats på Broadway. Han önskade att de hade åkt tillsammans. Skapat ett minne. Nu skulle de aldrig få göra det. Den där låten, något om minnen fick honom att sträcka sig efter sin telefon. Han valde en hårdrockshymn och skruvade upp volymen. Med knytnävarna trummade han takten på stolsarmarna medan han gormade och skrek ut texten.

Tills han rockade så hårt att han rullade ur stolen och slog i golvet. När han såg sitt rum från grunden ville han först gråta. Istället började han skratta och kunde inte sluta.

"Är du okej där inne?" frågade Sam.

"Uh, jag skulle behöva din hjälp." Han hade ont i magen av att skratta så mycket.

Sams första reaktion var oro - när han såg sin brorson ligga på golvet och hålla sig för magen. När han insåg att han höll sig för skratt sjönk han ihop på golvet bredvid honom.

Senare, när Sam skulle gå hem, sa han: "Du kommer att bli bra, grabben."

"Vi klarar oss."

Det var då de gjorde en pakt om att skaffa tatueringar

KAPITEL 2

"Tyvärr, jag kan inte spela baseboll med er idag."

"Kom igen," sa Arden. "Du var inte så dålig förra gången."

"Stick och brinn", svarade E-Z. Han ökade farten för att möta sin farbror och krockade med Mary Garner, Head Cheerleader.

"Åh, förlåt, Mary."

Det var första gången han såg henne sedan olyckan. Han tittade upp när hennes hår föll som en gardin över hans ögon: det luktade kanel och honung.

"Idiot", sa hon. "Se dig för vart du går."

Hon backade och marscherade iväg. Hennes följe följde efter.

Han log och vred på nacken för att se henne gå iväg. Hans vänner kom bredvid och gjorde samma sak. Arden visslade.

Hon tittade sig över axeln och vände fågeln åt deras håll.

"Gud, hon är fantastisk", sa PJ.

"Hon är het", sa Arden.

"Väldigt."

När de lämnade skolan frågade PJ: "Berätta för oss varför du inte vill spela idag."

"Ja, hjälp oss, förstå", sa Arden och drog på munnen och korsade ögonen. "Vi är värdelösa utan dig."

"Hör på, farbror Sam och jag slöt en pakt. Att göra något tillsammans - något stort - efter skolan idag."

Hans vänner korsade armarna och blockerade vägen för hans stol.

"Du tänker fortfarande utesluta oss - och du tänker inte ens berätta varför?" sa den rödhåriga PJ.

"Du är en riktig skitstövel."

"Det skulle vi aldrig göra mot er."

De gick iväg och ökade takten.

E-Z accelererade, men det var inte tillräckligt. "Vänta! Vi ska tatuera oss!"

Hans vänner stannade upp i sina spår.

"Jag ska tatuera mig till minne av min mamma och pappa - duvvingar, en på varje axel."

"Vi följer med dig!"

"Jag trodde att ni kanske skulle tycka att jag var blödig."

De fortsatte att gå utan att prata ett tag.

"Farbror Sam möter mig på tatueringsstället."

KAPITEL 3

När Sam såg sin brorson med sina vänner blev han förvånad.

"Jag trodde att den här pakten var mellan oss, alltså en hemlighet?"

"Killarna ville ta med mig på en match - jag var tvungen att berätta för dem."

"Okej, det låter rimligt. Men jag har inte för vana att ersätta deras föräldrar eller ge tillstånd i deras föräldrars ställe." Sedan till PJ och Arden: "Det är okej att ni två är här, men bara era föräldrar kan godkänna era tatueringar."

"Vänta!" sa PJ. "Jag har aldrig ens tänkt tanken att vi skulle få tatueringar."

"Mina kommer definitivt att säga nej", sa Arden. Hans föräldrar hade problem, vilket han utnyttjade till fullo. Han låtsades som om deras ständiga gräl inte störde honom för det mesta. Då och då, när han inte orkade mer, tog han sin tillflykt till en kompis.

"Mitt också." PJ var äldst och hade två systrar på fem och sju år. Hans föräldrar uppmuntrade honom att föregå med gott exempel och för det mesta gjorde han det. Genom att fokusera på en framtid inom idrotten höll han sig själv på rätt spår.

Tonåringarna delade en ljusglimt och gjorde high fives med varandra.

"Vadå?" frågade Sam.

"Vi ska berätta för dem varför E-Z gör det och att vi vill ha tatueringar för att stödja honom", sa PJ.

Arden nickade.

"Vänta lite nu. Så ni två kretiner vill använda mina föräldrars död som en ursäkt för att bli tatuerade?"

Sam öppnade munnen, men orden rann ur honom.

PJ och Arden var röda i ansiktet och stirrade på trottoaren.

E-Z lät dem slippa undan. "Det är okej för mig."

Sam stängde munnen när han och de två pojkarna bildade en halvcirkel runt rullstolen.

"Men lova mig en sak - inga fjärilar tillåtna."

"Vad har ni emot fjärilar?" frågade Sam.

KAPITEL 4

För att göra en lång historia kort övertalade PJ och Arden sina föräldrar att låta dem tatuera sig.

"Jag kommer strax", sa tatueraren och tittade på de fyra. Framför spegeln stod en kraftig manlig kund som höll på att lägga till ytterligare en tatuering till sin samling av många. Den nya satt mellan tummen och pekfingret. "Är du Sam?" frågade mannen som gjorde tatueringen.

Sam kände sig lite illamående i magen, eftersom han hade läst att handen var en av de mest smärtsamma platserna att tatuera sig på. "Ja, jag pratade med dig på telefon. Det här är min brorson E-Z, och hans vänner PJ och Arden."

"Vill ni alla fyra ha tatueringar idag? För jag förväntade mig bara två av er."

"Det var tråkigt att höra. Vi kan boka om, om det behövs, eller så kan jag få mina gjorda en annan dag", sa Sam förhoppningsfullt.

"Som tur är kommer min dotter och hjälper mig snart. Så välkommen till Tattoos-R-Us. Du kan vänta där borta. Ta för dig av ett glas vatten. Det finns också några broschyrer som du kanske vill titta på. Det kan hjälpa dig att bestämma var du vill ha din tatuering. Varje område på kroppen har en smärttröskel." Den kraftiga killen som skulle tatueras fnissade.

"Tack", svarade Sam medan de gick mot väntrummet. När de satt i en soffa gav hans studsande knä PJ och Arden kalla kårar. De gick tvärs över rummet och tittade på anslagstavlan. För att lugna sina nerver pratade Sam på. "Jag kollade upp dem på internet, de har varit verksamma i tjugofem år, och mannen vi pratade med är ägaren. De har utmärkt status hos Better Business Bureau. Dessutom har de massor av femstjärniga recensioner på sin webbplats."

Alla vände sig om när en slående kvinna klädd i gothliknande kläder kom in i lokalen. Hon var i trettioårsåldern och av hennes utseende att döma ägarens dotter. Hon hade tatueringar på varje exponerad kroppsdel och sporadiska piercingar överallt annars.

"Ursäkta att jag är sen", sa hon och rörde vid sin fars axel. Hon kastade en blick på väntrummet och viskade något till honom. Hon log ett stort leende och vände sig mot kunderna.

"Hej, jag heter Josie." Hon sträckte fram handen och skakade hand med var och en av dem. "Det där är Rocky. Han är ägaren och jag är hans dotter."

"Jag heter Sam, och det här är min brorson E-Z och hans två vänner, PJ och Arden." Han föll snarare än satte sig ner igen.

Josie gick och hämtade ett glas vatten åt honom.

E-Z tänkte på hur mycket piercingen på hennes tunga måste ha gjort ont, sedan sa han till sin farbror: "Du behöver inte."

"Kallar du mig en kyckling?" sa han och hela hans kropp skakade när Josie satte glaset i hans hand. När han höjde det mot läpparna spillde han lite vatten.

"Ni är tatueringsjungfrur, eller hur?" frågade Josie.

E-Z tyckte att hon hade en söt röst, som Stevie Nicks, hans pappas favoritsångare från Fleetwood Mac, som sjöng om häxan Rhiannon.

De behövde inte svara, eftersom deras tystnad sa allt.

"Du är i goda händer hos Rocky. Han är den bästa tatueraren i stan. Det kommer att göra ont killar. Ja, det kommer att göra ont. Men det är den sortens smärta som John Cougar sjunger om. Du vet - Hurts So Good."

Sam grimaserade. "Hur ont gör det egentligen?"

"Det beror på din smärttröskel - och var du väljer att få den. Det finns en broschyr där borta, som kartlägger de olika områdena i kroppen och ger en smärtbedömning."

E-Z kände hur han blev varm i ansiktet, och hans vänners hudfärg hade en liknande nyans. Han tittade åt Sams håll och lade märke till att hans hudfärg hade förändrats till en grönaktig nyans.

Josie fortsatte. "Efter din första tatuering kanske du börjar gilla den och vill ha fler."

Sam stod upp, hans kropp skakade av rädsla.

"Han kanske behöver lite frisk luft", sa E-Z och föste sin farbror mot dörren.

Väl ute gick Sam upp och ner för trottoaren med hjärtat som om det skulle hoppa ut ur bröstet på honom. "Jag önskar att jag rökte."

"Jag uppskattar verkligen att du kom ner hit med mig, men ärligt talat, du behöver inte gå igenom det. Jag vet att vi gjorde en pakt, och det här är något jag vill göra - till minne av min mamma och pappa - men du är inte skyldig mig någonting. Varför inte ta en promenad, kanske ta en kaffe och vi sms:ar dig när vi är klara, okej?"

"Jag sa att jag skulle finnas där för dig, alltid. Jag finns här för dig nu. Jag hatar nålar. Och borrar. Jag trodde att jag skulle klara det, men nu inser jag att rädslan är starkare än jag. Jag är en sån mes."

"Du har alltid funnits där för mig, farbror Sam. Du behöver inte bevisa det för mig, för någon, genom att skaffa en tatuering som du inte ens vill ha. Stick härifrån nu. Jag ringer dig när vi är klara." Han rullade tillbaka uppför rampen och hans vänner ställde sig på rad bakom honom. Han kastade en blick över axeln på Sam. Den stackars killen var stel som en staty.

"Jag klarar mig. Lyft nu."

Sam skrattade. "Men innan jag går är det bäst att du ger mig brevet jag skrev igår kväll, så att jag kan lägga till PJ:s och Ardens namn. För utan mitt tillstånd får ingen av er tatuera sig."

"Bra tänkt", sa E-Z när han lämnade över lappen. Nu undertecknad kom den tillbaka upp igen. Han stoppade den i fickan och de gick in där Josie väntade.

"Okej, det är din tur. Om du tänker pissa på dig ska jag visa dig var toaletten är nu."

"Bit mig", sa E-Z medan han rullade sin stol i position.

✳✳✳

Medan Rocky avslutade sitt arbete vid disken gav Josie E-Z en bok med tatueringar.

"Jag vet redan utan att titta. Jag vill ha en duvvinge på varje axel." Där var de igen, de gröna och gula lamporna. Han ville så gärna slå bort dem, men han ville inte att Josie skulle tro att han också var galen.

Josie bläddrade igenom boken. "Är det här vad du hade tänkt dig?"

Han nickade och tittade sedan på henne i spegeln när hon tvättade händerna och sedan tog på sig ett par svarta handskar. Hon tog ut bläckkopparna ur den sterila förpackningen och ställde dem på bordet.

"Har du ett intyg från din förälder eller förmyndare? Jag antar att du inte är arton år?"

E-Z log och gav henne lappen.

"Allt ser bra ut. Nu till viktigare saker. Har du en hårig rygg?" Hon log. "Om du har det måste vi rengöra och raka den först. Jag menar hela ryggen."

"Definitivt inte."

Ljudet av hans vänner som fnissade från väntrummet fick honom också att le. Under tiden försvann Josie in i det bakre rummet och det hördes musik. För en sekund, Another Brick in the Wall, sedan ingen musik.

"Varför gjorde du så?" frågade han.

"Jag avskyr allt av Pink Floyd." Hon fortsatte att ställa i ordning saker.

"Det kan du inte säga om du aldrig har lyssnat på Dark Side of the Moon."

"Jag lyssnade, det var skit", sa hon medan hon drog hans skjorta över huvudet. "Åh!"

POP.

POP.

Och de två lamporna försvann.

Rocky gick fram och ställde sig bredvid henne. "Vad i hela friden?"

"Ja, vad tusan", sa Josie.

Vilket fick PJ och Arden att komma.

"Jag fattar inte, E-Z. Varför skulle du ljuga?"

"Självklart skulle han inte ljuga - E-Z ljuger aldrig", sa Arden.

"VAD!?" frågade E-Z och försökte manövrera sin stol så att han kunde se vad de såg. "Ljuga? Om vad då? Berätta, vad det än är. Jag kan ta det."

Josie frågade, "Varför ljög du om att du var en tatueringsoskuld?"

✳✳✳

"Det gjorde jag inte!" E-Z stammade och hade ingen aning om vad hon menade.

"Vänta lite", sa Arden. "Kom igen, om du ljög måste du ha en bra anledning."

"Jiggen är uppe!" sa PJ. "Men han kan inte ha fått dem utan en vuxens tillstånd."

Rocky tog en handspegel och placerade den så att E-Z kunde se vad de såg. Två tatueringar, en på hans högra axel och den andra på hans vänstra. Vingar.

"Vad i?"

"Han sa till mig att han ville ha vingar", sa Josie. "Jag trodde att du var en snäll kille."

"Det är jag! Ärligt talat har jag ingen aning om hur de hamnade där, och det här är inte den typ av vingar jag ville ha. Jag ville ha duvvingar. De här ser mer ut som änglavingar."

"Kom igen, kompis", sa Rocky. "De här gjordes av ett proffs. För ett tag sedan. Och de är helt exceptionella änglavingar förresten. Mina komplimanger till den som gjorde dem. Säg till dem att om de någonsin letar efter ett jobb, så kan de komma och träffa mig."

"Jag lovar, jag har inte tatuerat mig. Det här är första gången jag har varit på ett tatueringsställe. Fråga min farbror. Han kommer att backa upp mig. Han vet."

"Inget av det här verkar vettigt", sa Arden.

Rocky skakade på huvudet. "Erkänn det åtminstone, grabben."

"Vill ni två ha tatueringar?" Josie frågade med händerna på höfterna.

"Nej", svarade de.

"Män är sådana lögnare", sa Josie när de stängde dörren bakom sig.

"Strunt samma, älskling, det är dags för middag i alla fall", och sedan satte han CLOSED-skylten på dörren.

✳✳✳

Sam kom tillbaka och såg de tre pojkarna vänta utanför studion. Deras kroppsspråk var märkligt. Den rödhårige PJ hade armarna i kors, medan den olivskinnige Arden hade händerna på höfterna. Samtidigt var hans brorson nära tårar.

"Tack gode Gud, farbror Sam, tack gode Gud att du är tillbaka."

Han rusade närmare. "Åh nej, var det fruktansvärt smärtsamt? Det kommer att lätta om några dagar. Det kommer att bli bra. Låt mig ta en titt." Han visslade när hans brorson lutade sig framåt så att han kunde lyfta upp hans skjorta. "Fan vad det måste ha gjort ont."

"Det gjorde de nog", sa PJ.

"När han fick dem första gången."

"Första gången? Vadå?"

"Han hade dem redan när hon tog av honom skjortan."

"Vad vi inte kan lista ut är, hur?"

"Vad menar du med det? Jag kan försäkra dig om att han inte hade dem igår."

"Jag sa ju att Uncle Sam skulle backa upp mig." Om de inte trodde på honom skulle de tro på hans farbror, men varför skulle de tro att han skulle ljuga om det? De visste att han inte ljög.

"Enligt Rocky har han haft de här sakerna ett tag."

"Ser du hur de har läkt?" sa PJ. "Rocky och Josie var irriterade, och de har all rätt att vara det eftersom E-Z verkade lika förvånad som vi var över att se dem."

"Och ni två," frågade Sam, "hur gick det med era tatueringar?"

"Vi bestämde oss för att inte gå vidare", sa PJ.

"Det kändes inte rätt."

Sam sa: "Berätta vad som hände. Förklara dig själv, för jag kan inte få ihop det."

"Det kan jag inte. Farbror Sam, du vet att de inte var där igår. Jag har ingen förklaring. Allt jag vill är att åka hem." Han började röra på sig, han skakade hjulen på sin stol, snabbare, snabbare och ännu snabbare. Han ville komma bort, var som helst. Om de inte trodde på honom, så åt helvete med dem.

När han närmade sig slutet av gatan slog lamporna om från grönt till rött. En liten flicka på egen hand var redan på väg att korsa gatan. Hon klev ut från trottoarkanten när en husbil rundade hörnet. Hans rullstol lyfte från marken och sköt mot henne. Han sträckte ut handen och tog tag i henne. Precis i tid för att rädda henne från att hamna under fordonets hjul.

Nu var hon utom fara, rullstolen landade på marken igen och han bar henne i säkerhet. Framför honom stod en vit svan som var större än normalt. Den gav honom en tumme upp med sin vinge och flög sedan iväg.

"Svan", sa den lilla flickan medan han såg sig omkring efter sina föräldrar.

E-Z passade på att smälta in i folkmassan och försvinna runt hörnet, sedan klimpade han ekrarna på sina hjul hårdare än han någonsin gjort förut och snart var han några kvarter bort.

"Såg du det där?" utbrast Arden och stannade till vid hörnet. "Aj", sa han när kvinnan bakom honom stötte till honom. "Aj" hörde han bakom sig, andra fotgängare bakom honom kolliderade.

PJ stod på sig när killen bakom körde in i honom. Till Arden sa han: "Ja, jag såg det...men jag är inte säker på vad jag såg. Tatueringsvingarna var en sak, det här var...vad? Ett mirakel?"

"Det var en optisk illusion", sa Sam när hans telefon vibrerade. Det var ett meddelande från E-Z som bad honom att komma och hämta honom så fort som möjligt nära järnhandelns parkeringsplats. "E-Z behöver mig, kommer ni två att kunna ta er hem igen?"

"Visst, inga problem, Sam."

"Jag hoppas att han är okej."

Sam gick tillbaka till bilen och försökte hålla sig lugn medan han försökte förstå vad som just hade hänt.

Ingen av pojkarna ville prata om vad de hade sett - E-Z:s rullstol i luften.

"Såg du det?" viskade andra bakom dem när en folkmassa samlades.

"Jag önskar att jag hade haft min telefon redo", säger en kvinna.

En annan kvinna med mikrofon och kamera trängde sig fram till fronten. När ljuset bytte korsade hon vägen, följd av ett gråtande par - de små flickornas föräldrar. Bakom dem stod föraren av husbilen.

"Tack gode Gud att du var där", ropade han. "Jag såg henne inte. Du är en hjälte, grabben. Tack så mycket."

"Mamma!" ropade barnet när hennes mamma drog upp henne i famnen. Hon och hennes man kramade om henne, medan reportern gick in och kameramannen spelade in ögonblicket.

I närheten snyftade mannen som nästan hade slagit henne. Reportern och fotografen pratade med honom. "Han räddade henne, henne och mig. Pojken, pojken i rullstolen."

De försökte hitta honom, men han var borta. Han gömde sig, som en brottsling. Han väntade på att Uncle Sam skulle komma och rädda honom. Han försökte förstå vad som hade hänt. Försökte att inte flippa ut.

Tillbaka på platsen utplånade två lampor, en grön och en gul, sinnet hos alla i närheten. Sedan förstörde de allt inspelat material.

"Vad gör vi här?" frågade reportern.

"Ingen aning", svarade kameramannen.

På vägen hem kände sig E-Z lite, lite som en hjälte. Men han visste att den verkliga hjälten var stolen; hans rullstol som hade tagit till flykten.

E-Z Dickens var en Tattoo Angel.

$$\ast\ast\ast$$

"Jag flög Uncle Sam. Jag flög verkligen."

Sam körde in på uppfarten och parkerade.

"Du såg det, eller hur? Du såg mig rädda den lilla flickan. Jag kunde inte ha hunnit i tid, och min rullstol visste det och lyfte från marken och sprang mot henne."

"Ja, jag såg det. Det var enastående. Jag menar hur du räddade den lilla flickan från skada, kanske döden. Men din stol lyfte inte. Det var momentum som drev dig framåt. Med adrenalinkicken och hur snabbt du var tvungen att röra dig för att komma dit, kändes det förmodligen som om du flög - men det gjorde du inte."

"Jag flög. Stolen lämnade marken."

"E-Z kom igen. Du vet och jag vet att det inte var någon flygning. Det måste du veta. Jag menar, vad tror du att du är? En jävla ängel?"

Sam klev ur bilen, tog fram rullstolen ur bakluckan och gick runt för att hjälpa sin brorson in i den. När han gjorde det skrapade E-Z:s högra axel mot dörrkanten och han skrek av smärta.

"Vatten!" skrek han. "Det känns som om jag håller på att gå upp i lågor."

Sam sprang till köket och kom tillbaka med en flaska vatten.

E-Z hällde det på sin axel. Det lättade lite, men sedan kändes hans andra axel som om den brann. Han hällde resten av flaskan på den. Sam knuffade in honom i huset, medan E-Z försökte slita av sig skjortan. Sam hjälpte honom att dra den över huvudet.

"Åh nej!" Skrek Sam och höll för näsan. Hans brorsons axelblad såg nu ut och luktade som förkolnat grillkött. Han skyndade in i köket för att hämta mer vatten.

På vägen skrek E-Z och fortsatte att skrika tills han svimmade.

KAPITEL 5

It was dark and he was all alone, with only the shadow from the moon spreading above him across the sky.

His arms were crossed upon his chest, like he'd seen dead bodies positioned at an open casket funeral. He shook them out. Now relaxed he deposited them on the arm rests of his wheelchair only to discover he wasn't in it. Frightened he'd topple over; he re-crossed his arms over his chest. But wait, he didn't keel over when he uncrossed them before - he did it again and remained upright.

E-Z kept one arm firmly against his chest, while the other, his right, reached out as far as it would go. His fingertips connected with something cool and metallic. With his left arm he did the same, finding again metal. Leaning forward, he touched the wall in front of him, and did the same behind him. As he moved around, the seat under him shifted, with give and take like a suspension system. It was this system, which was keeping him upright, or was it?

PFFT.

The sound of mist, surging into the air. Warm, it heightened his sense of smell, bathing him in a bouquet of lavender and citrus.

He descended into a deep sleep, in which he dreamed dreams which were not dreams for they were memories. The accident – it was happening all over again – looping. He threw his head back and howled.

"One moment, please," a woman's voice said.

It was a robotic voice like one heard on a recording when no human was about.

Too afraid to nod off again he asked, "Who's there? Please. Where am I?"

"You are here," the voice said, then giggled. The laughter pinged off the silo-like container, pounding his ears as it came and went.

When it stopped, he decided to break himself out. Using every bit of strength, he extended his arms and pushed. It felt good. Doing something, anything – at first – until claustrophobia had the upper hand.

PFFT.

The spray, nearer this time went straight into his eyes. The citric acid stung, and tears welled up like he'd been chopping an onion, and he stood up.

Wait a minute...

He fell back down again. He wriggled his toes. He did it again. He stretched out his right leg. Then his left leg. They worked. His legs worked. He lifted himself...

A voice, male this time said, "Please remain seated."

He pinched himself on the right thigh then on the left. Who knew a pinch or two could feel so good? No one could stop him. While he had the use of his legs, he would stand again.

There was a noise above him, like an elevator moving. The sound grew louder. He looked up. The silo ceiling was coming down. Getting bigger and bigger. Finally, it came to a full stop.

"Be seated," the male voice demanded.

E-Z raised himself up, but the ceiling inched down – until he could no longer stand. He sat patiently, waiting for the thing to retract like an elevator rising to the top – but it didn't budge.

PFFT.

"Let me out!"

"Add laudanum," the woman's voice said.

The walls paused, then sprayed out an extra-long dose.

PPPFFFTTT.

It was the last sound he heard.

$$* * *$$

Tillbaka i sängen och fundera på om han hade blivit galen och inbillat sig hela siloincidenten var E-Z. Det kändes verkligt, det luktade verkligt. Och de två rösterna - varför visade de sig inte? Han kliade sig i huvudet och såg två ljus framför ögonen. Som tidigare var den ena grön och den andra gul.

"Hallå?" viskade han, när ett gällt vinande som en myggplåga angrep honom. Han kastade tillbaka sin högra hand och slog till med ett kraftfullt slag. Men innan den träffade frös han till, med handen i luften. Hans ögon var glasartade, som hos en hypnotiserad kyckling.

POP.

POP.

Ljusen förvandlades till två varelser. Var och en tryckte på en axel och E-Z föll ner på kudden där han slöt ögonen och sov.

"Vi borde göra det nu, beep-beep", sa det tidigare gula ljuset.

"Låt oss först se till att han sover, zoom-zoom", sa det tidigare gröna ljuset.

"Okej, nu sätter vi igång, beep-beep."

"Har vi hans samtycke, zoom-zoom?"

"Han sa att han skulle, men han minns inte. Jag är orolig att det inte är ett bindande avtal. Det kanske bara är en del, och du-vet-vem hatar del. För att inte tala om att de mänskliga partialerna skulle fångas upp mellan och mellan beep-beep."

"Ja, jag gillar honom för mycket för att låta honom bli en mellan och mellan zoom-zoom."

"Gilla har inget med saken att göra. Glöm inte vad som hände med svanen. För att inte nämna - varför säger människor vad de inte ska nämna innan de nämner vad de inte vill säga?" Utan att vänta på svar. "Vi skulle vara i knipa och du-vet-vem skulle vara väldigt sur pip-pip."

"Men människan har redan sina tatuerade vingar. Rättegångar börjar inte förrän försökspersonen har gått med på det." Hon knäppte med fingrarna och en bok dök upp. Hon fladdrade med vingarna och skapade en bris som vände på sidorna. "Se här, det står att vingar endast installeras EFTER att försökspersonen har blivit godkänd. Så när han sa ja, måste det ha förseglat affären zoom-zoom." Hon höjde armarna och boken flög upp, som om den skulle träffa taket men istället försvann den genom det.

De flög, en landade på E-Z:s axel och en på hans huvud.

"Jag gjorde det inte", sa han utan att öppna ögonen.

"Sov mer, zoom-zoom", sa hon och rörde vid hans ögon.

"Shhhh, beep-beep."

"Mamma kom tillbaka. Snälla, kom tillbaka!"

"Han är väldigt rastlös, zoom-zoom."

"Han drömmer, pip-pip."

E-Z öppnade munnen och snarkade som en elefantunge. Brisen höll dem uppe - de behövde inte flaxa med vingarna.

De fnissade tills han stängde munnen. Då hamnade de i fritt fall. Genom att flaxa ursinnigt återhämtade de sig snabbt.

"Åh nej, han gnisslar tänder, beep-beep."

"Människor har konstiga vanor, zoom-zoom."

"Det här människobarnet har gått igenom tillräckligt. Genom att ge honom dessa rättigheter kommer han att känna mindre smärta, beep-beep."

Den första varelsen flög upp på E-Z:s bröst och landade med hakan framåt och händerna på hans höfter. Varelsen vände sig en gång, medurs. Den snurrade snabbare och från fladdrandet av hans vingar hördes en sång. Sången var ett lågt stönande. En sorgsen sång från det förflutna som hyllar ett liv som inte längre fanns. Varelsen lutade sig tillbaka med huvudet vilande mot E-Z:s bröst. Snurrandet upphörde men sången fortsatte att spelas.

Den andra varelsen anslöt sig och gjorde samma ritual, men snurrade motsols. De skapade en ny sång, minus pip-pip och zoom-zoom. För när de sjöng behövdes inga onomatopoetiska uttryck. I vardagliga samtal med människor var det däremot nödvändigt. Den här sången överlagrade den andra och blev en glädjefylld, högfrekvent fest. Ett ode för saker som komma skall, för ett liv som ännu inte levts. En sång för framtiden.

Ett stänk av diamantstoft sprutade ur deras gyllene ögonhålor. De vände sig om i perfekt synkronicitet. Diamantdammet sprutade från deras ögon på E-Z:s sovande kropp. Utbytet fortsatte tills det täckte honom med diamantstoft från topp till tå.

Tonåringen fortsatte att sova djupt. Tills diamantdammet genomborrade hans kött - då öppnade han munnen för att skrika men inget ljud hördes.

"Han vaknar, beep-beep."

"Lyft upp honom, zoom-zoom."

Tillsammans lyfte de upp honom när han öppnade sina glasartade ögon.

"Sov mer, beep-beep."

"Känn ingen smärta, zoom-zoom."

De två varelserna vaggade hans kropp och accepterade hans smärta i sig själva.

"Res dig upp, beep-beep", kommenderade han.

Och rullstolen reste sig upp. Den placerade sig under E-Z:s kropp och väntade. När en bloddroppe kom, fångade stolen upp den. Absorberade den. Konsumerade det - som om det vore en levande varelse.

I takt med att stolens kraft ökade, blev den också starkare. Snart kunde stolen hålla sin mästare i luften. Detta gjorde det möjligt för de två varelserna att slutföra sin uppgift. Deras uppgift att förena stolen och människan. Att för all evighet binda dem med kraften från diamantstoft, blod och smärta.

När tonåringens kropp skakade läkte såren på hans hud. Uppgiften var slutförd. Diamantdammet var en del av hans väsen. Därmed upphörde musiken.

"Det är gjort. Nu är han skottsäker. Och han har superstyrka, beep-beep."

"Ja, och det är bra, zoom-zoom."

Rullstolen återvände till golvet och tonåringen till sin säng.

"Han kommer inte att ha något minne av det, men hans riktiga vingar kommer att börja fungera mycket snart pip-pip."

"Hur är det med de andra biverkningarna? När kommer de att börja, och kommer de att märkas zoom-zoom?"

"Det vet jag inte. Han kan få fysiska förändringar...det är en risk värd att ta för att minska smärtan, beep-beep."

"Överenskommet zoom-zoom."

Utmattade gosade de två varelserna in sig i E-Z:s bröst och somnade. Han visste inte att de var där och när han sträckte på sig på morgonen föll de ner på golvet.

"Hoppsan, förlåt", sa han till de bevingade varelserna innan han vände sig om och somnade om.

✳✳✳

"Är du vaken?" frågade Sam innan han öppnade dörren en liten bit. Hans brorson snarkade, men hans stol stod inte där han hade lämnat den när han hjälpte honom i säng. Han ryckte på axlarna och återvände till sitt rum där han läste några kapitel i David Copperfield. Några timmar senare återvände han till sin brorsons rum.

"Knack, knack."

"Uh, god morgon," sa E-Z.

"Är det okej om jag kommer in?"

"Visst."

"Har du sovit gott?"

"Jag tror det." Han sträckte på sig och lutade sig sedan tillbaka mot sänggaveln.

"Hur hamnade din stol här? Jag trodde att jag hade parkerat den mot väggen."

Han ryckte på axlarna.

"Och titta på armstöden - har du målat dem?"

Han lutade sig fram, såg den röda färgen och ryckte på axlarna igen. "Vad hände med mig?"

"Du svimmade. Det jag inte förstår är varför. Du sa att det kändes som om dina axlar brann. Jag sökte på nätet med hjälp av din beskrivning och ett homeopatiskt läkemedel dök upp. Otroligt vad man kan hitta där. Jag blandade lite lavendelolja med vatten och aloe i en sprayflaska och pumpade det sedan direkt på din hud. De sa att det skulle ge dig omedelbar lindring. De skojade inte, för du slappnade av och somnade."

"Tack, jag mår mycket bättre nu." Han försökte gå upp ur sängen, men zzzzzs flög runt i hans huvud som om han var Wile E. Coyote. "Jag tror att jag stannar i sängen ett tag till."

"Bra idé. Vill du ha något?"

"Kanske lite rostat bröd? Med jordgubbssylt?"

"Visst, grabben." Han lämnade rummet och sa att han snart skulle vara tillbaka. När han återvände med mat på en bricka försökte brorsonen äta men kunde inte hålla något i sig.

"Kanske bara lite vatten."

Sam tog med en flaska som E-Z försökte dricka ur, även om han inte kunde behålla den.

"Jag tror att jag fortsätter att vila." Hans ögon förblev öppna, stirrande framåt på ingenting. "Vad är klockan?"

"Klockan är 5 på morgonen och det är lördag idag. Du har varit ute i nästan tolv timmar. Du skrämde mig."

Kopplingen, lavendel på båda ställena, slog E-Z som märklig. Hade han upplevt en cross-over i verkliga livet? Det var för mycket av ett sammanträffande, i alla fall om silon verkligen existerade. Eller hade det varit en dröm? Snarare en mardröm. Men hans ben fungerade i den där metallbehållaren. Han skulle gå tillbaka på en minut - kanske ta vilken risk som helst - för att få använda sina ben igen.

"E-Z?"

"Uh, vad? Jag tror ärligt talat att jag skulle vilja blunda och vila lite till."

Sam lämnade rummet och stängde dörren bakom sig.

E-Z gick in och ut ur medvetandet medan olyckan spelades upp på repeat. Stevie Nicks hade vita vingar på sig och levererade det ackompanjerande soundtracket. I bakgrunden studsar två lampor - en grön och en gul - upp och ner.

$$***$$

Under de närmaste dagarna försökte han pussla ihop bitarna i sitt huvud genom att göra en lista över gemensamma nämnare:

Vita vingar - vita vingar tatuerade på hans axlar. Stevie Nicks hade vita vingar i sin dröm.

Lavendel - Farbror Sam använde lavendel och aloe för att lindra brännskadorna. I silon sprutade lavendel i luften för att lugna honom.

Gula och gröna ljus. Han såg dem efter olyckan och i sitt rum.

Rullstol - hade flugit så att han kunde rädda den lilla flickan. När han var fångare hade hans rumpa lämnat stolen så att han kunde fånga bollen.

Armstöden - var nu röda. Inga liknande händelser. Ingen förklaring.

Brännande känsla på axlarna/tatueringar på axlarna. Ingen förklaring.

Han trodde inte på Gud längre, inte sedan olyckan. Ingen gud skulle låta ett träd krossa hans föräldrar. De var bra människor, skadade aldrig någon. Vad som hände med hans ben var ovidkommande. En gud värd något skulle ha sträckt ut handen och stoppat det innan det hände.

Om det nu inte fanns en gud, så var han ute på lunch. Ja, just det.

Hans kropp höll på att förändras och han ville ha svar. Innerst inne visste han att det enda sättet att få dem var att gå tillbaka till den förbannade silon - om den nu existerade.

KAPITEL 6

Nästa morgon svävade E-Z i luften ovanför sin säng eftersom hans vingar hade växt ut. På väg för att titta på sina nya bihang i garderobspegeln kraschade han nästan in i väggen.

"Är allt okej där inne?" Sam ropade från sitt rum intill.

"Ja", sa han och flög i sidled medan han beundrade sin nyfunna flygförmåga. De fjäderlika plymerna fascinerade honom. Speciellt hur de drev honom framåt, som om de var ett med hans kropp. Han kände sig mer som en fågel än en ängel och försökte komma ihåg vad han lärt sig i skolan om ornitologi. Han visste att de flesta fåglar hade primära fjädrar, kanske tio. Utan de primära fjädrarna kunde de inte flyga. Han hade fler än tio primära fjädrar på sina vingar, och fler sekundära också. Han försökte svänga vänster, sedan höger, för att testa sin manövreringsförmåga. Han kände sig viktlös och flög runt i sitt rum. Han svävade över rullstolen - som han inte längre behövde. Med dessa vingar kunde han sväva över världen. Med händerna på höfterna, som Stålmannen, pekade han i riktning mot dörren. Han var framme när Sam öppnade den.

"Du skrämde halvt ihjäl mig!" sa Sam och hoppade nästan ur skinnet.

Den överrumplade tonåringen försökte få kontroll över situationen. Han ändrade riktning och tänkte gå till sängen. Övergången var dock inte så lätt som han hade hoppats, och han hamnade i fritt fall.

Sam sprang efter rullstolen och flyttade den fram och tillbaka för att hålla den under sin brorson.

E-Z återhämtade sig och åkte upp igen.

"Du kommer ner hit, på en gång!" Sam skrek och svingade sina knytnävar i luften.

Han flög mot sängen och gjorde en säker landning. Hans vingar stängdes som ett musiklöst dragspel. "Det var så roligt. Jag kan inte vänta med att flyga till skolan."

Sam föll ner i sin brorsons stol. "Vad var det där egentligen? Och tror du verkligen att du kan flyga de där sakerna till skolan? Du skulle bli utskrattad."

"De skulle vänja sig vid det och istället för att kalla mig trädpojken - krymplingen kunde de kalla mig flygpojken. Ja, det gillar jag."

"Från vad jag såg, var det ett olämpligt försök. Och flugpojke låter löjligt."

"Det var mitt första försök. Jag kommer att få kläm på det."

Sam skakade på huvudet när nyfikenheten tog överhanden och fick honom att fly. "Får jag ta en närmare titt?" frågade han. "Jag menar utan att du sticker?" frågade han och reste sig upp när E-Z vände kroppen mot honom. "De är borta. Helt och hållet. Jag menar tatueringarna. De har ersatts av riktiga vingar - och du kan flyga. Oh boy!" Han satte sig ner innan han föll.

"Jag vaknade, vingarna kom ut och nästa sak jag visste var att jag flög."

"Det är magi. Det måste det vara. Eller så kanske vi drömmer, du är i min dröm eller jag i din och snart kommer vi att vakna och..." Sam försökte hålla sig lugn för sin brorsons skull, men inombords rusade hans hjärta.

"Det är ingen dröm."

"Hur kom de ut? Var du tvungen att säga något? Jag menar, finns det några magiska ord man måste säga?"

"Jag minns inte att jag sa något. Men jag antar att jag kan ge det ett försök." Han tänkte på det i några sekunder och poserade som Rodins tänkare. "Vänta lite, låt mig prova något." Han svepte med luften i en trollstavslös rörelse, "Autem!"

"När lärde du dig latin?"

"Duolingo, gratisapp på min telefon."

"Jag också, jag lär mig franska. Prova en haut."

"En haut!" Fortfarande ingenting. "Lyft upp mig! Qui exaltas me!" Irriterad korsade han armarna. "Det var väl tur att du kom in och såg mig flyga, annars skulle du inte tro mig!" Han undrade vad PJ och Arden höll på med - han hade inte sett dem på flera dagar. Nästa sak han visste var att hans vingar öppnades och han svävade ovanför sin säng.

"Ro-ro", sa Sam när vingarna drog sig tillbaka och E-Z slog i golvet.

"Det hade varit ett bra tillfälle för dig att ta min stol."

Sam log. "Lättare sagt än gjort. Jag är ledsen. Är du okej?"

"Jag är inte skadad. Jag menar fysiskt, men mentalt, vem vet?" Han skrattade. "Kan du hjälpa mig in i stolen?"

Sam lyfte upp honom och placerade honom säkert i stolen. När han lutade sig bakåt fälldes vingarna ut med full kraft istället för att dras tillbaka hela vägen. E-Z flög upp och flaxade runt som Tingeling.

"Så det är så det är, va?" sa Sam.

"Jag måste få kläm på det - jag vet inte riktigt varför - men..."

"När du är redo kan du komma ner så går vi ut och äter frukost. Jag tar med min laptop så kan vi göra lite research."

"Uh, det är en smart idé. Vi kan gå till Ann's Cafe. Och jag skulle komma ner - om jag kunde." Vingarna drogs in när E-Z var rakt över hans rullstol. "Det är vad jag kallar service", sa han när han försiktigt satte sig i stolen.

De pratade medan han klädde på sig. Sedan gick E-Z till badrummet medan Sam gjorde sig i ordning.

När de gick ut ur huset och mot Ann's Café hade E-Z två tankar. Ett, att han saknade att gå dit och två, "Jag har inte varit där på evigheter. Inte sedan..."

"Jag vet, grabben. Är du säker på att det inte är för tidigt?"

Frukost på Ann's Café hade varit en tradition för hans familj. Förutom att det öppnade tidigt, kl. 06.00, låg det inom gångavstånd. Inuti fanns privata bås, inredda i konstläder med rödrutiga dukar. Hans pappa sa alltid att stället hade ett "far out"-tema. Sextiotalsmusik spelades på jukeboxarna - de hade riggat upp det så att folk inte behövde betala. Och affischer med Marilyn Monroe, James Dean och Marlon Brando fyllde väggarna. Menyn var enorm med allt från Club Sandwiches till Cheeseburgare och Fondues. Men hans personliga favoriter var de extra tjocka shakesen och äppelpannkakorna.

Så fort hon såg dem kom ägaren Ann direkt fram. "Jag har saknat dig." Hon slängde armarna om honom.

"Det här är min farbror Sam, Ann." De skakade hand. "Tack för kortet och blommorna förresten, det var väldigt omtänksamt."

Hennes ögon fylldes av tårar. "Kom hit nu. Jag har det perfekta bordet åt dig."

Det var i ett lugnt hörn, så han behövde inte oroa sig för att hans stol skulle vara i vägen för kökspersonalen eller gästerna.

"Jag ska genast laga till din vanliga rätt. Vet du vad du vill ha, Sam, eller ska jag komma tillbaka?"

"Vad vill du ha?"

"Äppelpannkakor a la mode. De är de bästa på planeten och Ann tar alltid med extra sirap och kanel."

"Det låter gott, men jag tror att jag tar tråkigt bacon och ägg med champinjoner."

"Uppfattat", sa Ann. "Och ska du ha en tjock chokladshake?" Han nickade. "Kaffe till dig Sam? "Svart", svarade han. "Och tack för att du gör mig så välkommen."

"Alla farbröder till E-Z är välkomna hit."

När Ann gick för att hämta dryckerna utbrast han: "Farbror Sam, jag tror att jag håller på att förvandlas till en ängel."

"Du måste dö först", sa han när Ann ställde dryckerna på bordet och gick tillbaka till köket.

"Jag kanske dog i bilolyckan. I några minuter. Vem vet hur lång tid det tar att bli en ängel? Om du kommer till pärleporten i filmerna kan den store mannen vända på allt och skicka tillbaka dig hit ner igen. Det är om man tror på sådana saker - vilket jag inte gör."

"Inte jag heller. Det finns inga sådana saker som änglar. Inte heller djävlar. Annat än inuti var och en av oss. Jag menar, vi har alla gott och vi har alla ont i oss. Det är det som gör oss till människor. När det gäller döendet skulle de ha berättat för mig om de var tvungna att återuppliva dig. De sa inget sådant."

"Hur förklarar du då att tatueringarna plötsligt dök upp, och nu har de förvandlats till riktiga vingar? Jag hade dem inte igår. Så vad hände mellan igår och idag? Inget som motiverar tillväxten av några nya bihang."

"Inte vad du kan komma på", sa Sam. Han skrattade.

E-Z högg en pannkaka och stoppade den i munnen och lät sirapen rinna nerför hakan. Ann gjorde sig knapp.

"Du ser verkligen inte särskilt änglalik ut just nu", sa Sam och plockade upp en gaffel äggröra. "Mm, de här är riktigt goda." Efter ytterligare några tuggor stack han ner handen i portföljen och tog fram sin laptop. Han klickade på den och skrev in "definiera ängel". Han vände på skärmen så att de kunde läsa informationen medan de åt.

"En budbärare, särskilt av Gud", läste Sam, "en person som utför ett uppdrag av Gud eller agerar som om han skickats av Gud."

"Agerar som om", upprepade E-Z medan han stoppade in fler pannkakor i munnen.

Sam läste: "En informell person, särskilt en kvinna, som är snäll, ren eller vacker. Du är ganska vacker, med ditt blonda hår och dina blå ögon."

"Håll käften."

"En konventionell representation," han pausade. " Av någon av dessa varelser avbildad i mänsklig form med vingar." Sam tog en ny klunk kaffe, i tid för Ann att fylla på hans kopp.

"Ni kommer att få matsmältningsbesvär av att läsa och äta samtidigt."

E-Z skrattade.

Sam sa: "Nej, jag går på I.T., så jag är ganska bra på multitasking."

Ann fnissade och gick därifrån.

"Vad menar de med 'dessa varelser'?" frågade E-Z.

"Det står att i den medeltida änglaläran delades änglarna in i grader. Nio ordningar: serafer, keruber, troner, herravälden (även kända som dominioner)," han pausade, tog en klunk vatten. Sedan fortsatte han: "Dygder, furstendömen (även kända som prinsdömen), ärkeänglar och änglar."

"Oj! Försök att säga det tio gånger snabbt." Han log. "Jag hade ingen aning om att det fanns så många olika sorters änglar."

"Inte jag heller. Maten är så god att jag undrar om du och jag drömmer."

"Du menar att du önskar att vi drömde - och att mina vingar skulle försvinna?"

"De kan försvinna lika snabbt som de kom." Han flyttade laptopen närmare och skrev in "Människa får änglavingar." E-Z fnös men lutade sig närmare för att se vad som dök upp. Sam klickade på en vetenskaplig artikel.

"Som jag sa, inga bevis för änglavingar på papper. Jag trodde inte det. Jag tror att den där incidenten, du vet när jag räddade den lilla flickan - hade något att göra med att de dök upp. Det var en utlösande faktor eftersom det började brinna direkt efter att jag kom hem och sedan, ja du vet resten."

"Hur mår ni två här?" frågade Ann.

"Jag har beställt två pannkakor till åt dig, E-Z, som vanligt. Om ni inte kan äta mer?"

"Perfekt."

"Och du då, Sam?"

"Bara en påfyllning", sa han och erbjöd sin tomma mugg som hon tog och kom tillbaka med fylld till brädden. En klocka ringde i köket och hon gick för att hämta pannkakorna.

E-Z hällde lönnsirap på dem, följt av en klick smör. "Du är den bästa", sa han till Ann. Hon log och lät dem avsluta sina måltider.

Farbror Sam tittade uppmärksamt på sin brorson. Han önskade att han hade beställt äppelpannkakorna, men han var redan mätt.

"Vad är det?"

"Jag vet inte, det är som att när du smakar på maten lyser ditt ansikte upp som en ängel i en julgran."

E-Z lade ner sin gaffel. "Mycket roligt. Du är en riktig komiker."

När de hade ätit klart frågade Sam: "Så efter att ha läst om änglar, har du ändrat dig? Jag menar, tror du fortfarande att du håller på att förvandlas till en? Och om ja, vad tänker du göra åt det?"

"Vad menar du med DO? Jag har vingar, jag kan lika gärna använda dem."

"Som jag ser det, om du inte använder dem, om du förnekar deras existens - då kommer de att försvinna."

E-Z skakade på huvudet. "Inte ett alternativ. Du såg vad som hände. De kom ut, utan att jag gjorde någonting och jag sa ju det, när jag vaknade i morse flög jag ovanför min säng. Jag svävade för fan."

"E-Z, jag tänker på framtiden. Du kanske behöver prata med någon, vi behöver prata med någon om det här."

"Olyckan hände för över ett år sedan, kuratorn sa att jag mår bra. Dessutom är allt det här nytt."

"Det kan vara fördröjt. Något kan ha utlöst det."

"Låt oss gå igenom fakta. Nummer ett, jag hade tatueringar när jag inte hade tatueringar. Nummer två, min stol lyfte från marken och jag räddade en liten flicka - plus att jag lyfte från min stol för att fånga en boll under en match. Jag förnekade det ända tills nyligen... Nummer tre: tatueringarna brände som fan. Nummer fyra, riktiga vingar dök upp. Nummer fem, jag kan flyga. Låter något av det bekant för dig? Jag menar i andra fall."

"Det är det jag inte förstår. Hur detta kunde hända, men hjärnan är en enormt kraftfull dator. Det är vad som skiljer oss från djurriket och varför människan har överlevt så länge. Jag har hört historier där en person befann sig i extrem fara och hjälp anlände. Eller där en person var fastklämd under ett fordon - och en förbipasserande kunde lyfta bilen för att rädda livet på personen."

"Jag har läst om det, det kallas hysterisk styrka - men jag har aldrig hört talas om ett fall där vingar växte ut."

"Vingarna kanske dök upp för att rädda dig."

"Från vad? För mycket sömn?" skrattade han. "De skulle ha varit trevliga vid olyckan. Jag kunde ha flugit mamma och pappa för att hämta hjälp istället för att vänta där med en blodig stock på mig. Hållit mig nere. Det är inget mirakel. Jag vet inte vad det är farbror Sam, allt jag vet är att det är det."

"Vi chattar. Bedömer. Utbyter idéer. Försöker hitta svar."

"Det skulle vara trevligt att ha svar, men ... vem skulle vara en expert som vi kan fråga i den här situationen?"

"En pastor eller präst, kanske?"

E-Z skakade på huvudet. Han hade inte varit i en kyrka sedan sina föräldrars begravning.

"Vad har vi att förlora?"

"Jag antar att det är värt ett försök, men. Åh, åh."

"Vad är det?"

"Jag känner att det trycker mot mina skulderblad. Jag måste gå, och vi körde inte hit. Ledsen att jag måste skynda mig. Vi ses hemma." Han sprang ut från kaféet och fortsatte tills hans vingar bröt ut ur hans huvtröja och han lyfte från marken. Hemma insåg han att han inte hade någon nyckel, men han kunde inte stanna kvar på verandan - inte med vingarna utfällda. Han försökte med latin för att få dem att gå in igen - men ingenting fungerade. Så han flög upp och lyckades ta sig in genom sovrumsfönstret utan att bli sedd av någon.

"E-Z!" ropade Sam när han kom hem. "E-Z!"

"Jag är här uppe."

"Är du okej? Jag kom så fort jag kunde."

"Kom in och sätt dig. Inga tecken på att de har dragit sig tillbaka - än."

Ser det öppna fönstret. "Jag antar att du flög hit?"

"Ja, tur att jag glömde låsa mitt fönster igår kväll. Vi kan lika gärna fortsätta vår diskussion tills jag kan gå ut igen."

"Jag känner en präst. Om någon kan hjälpa till så är det han."

Två timmar senare var de på väg till prästen med låtar från radion. Hoziers Take Me to Church fyllde etern. Ett sammanträffande? De trodde inte det och sjöng med i texten för full hals. Tack och lov kunde ingen höra dem eftersom fönstren var öppna.

✳✳✳

Kyrkan var inte tillgänglig för rullstolsburna och det fanns många trappor att gå uppför.

"Sätt dig i skuggan av den stora eken så går jag och letar efter fader Hopper", föreslog Sam.

"Är det hans riktiga namn?" E-Z skrattade.

"Såvitt jag vet. Du stannar här så kommer jag strax tillbaka."

"Det ska jag göra."

Tonåringen tog fram sin telefon. Även om han njöt av skuggan från trädet - gjorde det det omöjligt att se skärmen. Han flyttade på stolen och lade märke till ett ovanligt surr i luften. Ett ljud som verkade komma från själva trädet.

Han tittade upp och försökte avgöra om det var en fågel, när tonhöjden steg och volymen ökade. Han stängde av ljudet på sin telefon. Ljudet upphörde och ett nytt ljud började. Det var melodiskt, fascinerande och han föll in i ett drömlikt tillstånd.

Hans huvud rullade framåt, tills ett nytt ljud skakade honom vaken. Viskningar som kom från ovanför hans huvud. Röster som strömmade från trädets lövverk. Han korsade armarna när en kyla gick genom honom och fick hans vingar att brista ut. Innan han visste ordet av lyfte hans stol från marken. Han duckade för grenar när han steg in i hjärtat av den massiva eken.

"Sätt ner mig!" befallde han.

Han fortsatte att stiga. När hans lemmar anslöt till trädet droppade blod nerför hans underarmar och huvud.

"Sluta! Din dumma..."

"Det var inte så snällt, beep-beep", sa en liten hög röst.

"Jag tyckte du sa att han var underbar när han var vaken zoom-zoom", sa en annan röst.

"Oj!" sa E-Z och försökte ta sig samman och undvika att bli helt tokig. Han tog några djupa andetag. Lugnade ner sig. "Vem, vad och var är ni?"

"Vilka är vi verkligen, beep-beep."

Än en gång dansade samma ljus, grönt och ett gult, framför hans ögon.

Nyfiken sa han: "Hej."

Det gula ljuset försvann.

Ett skrik.

Sedan försvann det gröna.

"Vad i? Ni två, vad ni än är, lägg av med det där. Du är skyldig mig en förklaring. Jag vet att ni har förföljt mig. Kom ut och möt mig!"

POP.

En liten grön ängelliknande sak landade på hans näsa. En märkligt obehaglig, nästan limburgaraktig stank vällde i hans riktning. Han höll för näsan.

"God dag, E-Z, beep-beep", sa saken med en bugning.

När den sa hans namn tappade han kontrollen över sina vingar. Han vinglade och svajade i luften som en fågel som lär sig flyga. Han bad sina vingar att komma ut igen, men de ignorerade honom. Han klamrade sig fast vid stolens armar medan han störtade.

POP!

Nu var de två stycken. Var och en tog tag i ett av hans öron och sänkte ner honom och hans stol säkert till marken.

"Aj", sa E-Z och gnuggade sina öron när prästen och hans farbror kom runt hörnet. "Tack, tror jag."

POP.

POP.

De två varelserna försvann.

"E-Z, det här är fader Bradley Hopper och han är angelägen om att hjälpa till."

Hopper sträckte ut sin hand, E-Z gjorde detsamma. När deras kött förenades försvann tonåringen.

Hopper och Sam stod kvar sida vid sida med glasartade ögon. Båda stirrade ut i tomma intet som två skyltdockor i ett skyltfönster.

KAPITEL 7

E-Z:s fötter landade på marken och först var han förblindad av det vita. Han satte ena foten framför den andra, först gick han, sedan joggade han på platsen och sedan började han springa. Han kastade sig in i väggen och studsade, som om han befann sig i en hoppborg.

POP

POP

Han var inte längre ensam. Framför honom fanns två flervingade saker, i blommor. Den ena var grön, den andra gul. När han kom närmare vände sig deras vingar som ett kalejdoskop runt gyllene ögon.

Han rörde först vid kronbladen på den gröna blomman. Han hade aldrig sett en helt grön blomma förut, än mindre en med ögon. Ögon som han kände igen från deras möte tidigare. Vingarna kittlade hans finger och den gröna blomman skrattade. Han undvek att komma för nära med sin näsa och förväntade sig att en ostliknande lukt skulle välla fram - men det gjorde den inte.

Den andra blomman, gul, hade fler bladvingar än den andra. Kronbladen reagerade på hans beröring, som koraller som rör sig i havet. De gyllene ögonen på den här blomman hade definierade ögonfransar. Han lutade sig fram för att ta en närmare titt.

Medan han fortsatte att observera de två fyllde ett PFFT luften. Med den kom en kraftfull och mest sjukligt söt stank fram som fick honom att känna sig illamående. Han backade undan, höll för näsan och torkade stinget från ögonen.

Den gula blomman talade. "Mitt namn är Reiki och vi förde dig hit beep-beep."

"Var exakt är här? Och varför fungerar mina ben?"

"Det spelar ingen roll var, E-Z Dickens, eller varför du är som du är pip-pip."

Han korsade rummet och plockade upp den gula blomman med sin högra hand och den gröna med sin vänstra. WHOOSH! Den här gången träffades han av en stickande dimma, och han började nysa och fortsatte att nysa.

"Var snäll och sätt ner oss, innan du släpper oss, beep-beep."

"Det finns en låda med näsdukar där borta, zoom-zoom."

"Åh, förlåt." Han ställde ner dem, plockade upp en näsduk - men han behövde den inte längre. Han höll avståndet och lutade ryggen mot en vit vägg.

"Vi tog dig hit nu, beep-beep."

"Jag heter Hadz, förresten zoom-zoom."

"För att du behövde veta pip-pip."

"Att du inte får tala med prästen om dina vingar, zoom-zoom."

"I själva verket får du inte tala med någon om någonting pip-pip."

Han satte handen på väggen och gick, medan han tänkte. "Först och främst, varför säger du pip-pip och zoom-zoom?"

Reiki och Hadz himlade med ögonen. "Har du inte hört talas om onomatopoeia?"

"Jo, det har jag naturligtvis."

"Då borde du veta det, beep-beep."

"Att det ger spänning, action och intresse, zoom-zoom."

"För att säkerställa att läsaren hör och minns, beep-beep."

"Vad du vill att de ska veta, zoom-zoom."

Han skrattade. "Det är sant om du läser något, men inte nödvändigt i en konversation. Jag minns vad Reiki säger för att han säger det och jag minns vad Hadz säger för att hon säger det. Jag antar att en av er är en flicka och en är en pojke - stämmer det?"

"Ja", bekräftade Hadz. "Jag är en flicka. Puh, jag är glad att jag inte behöver säga zoom-zoom hela tiden."

"Och jag är en pojke. Jag kommer att sakna att säga beep-beep."

"Du kan säga dem om du vill, men det är lite irriterande och under konversationer kan upprepningarna bli tråkiga."

"Vi vill inte vara tråkiga!"

"Det skulle motverka vårt syfte med att ta hit er."

"Okej," sa E-Z. "Så, låt oss nu återgå till vad du sa innan vi började prata om ett litterärt grepp." De nickade. "Om jag inte kan berätta för någon om vad som händer med mig, då är jag ensam i det här - vad det än är. Jag räddade en liten flicka. Jag antar att det hade något med dig att göra?"

"Ja, du har rätt i det antagandet beep, oops, förlåt."

"Jag vill veta vad det här är och varför det händer mig?"

"Blunda", sa Hadz.

"Det ska jag, men inga konstigheter."

Blommorna fnissade.

Hans fötter lämnade marken och han landade i ett annat rum. I det här rummet, precis som tidigare, var han först förblindad av vitt. När hans ögon vant sig vid omgivningen lade han märke till böckerna. Hyllor och hyllor staplade med volymer skyhöga.

"Var inte rädd", sa Hadz.

Han var inte rädd. I själva verket var han extatisk. För i det här rummet kunde han inte bara använda sina ben, utan han kunde känna blodet pulsera genom dem. Hans sinnen skärptes; den gamla boklukten spred sig i hans riktning. Han sniffade in den söta parfymen av prunus dulcis (sötmandel). Blandad med planifolia (vanilj) skapade den en perfekt anisole. Hjärtat slog, blodet pumpade - han hade aldrig känt sig mer levande. Han ville stanna, för alltid.

I hans skor gav varje tås rörelse honom njutning. Han mindes en lek som han brukade leka som liten pojke. Han tog av sig skorna och strumporna och rörde vid varje tå och sa ramsan "Den lilla grisen gick till marknaden".

"Han har blivit galen", sa Reiki, medan E-Z utbrast: "Wee!"

"Ge honom en stund. Det här är en ganska fantastisk plats."

E-Z tog på sig strumporna igen. Han gled runt i rummet på det vita golvet som var blankt som en isskiva. Han skrattade när han kastade sig in i den första, sedan den andra väggen, studsade och landade på golvet. Han kunde inte sluta skratta förrän han märkte att något konstigt hände med böckerna ovanför honom. Han skakade på huvudet när en flög från hyllan in i hans hand. Det var en bok av hans förfader, Charles Dickens. Boken öppnades av sig själv, bläddrades igenom från början till slut och flög sedan tillbaka upp till där den kom ifrån.

"Välkommen till änglabiblioteket", sa Reiki.

"Wow! Bara wow! Så ni två är änglar, då?"

"Du har rätt", sa Hadz. "Och ni är här för att vi har blivit utsedda till era mentorer."

"Utsedda? Utsedda av vem? Gud?" hånade han.

Hadz och Reiki tittade på varandra och skakade på sina blommiga huvuden.

"Vårt syfte."

"Är att förklara ditt uppdrag för dig."

"Och att visa dig vägen. Att hjälpa dig", sa de tillsammans.

"Uppdrag? Vilket uppdrag?" Hans tankar gled iväg. I sitt huvud hörde han temat från Mission Impossible. Såg Tom Cruise bli kabeldragen in i ett datorrum. "Hej. Vänta lite! Ni två var i mitt rum, eller hur? Och ni har följt efter mig sedan olyckan."

"Vi väntade på rätt tillfälle att presentera oss", sa Reiki. "Vi hade hoppats kunna göra det på ett mindre formellt sätt, men när du var ...."

"...skulle tala med prästen, var vi tvungna att gå vidare."

"Ja, ni tog verkligen god tid på er. Jag trodde att jag hallucinerade", sa han mer högljutt än han hade velat.

POP.

Reiki försvann.

"Se nu vad du har gjort!" sa Hadz.

POP.

De var borta och han hade ingen aning om var, när eller om de skulle komma tillbaka. Men han tänkte inte slösa bort en minut. Han gick ner på golvet och gjorde tjugo armhävningar, följt av lika många språngmarscher. Hans ögon värkte av bländningen och han önskade att han hade solglasögon.

TICK-TOCK.

Ett par Ray bans dyker upp ur tomma intet. Han tog på sig dem medan magen knorrade. Han tog en selfie och kollade sedan tiden. Något konstigt hände med klockan. Den höll på att bli galen. Och siffrorna slutade aldrig att ändras. Hans mage knorrade igen.

TICK-TOCK.

En cheeseburgare och pommes frites dök upp, nu var hans händer fulla. Han tänkte på en tjock chokladshake med ett maraschino-körsbär på toppen.

TICK-TOCK.

En extra stor shake med ett körsbär på toppen kom på ett vitt bord som inte hade funnits där förut. Eller hade det det? Eftersom både bordet och väggen var vita?

Innan han började äta njöt han av doften och sedan av smaken för varje tugga. Det var som om han aldrig hade ätit en cheeseburgare eller pommes frites förut. Och körsbäret smakade så sött, följt av den chokladiga chokladen. Han åt upp sin måltid stående. Mat smakar alltid bättre när man äter den stående. Den här beställningen smakade så bra att det var löjligt.

När han var klar tackade han ingen för maten. Sedan vände han sin uppmärksamhet mot biblioteket och en vit stege som han inte hade lagt märke till tidigare. Bara tanken på den fick stegen att röra sig närmare honom, som om den ville vara till nytta. Han klättrade upp och stegen rörde sig som en skiva på ett Ouija-bräde, förbi hylla efter hylla med böcker. Sedan stannade den.

Medan han klättrade läste han titlarna på bokryggarna. De som låg rakt framför honom var av Charles Dickens, och varje volym hade sitt eget par vingar.

En flög mot honom, En julsaga. Den bläddrade igenom ett par sidor för att visa honom att det var en förstautgåva, publicerad den 19 december 1843. När den fortsatte att flytta sidorna förundrades han över illustrationerna. Hur detaljerade de var och dessutom i färg. Och i bakgrunden, bakom Tiny Tim och hans familj på en av teckningarna, rörde sig något. Ögon. Två par. Hadz och Reiki! Han tappade nästan boken. Eftersom den hade vingar gick den tillbaka till sin plats på hyllan. Under tiden tappade han balansen, föll ner för stegen och höll sig fast för glatta livet. När han var stabil igen kom han ner gradvis och planterade fötterna stadigt på marken. Han undrade varför hans vingar inte hade sprungit ut för att hjälpa honom. Alla andra hade ju fungerande vingar här, änglarna hade till och med flera par vingar. I världen där ute fungerade inte hans ben, och han hade vingar, som gjorde det. Här, var han än befann sig, fungerade hans ben, men hans vingar var nu borta.

Han kliade sig i huvudet. Om bara farbror Sam var här. Och ändå kunde han inte prata med honom. Det var förbjudet. Men varför? Vad kunde de göra med honom? Änglarna hade förföljt honom sedan olyckan. Han antog att de var goda änglar, eftersom de inte hade skadat honom - än. Hemlängtan sköljde över honom som en jättevåg och hotade att ta honom med storm.

"Jag vill åka hem!" ropade han när hans telefon vibrerade. Innan han fick chansen att låsa upp den...

POP.

Reiki tog tag i den och kastade den till...

POP.

Hadz som kastade den mot den bortre vita väggen. Den studsade, slog i golvet och splittrades i småbitar.

"Du är skyldig mig fyrahundra dollar för en ny telefon! Jag hoppas att ni änglar har kontanter."

Hadz sträckte sig fram och slog E-Z i ansiktet med sin vinge. Fjädrarna kittlade istället för att skada honom. "Nu får du, E-Z Dickens, sätta dig här." En vit stol pressades mot baksidan av hans ben och tvingade honom att sitta.

"Och sluta vara en skitstövel", sa Reiki.

"Oj! Kan änglar säga så? Vad är ni för slags änglar egentligen? Änglar under utbildning? Är jag killen som ska hjälpa er att få era vingar?"

Han insåg att de redan hade vingar. Faktiskt flera par av dem. Så poängen han försökte göra verkade omöjlig när de svävade ovanför honom.

"Är det jag som ska hjälpa dig, eller är det meningen att du ska hjälpa mig? För om du är det, vilket du sa att du var, då gör du ett fruktansvärt jobb. Jag kommer inte att lägga in ett gott ord för någon av er inom den närmaste tiden."

"Vi väntar på en ursäkt."

"Ja, det kommer ni att få vänta på länge. För jag är törstig."

TICK-TOCK.

En mugg root beer i ett frostat glas dök upp. Han drack upp den i en klunk. "För att du tog mig hit, utan mitt samtycke. Och..."

"HÅLL KÄFT!" sa en bullrande röst när hon kom ut från en av de vita väggarna.

Hon var lika lång som taket. Faktum är att hon var högre. Hon var krokig, men ändå enorm i storlek och statur. Hennes vingar snuddade vid väggarna och taket. "HÅLL I DIN TUNGA!" krävde den överdimensionerade ängeln och drog sina vingar mot E-Z med ett SWOOSH tills han var rakt upp i ansiktet på honom.

✳✳✳

"**E**-Z Dickens, du har kallats hit inför mig", sa den stora ängeln. "Jag är Ophaniel, härskare över månen och stjärnorna. Och dessa är mina undersåtar. Du SKA INTE behandla dem med oförskämdhet. Du SKA behandla dem med vänlighet och respekt för de är mina ÖGON och mina ÖRON för dig. Utan dem är ni INGENTING."

Han stammade fram en obegriplig mening och kämpade emot lusten att fly.

"Avbryt INTE förrän jag har talat färdigt", befallde Ophaniel.

Han nickade, kroppen skakade, för rädd för att säga ett ord.

"E-Z", dundrade hans röst. "Du har blivit räddad. Vi har räddat dig, för ett syfte."

Reiki och Hadz flög närmare och satte sig på Ophaniels axlar.

"Var stilla", befallde Ophaniel.

De fällde ihop sina vingar och lutade sig inåt för att inte missa ett ord.

E-Z gjorde en mental anteckning om att fråga dem hur han skulle kunna fälla ihop sina vingar lika effektivt som de gjorde med sina. Om han nu fick tillbaka sina vingar.

Ophaniel fortsatte. "När dina föräldrar dog, E-Z Dickens, borde du också ha dött. Det var ditt öde. Ett som vi förändrade för vårt syfte. Vi talade framgångsrikt för din sak. Vi lovade att du skulle göra anmärkningsvärda saker. Att du skulle hjälpa andra. Vi räddade dig, och en skuld uppstod. En skuld som du till största delen betalade genom att ge upp dina ben."

Överlämnade? Det lät som om han hade ett val. Att han hade fattat det slutgiltiga beslutet att aldrig gå igen, vilket var en lögn. Han öppnade munnen för att tala, men Ophaniels röst dundrade vidare.

"Det finns fortfarande en skuld, en skuld du har till oss."

E-Z tog en stor klunk luft. Han ville tala men kunde inte. Hans läppar rörde sig men inget ljud kom fram. Hur vågar denna ängel fatta beslut åt honom och säga att han har en skuld?

"Vi gav dig verktyg - en kraftfull stol. Detta för att hjälpa dig. Så att du en dag kan vara här med dina föräldrar och vandra med oss, med dem, i evigheten." Ophaniel tvekade i några sekunder för att låta det sjunka in. "Du får ställa en fråga till mig idag, men bara en. Gör den bra."

Istället för att fundera över sin fråga kastade E-Z ur sig: "När får jag träffa mina föräldrar igen?"

"När du har betalat hela din skuld."

"En fråga till, tack."

"Det kommer att finnas tid för frågor och det kommer att finnas tid för svar. För tillfället är du i mina underordnades vård. Du kan ställa frågor till dem och de kan välja att svara. Eller så väljer de att inte göra det. Det kommer att vara deras val att svara ja eller nej. På samma sätt kommer ni att ha ett val om ni vill svara dem när de ställer frågor till er.

Behandla dem som ni själva vill bli behandlade och avslöja inga detaljer om denna plats eller vårt möte. Tala inte om detta, något av detta, för någon människa. Jag upprepar, håll dessa frågor för dig själv."

Han kunde fortfarande inte tala. Utan att fråga om det fortsatte Ophaniel att svara på hans nästa fråga.

"Om du bryter detta löfte kommer dina vingar att bli som pasta - svaga - och du kommer aldrig att kunna betala tillbaka din skuld."

Han tänkte på en annan fråga.

"Ja, när du räddade den lilla flickan - bränningen - var en del av processen. Dina vingar behöver brinna, för att stärkas, för att bindas till dig, så att du är redo för nästa utmaning."

Han tänkte, tänk om jag inte vill.

Ophaniel skrattade och flög till den högsta delen av rummet. Sedan försvann hon genom taket.

KAPITEL 8

P lötsligt var han tillbaka i sin rullstol och stod inför
prästen.

"Uh, Uncle Sam, vi måste åka. NU."

"Åh", sa Sam när han såg sin brorson rulla iväg. "Jag
ber om ursäkt för att jag slösade din tid, han eh, behöver
åka hem." Sam skyndade iväg medan Hopper släpade
efter honom. Han ökade takten, kom ikapp sin brorson
och tog kontroll över handtagen och knuffade rullstolen.
Hopper sprang och gick snart bredvid dem, om än
andfådd.

"Jag förstår, du har verkligen inga vingar då E-Z."

Han tittade sig över axeln, höjde ett låtsasglas till
läpparna och himlade sedan med ögonen.

"Jag har inget alkoholproblem", sa Sam trotsigt.

Tonåringen himlade med ögonen igen när de närmade
sig parkeringen. Prästen följde inte efter.

När de kom fram till bilen sa Sam, medan han försökte
hämta andan, "Vad i helvete var det där?" när han
öppnade dörren och hjälpte sin brorson in.

"Låt oss ta oss härifrån först." Han försökte vinna tid
eftersom han inte kunde berätta vad som hänt. Han
behövde komma på en övertygande lögn - och han var

aldrig bra på att ljuga. Hans mamma kom alltid på honom eftersom hans öron alltid blev röda när han ljög.

"Jag väntar på en förklaring", sa Sam och tog ett fastare grepp om ratten.

Don't Look Back, av Boston rockade ut genom bilens högtalare.

"Förlåt, jag var tvungen att gå. Jag tror inte att Hopper kunde hjälpa till och jag ville inte att han skulle veta något mer än vad du redan berättat för honom."

"Du har fortfarande inte förklarat varför du antydde att jag hade ett alkoholproblem."

"Åh, det. Det dök upp i mitt huvud och jag sa det utan att tänka. Jag är ledsen för det."

"Jag är stolt över att jag inte dricker alkohol. Visst, jag tar en öl då och då. För att vara social på ett jobbevenemang. Men jag är inte som de andra I.T.-alkoholisterna. Och kommer aldrig att bli det."

E-Z tänkte inte på vad farbror Sam sa. Istället gick han igenom den information som Ophaniel hade berättat för honom. Han stod i skuld till änglarna för att de hade räddat honom och han hade bytt sina ben mot sitt liv. Änglarnas köpslående var för deras eget syfte - och nu förväntade de sig att han skulle betala skulden - men hur?

Allt han visste säkert var att han var tvungen att vinna. Oavsett vilka uppgifter de kastade i hans väg var han tvungen att övervinna dem. Med hjälp av Reiki och Hadz - hur små de än var - skulle han betala vad han var skyldig. Sedan, om inte annat, skulle han få träffa sina föräldrar igen. Han antog att det betydde att han skulle dö och att de skulle träffas i himlen, om det nu fanns en sådan plats. Det skulle han få reda på snart nog.

KAPITEL 9

Tillbaka hemma igen gick tonåringen direkt till sitt rum.

"Om du behöver min hjälp", var allt Sam lyckades få ur sig innan hans brorson smällde igen dörren.

E-Z täckte ansiktet med händerna. Det hade varit något, att ha fått tillbaka sina ben igen. Han slog nävarna i armstöden, när hans vingar kom ut och flög honom över till sängen. "Tack", sa han till dem, som om de var separata och inte en del av honom.

"Se upp", sa Hadz, som hade vilat på sin kudde. Ängeln flög upp till lampan och sa: "Vakna, han är hemma."

E-Z låg nu bekvämt tillbakalutad på sin säng, med slutna ögon och nästan i sömn.

"I natt flyger du", sjöng änglarna.

"Jag har haft en ansträngande dag, som du vet, och allt jag vill göra är att sova."

"Du kan ta en tupplur på fem minuter", sa Reiki.

"Sedan är det upp och hoppa!"

Han hade nästan somnat igen när Sam kom inrusande. "Ursäkta att jag stör, men PJ och Arden säger att de har försökt få tag på dig hela dagen. Är ditt batteri dött?"

"Nej, jag har tappat bort min telefon", sa han och tittade snett på sina två medhjälpare.

"Lögnare, lögnare, byxorna brinner", sa de. Eftersom Sam inte reagerade hörde han inte deras höga röster. E-Z skrämde bort dem.

"Det är därför jag alltid köper en försäkring med min plan. Oroa dig inte, vi skaffar en ersättare till dig imorgon. Det är ändå på tiden att du uppgraderar. Du kan behålla samma telefonnummer. Jag meddelar killarna att du hör av dig då."

"Tack, farbror Sam. God natt."

"Natt E-Z."

KAPITEL 10

I drömmen var han på en skidresa med sina föräldrar. Det var i själva verket ett minne, men han återupplevde det som en dröm.

E-Z var sex år gammal. Han och hans mamma fick lära sig allt av en skidlärare. Under tiden tog sig hans pappa - som inte var en nybörjare som de - ner för den snöfyllda backen.

De lärde sig att åka skidor i babybacken - det var så de kallade testbackarna.

"Är ni redo?" sa instruktören, "att ge er på en av de stora backarna?"

De sa att de var det. De trodde att de var det. Men att säga och att göra är två olika saker.

På första försöket kom de inte långt innan en av dem föll. Det var hans mamma, och när hon var helt slut satt hon i den kalla snön och skrattade. Han hjälpte henne upp och de gav sig iväg igen.

Den här gången var det E-Z som kraschade och planterade ansiktet i den kalla vita snön. Han skakade av sig det och hjälptes upp av instruktören, medan hans mamma åkte förbi och sprutade snö på sin väg. Han tog det som en utmaning och körde förbi henne med ett flin.

Nästa sak han visste var att hon kom upp bakom honom. Hon körde in i lite packat puder - och lämnade honom som damm - och hittade sin rytm. Ändå gav han allt han hade och kom ikapp henne. De drev nedåt, sida vid sida, sedan isär och sedan tillbaka tillsammans igen. Samtidigt skrattade de som två små barn.

Längst ner på kullen stod hans pappa, klädd i himmelsblått från topp till tå. Han stack ut; en blå fläck omgiven av jungfrulig snö - med en rullstol i händerna.

"Snön", sa E-Z och andades in ännu en marshmallow. Den smakade ännu bättre när den var smält. Sedan kände han sig iskall och vaknade upp omgiven av is i badkaret. Farbror Sam var där och satt vid hans sida.

"E-Z, du skrämde mig verkligen den här gången."

"Va? Vad var det som hände?

"Jag hörde några ljud så jag gick in för att titta till dig. Ditt fönster var vidöppet och gardinerna fladdrade. Jag kände på din panna och du brann upp. Jag var rädd att du skulle få ett fullständigt anfall. Till och med dina vingar såg vissna ut.

"Jag övervägde att ringa 911, men bestämde mig sedan för att inte göra det. Jag kunde ju inte ta dig till akuten, inte med de där vingarna. Jag var tvungen att sätta dig i rullstolen och fylla badkaret med is och se om jag kunde få ner din temperatur. Jag har gått ut och hämtat is och bett om donationer från vänner i grannskapet. De har varit oerhört hjälpsamma."

"Jag mår bättre nu, tack", sa han och försökte resa sig upp. Han kom inte långt innan han föll ihop igen.

"Du måste berätta för mig vad som pågår."

"Det kan jag inte, farbror Sam. Du måste lita på mig."

Tonåringen försökte resa sig upp igen. "Vänta här", sa Sam när han gick ut ur badrummet och kom tillbaka med rullstolen. "Här", sa han och satte termometern i systersonens mun. "Om det är normalt kan du sätta dig i stolen."

Det var normalt, så med en morgonrock lindad runt sig lyftes E-Z upp ur badet och in i stolen. Hans vingar expanderade och slappnade sedan av på plats och de kändes inte längre som om de stod i brand.

När han gick förbi vardagsrummet fick han en glimt av nyheterna.

"Igår kväll omdirigerades en flygkrasch", sa talesmannen. "De kallar det en mirakellandning, men här är några råa bilder, tagna av en av våra tittare när det hände."

Han tittade på klippet, som visade planet som landade, men det fanns inget annat - ingen bild på honom. Han kände sig lättad och återvände till sitt rum.

"Jag kommer strax tillbaka och hjälper dig att klä på dig."

Han önskade så att han kunde berätta allt för sin farbror - men det kunde han inte. "Tack", sa han när han hade klätt på sig.

"Jag står alltid bakom dig."

"Detsamma", sa tonåringen. "Jag tror att jag ska gå ner till mitt kontor och skriva lite."

"Bra idé, jag har sysslor runt huset på min att-göra-lista som jag skulle vilja ta itu med idag." Han började gå, men vände sedan tillbaka. "Vet du vad, du behöver inte skriva en roman direkt. Du kan föra en dagbok, eller en journal. Skriv ner saker som du en dag kanske glömmer. Som värdefulla minnen."

"Jag tänkte att jag skulle skriva något och kalla det Tattoo Angel."

"Det gillar jag."

Väl på sitt kontor satt han en stund och tänkte på planet - undrade hur han hade kunnat göra det som krävdes av honom. Han hade inte klarat det utan hjälp av svanen och hans fågelvänner, eller utan hjälp av sin stol. Kanske hade till och med de där två änglarna hjälpt till på sitt sätt genom att heja på honom i bakgrunden.

Han fokuserade på att skriva och skrev in titeln: Tatuerad ängel.

Hans fingrar ville skriva mer, men hans sinne ville vandra. Han lutade sig tillbaka i stolen och stirrade på den tomma skärmen. Han behövde en fantastisk första mening, som hans förfader Charles Dickens hade skrivit - "Jag är född".

När han en stund senare inte längre kunde stå ut med att se den vita skärmen skrev han - "Jag är född".

Jag önskar att jag aldrig hade blivit född.

Och han fortsatte att skriva.

Jag kan inte gå längre.

Jag kommer aldrig att spela professionell baseball eller hockey eller få ett idrottsstipendium.

Jag kan inte springa.

Jag kan inte hoppa.

Det finns så många saker jag inte kan göra.

Som jag aldrig kommer att göra.

Han slutade skriva och såg något längst upp till höger på skärmen som rörde sig nedåt. Flödande.

Tårar. Pyttesmå tårar.

De förenades. Växer sig större och större.

En kaskad nerför skärmen.

Han tyckte att han hörde något - skruvade upp volymen.

"WAH! WAH! WAH!" sjöng en hög röst.

En andra röst anslöt sig.

"WAH-WAH!

WAH-WAH!

WAH-WAH!"

E-Z stängde av datorn.

Det hade bara varit ett skällsord och han kände sig bättre för det. Alla behöver en medlidandefest då och då. Det var ur hans system.

En sak visste han säkert - som författare var han ingen Charles Dickens.

Charles Dickens kunde dock inte flyga.

$$* * *$$

"Vakna, det är dags att åka!" sa Reiki och flög till fönstret.

Hadz väntade vid det öppna fönstret. "Redo?"

Så de förväntade sig att han skulle hoppa från tredje våningen i sitt hus. "Jag tänker inte gå ut dit! Titta hur högt upp vi är."

"Du glömmer att du har vingar."

"Och om du faller, så kommer du på det."

Han hade åtminstone kvar sina kläder när de släppte ner honom i rullstolen. Han rös till, tittade ner och undrade hur hans vingar var tänkta att hålla både honom och hans stol uppe i luften.

"Hur blir det med min rullstol?"

"Kommer du ihåg vad Ophaniel sa? Nu - ut med dig!"

När han väl var ute sträckte han ut vingarna helt. Över axlarna kunde han se vingarna i aktion.

De små men starka varelserna lyfte upp honom, högre och högre, och ledde tonåringen över natthimlen, medan de ljusa stjärnögonen tittade ner på honom. När de tyckte att han var redo släppte de honom.

"Jag kan flyga", sa han. "Jag kan verkligen flyga!"

"Sluta visa upp dig", sa Reiki, "och följ med i programmet."

"Det skulle jag göra om jag visste vad det var", fnissade han.

Hadz flög i förväg. E-Z och Reiki lyfte över skolan, vid basebollplanen. Vidare mot stadskärnan. Ljusen på landningsbanan nära flygplatsen var i direkt konkurrens med stjärnorna ovanför honom.

"Du gör det väldigt bra", sa Reiki.

"Tack så mycket."

Ljudet av en motor som slutar fungera, i en jumbojet framför dem, drog till sig hans uppmärksamhet.

"Titta där, det planet har problem. Önskar att jag hade min telefon för att ringa efter hjälp." Motorn spottade och planet sjönk en aning för att sedan plana ut.

"Du behöver ingen telefon. Välkommen till din andra rättegång."

"Förväntar du dig att jag ska, vad? Bära planet på min rygg? Jag kan inte rädda ett plan, jag har inte tillräckligt med styrka. Jag kan inte göra det."

"Okej då", sa Hadz som de nu hade kommit ikapp.

"En sak ska du dock veta, om du inte räddar dem - kommer alla ombord att gå under."

"Alla 293 passagerare. Män, kvinnor och barn."

"Plus två hundar och en katt", tillade Reiki.

Hans huvud fylldes av skrik från människorna ombord på planet. Hur kunde han höra dem genom de tjocka metallväggarna? Hundar skällde och en katt jamade. En bebis grät.

"Sluta, stäng av den så gör jag det."

"Vi kommer inte att stänga av den."

"Men det kommer att ta slut när du har landat planet säkert på flygplatsen där borta."

"Vi tror på dig", sa Hadz.

"Men kommer de inte att se mig? Om de ser mig är det kört, jag menar med Ophaniels villkor - jag kommer aldrig att få träffa mina föräldrar."

"Träffa dig?"

"Det är det minsta av dina bekymmer!"

"Nu kan du gå", sa Hadz. "Åh, och du kanske behöver det här."

Nu hade han ett säkerhetsbälte som höll fast honom i rullstolen när han flög över himlen mot det störtande planet.

"Vi kommer att titta", ropade de.

"Kommer ni att hjälpa mig, om jag behöver er?"

"Det här är dina prövningar, som tillskrivs dig och bara dig. Vi är här för att heja på dig. Lycka till."

"Vänta lite nu, ska ni inte ge mig några riktiga lektioner? Visa mig vad jag behöver göra?"

POP.

POP.

"Tack för ingenting!" ropade han.

$$***$$

På flygplatsen, i flygledartornet, märkte en flygledare att planet var i fara. Eftersom han inte kunde kontakta piloten såg han ett oidentifierat flygande föremål på sin radar.

Med Stålmannen och Mighty Mouse som inspiration lyfter E-Z armarna. Han placerade sig under kroppen på den mäktiga metallbesten och samlade all sin styrka.

"Jag tänkte att du kunde behöva lite hjälp", sa en svan som var större än normalt. Han nickade och fåglar flög in från många håll. När jumbojetplanet kom i kontakt med honom riktade de riktiga fåglarna in sig på varandra. De hjälpte honom att hålla planet stadigt. Att stabilisera det, så att han och hans stol kunde ta emot dess fulla vikt.

Inuti rullade sakerna runt som kulor. Han behövde skynda sig och önskade att han hade en annan uppsättning vingar, eller kraftfullare vingar. Om han bara var i det vita rummet. Han fokuserade på uppgiften och förberedde sig mentalt för nedstigningen. När han tittade ner märkte han att hans stol också hade vingar, på fotstöden och på hjulen. "Tack", viskade han till ingen. Sedan till fåglarna: "Nu fixar jag det här, tack för hjälpen."

Nu var han redo och tog ner jumbon, höll den stadigt och vågrätt. Han rörde vid planets främre del och landade på asfalten. Eftersom landningsstället inte hade fällts ut var han tvungen att flytta sig ur vägen. Han sträckte ut sin högra arm så långt det gick och placerade sin stol en bit bort från planets mitt. Han sänkte ner mitten av planet och sedan stjärten. Han klarade det! Ja! Han rörde sig bort till det skrämmande ljudet av skrikande sirener som närmade sig från alla håll i form av brandbilar, ambulanser och polisbilar.

Innan de upptäckte honom flög han iväg. Tacksamma passagerare jublade, tog foton och spelade in honom på sina telefoner. Snart var han tillbaka hos Hadz och Reiki.

"Du gjorde mycket bra ifrån dig. Vi är stolta över dig, skyddsling."

Han log, tills hans vingar kändes som om någon hade satt eld på dem. Nästa sak han visste var att han brann, och det gjorde så ont att han ville dö. Han önskade döden. Längtade efter den. Nu i fritt fall, med stolen vänd nedåt, höll han ögonen vidöppna och väntade på att hans läppar skulle kyssa marken. Sedan fördes han bort av de två änglarna, som tog med honom hem och lade honom till sängs.

Smärtan avtog inte, men E-Z visste att han inte skulle dö idag. Han skulle vara säker för en annan dag. En ny prövning. Allt han behövde göra var att överleva den här.

✳✳✳

"När kommer diamantdammet att börja fungera?" frågade Hadz. "Han har fortfarande väldigt ont."

"Det var en ny behandling, så jag kan inte säga när - men den kommer att börja verka - så småningom."

"Hoppas att han kan hålla ut så länge!"

"Med hjälp av Uncle Sam kommer han att ta sig igenom det. När det börjar verka kommer vi att se tecken. Kanske några fysiska förändringar."

E-Z fortsatte att snarka

POP.

POP.

Och än en gång var de borta.

KAPITEL 11

En dag senare hade E-Z planerat sin dag. Först behövde han göra i ordning sin ryggsäck för lördagens utflykt till parken. Han skulle äta frukost, skriva lite och sedan ge sig iväg. Medan han förberedde sin ryggsäck hörde han Hadz och Reikis höga röster innan han såg dem.

"Jag kan höra er", sa han.

POP.

Hadz dök upp först.

POP.

Sedan Reiki - båda i sin helt förvandlade änglalika prakt.

"God morgon", sjöng de i sjukligt söt unison stämma.

E-Z stoppade ner en anteckningsbok i sin ryggsäck och några pennor som ignorerade dem. Han hoppades att han skulle hitta något inspirerande att skriva om i parken. Han sträckte sig ner för att knäppa igen sin ryggsäck när han märkte att de två änglarna satt på dragkedjan.

"Åh, förlåt. Jag såg dig nästan inte där."

"Puh, det var nära ögat", sa Reiki.

Hadz skakade för mycket för att kunna säga ett enda ord.

De flög upp på hans axlar när han pekade med stolen mot den stängda dörren.

"Vi måste prata med dig", sa Hadz.

"Det är...viktigt. Vi gjorde något..."

"Med mig?"

De svävade framför hans ögon.

"Ja. Medan du sov för några veckor sedan."

"För några veckor sedan! Okej, jag lyssnar..." I själva verket försökte han att inte gå i taket. Tanken på att de skulle göra något mot honom. Medan han sov. Utan hans tillåtelse. Det var ett fruktansvärt brott mot förtroendet. Han knöt nävarna. Tystnad. Han korsade armarna. Han tänkte inte göra det lätt för dem.

Sam knackade på dörren, "Frukost E-Z, behöver du någon hjälp?"

"Nej, det är bra. Jag kommer om några minuter." Tystnad bar ljuden utanför Sam som återvände till köket.

"Först och främst", sa Hadz, "gjorde vi bara vad vi gjorde för att hjälpa dig."

"Med prövningarna. Vi gjorde något för att hjälpa dig att uppnå dina mål."

"Menar du att du kunde ha hjälpt mig med planet? Jag hade verkligen behövt din hjälp. Lyckligtvis klarade vi det tack vare svanen och fåglarna."

"Ja, på tal om det, hjälp är inte tillåten - varken från vänner eller fåglar. Vi rapporterade händelsen i fråga till rätt myndigheter."

E-Z skakade på huvudet, han kunde inte tro vad han hörde. "Säg inte att någon har skadat svanen eller fåglarna? Det är bäst att du inte säger det...Och varför exakt talade svanen till mig på engelska. Han gjorde det vet du."

"Den frågan är konfidentiell", sa Hadz och fladdrade nära sitt ansikte med händerna på höfterna. Reiki intog samma position och deras vingar rörde vid hans ögonlock.

"Lägg av nu", sa han, mer högljutt än han hade tänkt sig.

"Är allt okej där inne?" frågade Sam genom den stängda dörren.

"Jag mår bra", sa han och viftade med handen framför ansiktet och slungade iväg varelserna genom rummet. Reiki träffade väggen och gled ner. Hadz som redan var längre ner försökte fånga Reiki men det var för sent. Båda änglarna störtade och landade på golvet.

"Förlåt", sa tonåringen. Han flyttade sin rullstol närmare dem. Han undrade om de hade stjärnor som gick runt i huvudet som gamla tiders tecknade figurer. Han brukade älska när det hände Wile E. Coyote. De vacklade lite, så han satte dem på sängen. När änglarna återhämtat sig sa han: "Förlåt igen. Det var inte meningen att slå er. Era vingar kittlade mig i ögonen."

"Ja, det gjorde du!" sa Reiki.

"Och vi kommer inte att glömma det."

Han kände sig dålig. De var så små; han insåg inte att en enkel snärt kunde få dem att flyga så där. Det var som om han hade slagit dem ur parken och han hade knappt rört dem.

"På tal om det..." sa Reiki.

Hadz fyllde i: "Medan du sov utförde vi en ritual på dig."

E-Z behöll återigen lugnet, men bara nätt och jämnt. "En ritual säger du?" De tittade på honom, skyldiga som synden. "Om ni vore människor skulle de kasta boken på er för att ha gjort något mot mig utan min tillåtelse. Det är övergrepp på en minderårig. Du skulle hamna i fängelse..."

Änglarna darrade och höll om varandra.

"Vi hade inget val."

"Vi gjorde det för ert eget bästa."

"Jag förstår det, men just nu accepteras INTE er ursäkt."

"Det låter rimligt", sa änglarna. "För tillfället." De mässade: "Vi åkallade krafter, de stora och illusoriska krafterna ovanför och runt omkring dig. Vi bad dem att ge dig hjälp genom att öka din styrka, ditt mod och din visdom. För att uttrycka det enkelt, vi trodde att du behövde mer och därför trollade vi fram det åt dig."

"Jag förstår. Ursäkten accepteras fortfarande INTE."

"Vi gjorde det med minsta möjliga obehag för dig", sa Hadz.

E-Z övervägde den senaste informationen. Samtidigt tittade han på sin rullstol. Den verkade annorlunda nu, förutom den uppenbara färgförändringen på armstöden.

"Vad är det med min stol på sistone?" frågade han. "Det är som om den har en egen vilja."

Änglarna skakade igen.

"Vad har ni gjort? Exakt vad? För jag misstänker att du inte bara överföll mig, utan även min stol."

Slutligen förklarade änglarna allt om diamantdammet och blodet. Om de krafter som hade skänkts till honom själv och stolen. "När uppgiften blir svårare måste du växla upp."

"Det vet jag redan, det är därför mina vingar har brunnit. Temperaturen har ökat efter varje uppgift. Men jag intalar mig själv att det kommer att vara värt det när jag får träffa mina föräldrar igen."

"Om du slutför prövningarna inom den tilldelade perioden. Och följer riktlinjerna till punkt och pricka", sa Hadz.

"Vänta lite", sa E-Z och slog ner armarna på armstöden. "Ingen sa att det fanns en deadline. Inte i Vita rummet. Inte när som helst. Och om det finns en regelbok som det är meningen att jag ska följa så lämna över den så att jag kan läsa den. Det har inte heller funnits något åtagande från någon av sidorna. Ingen har sagt hur många genomförda tester som krävs för att affären ska gå i lås. Vi kanske behöver skriva ner allt? Finns det något sådant som en Angel Lawyer eller ännu bättre Angel Legal Aid?"

Hadz skrattade. "Naturligtvis har vi ängeladvokater, men du måste vara en ängel för att kvalificera dig för att få en."

Reiki sa: "Du klarade den första uppgiften utan hjälp från någon. Du räddade den lilla flickans liv med hjälp av din stol, viljestyrka och tur. De tre sakerna kan bara ta dig så långt, så vi gav dig mer eldkraft. Det mesta vi kunde begära."

"Det mesta vi kan riskera att ge dig."

"Du, vad menar du med risk? Menar du att den här ritualen kan skada mig?"

"Vi gjorde dig en tjänst. Vi utsatte oss för risker för att hjälpa dig. Om du inte kan förlåta oss nu, så kommer du att göra det en dag."

"Snacka om att undvika min fråga! Har du någonsin funderat på att bli Angel-politiker - om det nu finns något sådant?"

sa Hadz. "Människorna omkring dig kanske märker vissa förändringar i ditt fysiska utseende."

"Ja, det kanske de gör", sa Reiki med ett leende.

"Vad menar du med fysiska förändringar?" ropade han.

POP.

POP.

Och de var borta.

E-Z var helt ensam igen. När han gick mot dörren undrade han vad de menade. Vad det än var skulle han få reda på det snart nog. Under tiden tänkte han på hur hans stol nu hade hans blod. Hur stolen var en förlängning av honom själv. Han gick in i köket där Uncle Sam väntade.

✳✳✳

"Det blev inte riktigt som vi hade tänkt oss", sa Reiki. "Han var ganska arg på oss. Jag tror inte att han någonsin kommer att lita på oss igen."

"Han behöver oss mer än vi behöver honom."

"Vi kan radera hans sinne, som vi gjorde med de andra."

"Om han inte förlåter oss kan vi inte göra något åt det. Att radera hans sinne är inte ett alternativ. Utan hans samtycke och om, nej när han får reda på det, skulle vi alienera honom för alltid. Och du vet vem som inte skulle gilla det."

"Du har rätt som alltid", sa Hadz.

"Tror du att någon kommer att lägga märke till hans förändrade utseende idag?"

"Vi märkte det, eller hur!"

"Vi kanske skulle ha berättat för honom, åtminstone om hans hår. det kanske hade gjort honom mer älskad av oss. Om vi hade förklarat."

"Jag tror att förändringarna skulle vara bättre om de kom från någon annan än oss."

"Människor är väldigt konstiga", sa Reiki.

"Det är de. Men att arbeta med dem är det enda sättet vi kan bli befordrade som riktiga änglar."

"Tur för oss att han är ganska trevlig."

"Tur för oss att han är ganska trevlig."

KAPITEL 12

E-Z stack sin gaffel i en tallrik fylld med pannkakor. Han var utsvulten, som om han inte hade ätit på flera dagar. Och törstig. Han hällde i sig glas efter glas med apelsinjuice. Han fyllde på tallriken med pannkakor och fortsatte äta tills de var slut.

Sam skrattade när han såg sin brorson och fortsatte sedan att doppa en skiva smörstekt rostat bröd i sitt kaffe.

"Vad är det som är så roligt?" frågade E-Z.

"Uh, ingenting antar jag."

De enda ljuden i köket var slurpande, skärande och tuggande. Förutom klockan som tickade på väggen bakom dem.

"Vad är det?" E-Z krävde, märkte att hans farbror flinade och gömde det bakom handen.

"Det är något annorlunda med din, ja, du vet, den här morgonen. Är det något du vill berätta för mig? Som varför?"

De två varelserna dök upp och satte sig på var sin av E-Z:s axlar. De tjuvlyssnade och han gillade inte alls deras oinbjudna intrång, så han viftade bort dem.

POP.

POP.

De försvann.

"Jag är inte säker på vad du menar."

Sam hällde upp en kopp kaffe till åt sig själv. "Är det för en tjej? För vilken tjej som helst borde acceptera dig som du är."

E-Z skrattade. "Ingen tjej. Du är helt fel ute."

Båda var tysta i ytterligare några ögonblick medan klockan tickade.

"Jag packade en väska och ska gå till parken efter att jag har skrivit lite i morse. Jag tar med mig ett anteckningsblock och några pennor ifall parken inspirerar mig."

"Det låter som en bra plan, men först måste du hjälpa mig att städa", sa Sam och reste sig från bordet.

Tonåringen sköt tillbaka sin stol och tillsammans städade de snabbt. E-Z gick till sitt kontor och stängde dörren bakom sig när det ringde på ytterdörren.

Sam släppte in Arden och PJ. "Han är på sitt kontor och arbetar. Väntar han på er? I så fall har han inte sagt något till mig om det."

"Jag skickade ett sms till honom, men han svarade inte", sa PJ.

"Så vi tänkte att vi skulle komma förbi och ta med honom ut idag. Se till att han har lite kul. Den killen jobbar för mycket. Mamma sa att hon skulle köra oss dit. Vi måste bara kolla med E-Z och sedan ringa henne."

"Min brorson är intresserad av boken han skriver. Han kanske protesterar."

"På ett eller annat sätt ska vi ta honom härifrån idag", sa PJ.

"Han hade tänkt gå till parken efter att han skrivit lite. Men gå du, han kanske kan träffa dig där senare?" Sam gick tillbaka till köket och tog ut lite köttfärs ur frysen. Han kollade i skåpet efter sås, spagetti, ägg, lök, ströbröd och spenat. Han hade allt som behövdes för att göra spagetti och köttbullar senare.

De två pojkarna gick längs korridoren efter att ha hängt upp sina ytterkläder.

Sam drog på sig jackan. Han hade skjutit upp gräsklippningen ett tag nu. Idag var dagen då han skulle ta itu med det.

E-Z försökte skriva, men kreativiteten flödade inte. När hans vänner kom var han glad för avbrottet. Han öppnade Facebook och låtsades att han kollade in uppdateringarna. "Uh, hej grabbar." Han vände stolen mot dem.

"Oj, vad har hänt med ditt hår? Har du varit på skönhetssalongen utan oss?"

"Visade du dem ett foto och bad om en omvänd Pepe Le Pew-look?"

"Och dina ögonbryn också! Jag visste inte ens att man kunde färga dem?"

E-Z drog fingrarna genom håret och hade ingen aning om vad de pratade om. Vänta lite - var det vad Sam hade refererat till?

"Och hans ögon, de är också annorlunda."

Arden böjde sig ner, "Ja, de har guldfläckar i sig. Fantastiskt!"

"Du, lägg av nu", sa E-Z. "Ni två skrämmer skiten ur mig. Att inkräkta på mitt utrymme är inte coolt."

"Han luktar åtminstone inte som Pepe", sa Arden och backade undan. PJ gjorde honom sällskap på andra sidan rummet där de viskade med varandra.

"Har du något emot att vi tar ett foto?"

E-Z log och sa: "Mozzarella."

PJ visade bilden han hade tagit för Arden. "Titta!" sa de och gjorde det stora avslöjandet.

E-Z kunde inte tro vad han såg. Hans blonda hår hade en svart strimma i mitten och grå fläckar på tinningarna. Grått! Han zoomade in, de hade rätt, hans ögon hade gyllene fläckar i dem. Han tänkte tillbaka på diamantdammet, var det så diamantdammet såg ut? De där två idiotiska änglarna gjorde det här! Och det är bäst att de vet hur man fixar det! Nästa gång han såg dem skulle de få betala. Under tiden försökte han avdramatisera situationen.

"Det är ingen stor grej. Jag hade en tuff natt."

Arden frågade: "Vad är det du inte berättar för oss?"

PJ tillade: "Ditt hår börjar bli grått och du går fortfarande i high school. Tycker du att det är normalt?"

"Jag tror att han har rätt, vi gör en stor grej av ingenting. Vad sa din farbror om det?"

"Han märkte det inte - eller om han gjorde det, sa han ingenting."

"Vad? Menar du att Sam inte ens märkte det?"

"Var hans ögon öppna?"

E-Z försökte minnas. Först hade farbror Sam frågat om han hade något att berätta för honom. Var det vad han menade?

"Ett ögonblick bara", sa E-Z och gick till badrummet. Han använde spegelns tio gångers förstoring för att ta en närmare titt. Han flämtade till. Stjärnorna eller fläckarna i hans ögon var ganska trevliga. Inte skadliga, de fick honom faktiskt att se ganska cool ut. Han undersökte de gråa håren längs tinningarna.

Än sen? Han hade gått igenom mycket med sina döende föräldrar. Plus den dagliga pressen i high school. Och att vänja sig vid rullstolen. För att inte tala om att hantera ärkeänglarna och prövningarna.

Att hans hår blev grått i förtid var inget problem. Han flyttade runt spegeln och drog fingrarna genom håret. Strukturen var annorlunda när han rörde vid den svarta strimman. Den kändes grov, nästan borstliknande. Inget problem, han skulle smeta lite gel på den och...

Utanför gick gräsklipparen på högvarv. Sam gjorde äntligen det fruktade jobbet. Innan olyckan hade gräsklippningen varit E-Z:s mest avskydda syssla.

"YEOW!" Sam ropade när gräsklipparen hostade till och stannade.

E-Z:s stol skenade iväg mot ytterdörren som flög upp av sig själv. Han sprang iväg, missade trappstegen och landade på gräsmattan bakom Sam.

"Förbaskat!" utbrast Sam. Han hade träffat en sten med gräsklipparen, och den flög upp och träffade honom nära ögat. Bloddroppar rann ner över kinden och samlades på gräsmattan.

Rullstolen körde fram till blodpölen och sög upp den med hjulen.

"Är du okej?"

"Jag mår bra", sa Sam. Han grävde i fickan, tog fram en näsduk och höll den mot såret.

Arden och PJ anlände. "Vi hörde skriket."

"Jag mår bra, verkligen", sa Sam. "En liten olycka. Ingen anledning till oro eller bekymmer. Låt oss gå in igen."

Han tog tag i rullstolens handtag och knuffade på. Det var oerhört svårt att manövrera den på gräset.

Under tiden tog Arden gräsklipparen och förvarade den i skjulet.

"Har du gått upp i vikt?" PJ frågade och märkte hur svårt Sam hade det.

"Jag åt ungefär tjugo pannkakor i morse."

"Kanske är den svarta strimman tyngre än ditt normala hår?" sa Arden och återförenades med dem med ett flin.

"Åh, de märkte det", sa Sam.

"Ja, de har retat mig för det sedan de kom. Varför sa du inget?"

Nu tog E-Z fram ett plåster och satte det på sin farbrors sår.

"Det var en subtil förändring", sa Sam. "Inte alls!" log han. "Åh, och har du någonsin funderat på att börja jobba som sjuksköterska? Du har ett känsligt handlag."

PJ och Arden hånskrattade.

KAPITEL 13

E-Z och hans vänner återvände till sitt kontor. Han bestämde sig för att hålla sig nära hemmet ifall Sam skulle behöva honom. Sam var för upptagen med att laga middag för att tänka på vad som kunde ha hänt med gräsklipparen.

"Middagen är klar", ringde han några timmar senare. "Kom och ta den."

E-Z visade vägen, "Det luktar jättegott!"

De satte sig ner och skickade runt maten och tillbehören.

"Du har redan fått en rejäl shiner", sa Arden till Sam.

Sam som hittills inte vetat att han hade ett synligt sår och nu bar det med stolthet. Han högg in en köttbulle till och lade den på tallriken.

"Vad hände där ute förresten", frågade PJ.

"Det var en sten. Den fastnade i gräsklipparen och träffade mig." Han fortsatte att flytta runt maten på tallriken. "Hur går det med skrivandet?" frågade han sin brorson och vände uppmärksamheten bort från sig själv.

"Jag hade inte tid att sätta mig in i det i morse."

Sam bytte ämne och frågade om något var på gång i skolan eller i laget.

"Vi har en träning i kväll", sa PJ.

"Och vi hoppas att E-Z kommer att spela i morgondagens match."

E-Z skakade på huvudet för ett bestämt nej och fortsatte äta.

"En inning, bara en och om du inte vill fortsätta spela så är det helt okej för oss", sa Arden.

"Bra idé", sa farbror Sam. "Doppa tån i det. Om det inte känns rätt, gå ut. Vad har du att förlora?"

PJ öppnade munnen för att säga något men bestämde sig för att inte göra det. Han stoppade en köttbulle i munnen. Han tuggade, drack en drink. "När du är där, E-Z, höjer du allas moral. Killarna tycker mycket om dig. Det har de alltid gjort och kommer alltid att göra."

"Okej", sa E-Z. "Jag kan sitta på bänken om du tror att det hjälper. Efter middagen går vi ner till parken och tränar lite. Se hur det går."

"Det låter bra", sa PJ.

De tackade Sam för en fantastisk middag.

"Du lagade maten, så vi städar upp", erbjöd Arden.

E-Z och PJ utbytte blickar.

När Sam var utom hörhåll sa PJ: "Du är en sådan fjäskare."

Arden stänkte lite vatten i PJ:s riktning, men E-Z fick det mesta i ansiktet.

PJ skickade tillbaka ett stänk som sprutade över köksgolvet och träffade Sams skor.

"Moppen och hinken finns i garderoben", sa han och tog sin jacka på vägen ut.

De städade färdigt och vid det laget var de flesta torra, förutom E-Z som bytte skjorta. Till slut kom de fram till basebollplanen, och den var redan upptagen.

"Toppen", sa E-Z. "Nu kör vi."

På sidlinjen stod några tjejer från motståndarlagets cheerleading-trupp. En av dem, en rödhårig tjej, kastade en blick i E-Z:s riktning. Hon gjorde en kullerbytta och landade med lätthet.

"Jag antar att vi kan stanna en stund", sa E-Z.

De gick över fältet till bänkarna. De var tvungna att åtminstone säga hej, annars skulle de se ut som idioter.

Den lilla rödhåriga flickan viskade något till sin väninna och de fnissade.

E-Z var säker på att de skrattade åt honom.

"Vi har fått sällskap", sa den rödhåriga flickan.

"Ja, en rullstolskille med zebrahår och två nördar", ropade tredje basmannen. Han förväntade sig att alla skulle skratta åt hans lama skämt, men det gjorde ingen.

"Bry dig inte om honom", sa den rödhåriga flickans vän. "Han är patetisk."

"Stick härifrån", ropade vänsterfältaren. "Det finns ingen plats här för en krympling."

E-Z ignorerade alla kommentarer. Det gjorde däremot inte hans stol. Den gick på högvarv som en tjur som försöker bryta sig ut ur en fålla. "Whoa!" sa han när stolen stretade emot, som en vild häst.

Arden tog tag i stolens handtag och stolen återgick till sin normala funktion.

Bakom plattan tappade fångaren en fluga och fumlade med en pitch. "Jag ser att ni behöver en bra catcher", sa E-Z.

Cheerleaders fnissade.

"Ge mig fem minuter bakom plattan, bara fem. Om jag kan fånga varenda pitch ni skickar i min riktning så gör vi er en tjänst och stannar."

"Och om du inte gör det?" frågade pitchern.

Catchern tog av sig masken. "Du köper hamburgare och pommes frites till oss."

"Och shakes", tillade first baseman.

"Deal", sa E-Z när hans stol sköts fram.

Han satt tålmodigt medan Arden spände fast sina knäskydd. PJ drog bröstskyddet över hans huvud och satte på fångarmasken på hans ansikte. E-Z tryckte in knytnäven i catcherhandsken.

"Okej, kasta bollen till mig", kommenderade E-Z.

"Jag hoppas att du vet vad du gör, kompis", sa Arden och PJ.

"Lita på mig", sa E-Z. Han rullade sig själv i position bakom plattan. "Batter up!"

Kastaren gjorde en rörelse för Arden att slå. Han valde ett slagträ och gick fram till plattan.

E-Z signalerade till pitchern att kasta en hög fastball. Istället kastade pitchern en kurvig boll, och den var precis i zonen. Arden missade träffen, men inte helt eftersom han träffade bollen en aning och den gick tillbaka. E-Z reste sig i sin stol och tog tag i den.

"Whoa!" ropade kastaren. "Snygg räddning."

"Tur", sa första basmannen.

Cheerleaders kom närmare.

Andra kastet till Arden, han poppade upp till right field.

PJ gick upp för att slå och slog ut. E-Z fångade alla bollar enkelt, men den sista pitchen blev vild och han förlorade den nästan. PJ var på väg ner till första, men E-Z kastade ner bollen och han var ute.

De spelade tills det var för mörkt för att se bollen längre.

Efter matchen bestämde de sig för att det var oavgjort. De gick till en restaurang i närheten och alla betalade för sin egen mat.

"Vi kommer att döda er i morgondagens match", skröt Brad Whipper, lagkaptenen.

"Spelar ni E-Z?" frågade Larry Fox, första basmannen.

"Åh, han spelar definitivt", sa Arden och PJ.

"Definitivt."

Den rödhåriga flickan hette Sally Swoon och hon viskade något till Arden, som skakade på huvudet. "Fråga honom själv", sa han.

"Fråga mig vad?"

Hennes kinder blossade.

"Du vill veta vad som hände, eller hur?"

Hon nickade. "Bad du din frisör att göra det, eller gjorde de..."

"Gjorde de ett misstag?" sa han.

Hon nickade.

"Jag vaknade i morse och det var så här. Slut på historien."

"Dra i den andra", sa en spelare. "Berätta nu för oss varför du sitter i rullstol."

E-Z berättade sin historia. Alla var tysta medan han gjorde det. Ingen åt eller drack. När han var klar var han orolig för att alla skulle behandla honom annorlunda, men det gjorde de inte.

De pratade om den kommande World Series och annat sportrelaterat småprat.

När hans vänner senare följde honom hem var de alla tysta. Han sa godnatt till killarna och återvände till sitt rum. Han försökte titta på TV och skriva lite, men oavsett vad han gjorde tänkte han hela tiden på allt han förlorat. Han föll tillbaka på sängen och stirrade i taket och till slut somnade han.

KAPITEL 14

E-Z sov och drömde.

"Vakna E-Z! Vakna!" sa Reiki och hoppade upp och ner på hans bröst.

"Lägg av!" utropade han.

Hadz sprutade lite vatten i hans ansikte.

Han skakade av sig det. "Ni två har en del att förklara och en del att fixa. Sätt tillbaka mitt hår som det var. Och mina ögon också!"

"Det finns ingen tid!" sa de, när hans stol rullade över, släppte ner honom i den och sedan flög ut genom det redan öppna fönstret.

"Jag är inte ens klädd!" utbrast E-Z.

Reiki och Hadz fnissade och sa åt E-Z att önska sig vad han ville ha på sig. När han tittade ner igen hade han på sig jeans, ett bälte och en t-shirt. Han tittade på sina fötter, där hans löparskor höll på att knyta ihop sina egna snören. När de svävade över himlen tackade E-Z dem.

"Så du förlåter oss?" frågade Hadz.

"Ge det tid", sa Reiki.

E-Z nickade, medan hans stol steg högre och högre. Ovanför ett plan, förbi planet. Uppenbarligen inte deras destination. De flög vidare, tills hans rullstol tvärstannade och sedan pekade nedåt.

"Där är det", sa Reiki.

Nedanför stod en grupp människor i en klunga utanför en hög kontorsbyggnad.

"Känner ni det där?" frågade E-Z och lade märke till att luften runt händelsen var annorlunda. Den vibrerade av energi.

"Ja", sade Hadz.

"Bra att du märkte det den här gången", sa Reiki.

"Du menar att det fanns vibrationer de andra gångerna?"

"Ja, men när dina krafter växer kommer du att kunna ringa in platserna."

"Och inte bara du, din stol kan också uppfatta dem."

"Menar du att jag har en superduper smart stol? Jag visste att den var modifierad, men det här är fantastiskt!"

Änglarna skrattade.

Stolen körde vidare medan skottlossning hördes nedanför dem. De såg människor springa, skrika och falla.

Mot kaoset flög E-Z och hans stol, in i den mötande kulregnet. Han ryckte till när rullstolen avvärjde dem. Han undrade vad som skulle hända om stolen missade en kula.

"Vi är ganska säkra på att du är skottsäker", sa Reiki utan att han frågade. "Det var en del av ritualen."

"Och diamantdammet borde fungera."

"Ganska säker?" sa han och hoppades att de hade rätt. "Om det fungerar är det en bra kompromiss för min hårsituation!"

De blivande änglarna skrattade.

KAPITEL 15

H ans rullstol körde vidare neråt och siktade in sig på en man på byggnadens tak. Han hade skjutit in i folkmassan nedanför, och mot dem när de närmade sig honom. Rullstolen gungade framåt och E-Z hörde ett konstigt ljud, som när ett plan fäller ut landningsstället. Det kom från rullstolen när ett metallfodral droppade ner och landade ovanpå killen. Pistolen flög ur hans hand och över taket innan apparaten fick fäste. Mannen försökte få bort E-Z och rullstolen från sin rygg, men ingenting fungerade.

En siren hördes på avstånd och blev sedan allt högre i takt med att den närmade sig.

"Om jag släpper upp dig", frågade E-Z, "kommer du att sköta dig?"

Trots att mannen nickade instämmande vägrade rullstolen att röra sig.

E-Z var tvungen att oskadliggöra pistolen och ta sig därifrån innan polisen anlände. Han undrade om någon nedanför var skadad. Han förväntade sig att ambulanser var på väg. Men han och hans stol kunde flyga de allvarligt skadade till sjukhuset mycket snabbare.

Han stirrade på pistolen på andra sidan taket. Han koncentrerade sig och sträckte sedan ut handen. Som om hans hand var en magnet flög pistolen in i den och han oskadliggjorde pistolen genom att binda den i en knut. E-Z tog av sig sitt bälte och använde det för att binda skyttens händer bakom ryggen.

Stolen lyfte och flög iväg som en raket, samtidigt som dörrarna på taket flög upp. Den modifierade apparaten hängde i luften medan E-Z tittade på när ett SWAT-team gick in mot skytten och grep honom. Uttrycket i ansiktet på den polis som hittade pistolen i knuten var obetalbart.

Under en sekund eller två tvekade han över sitt mandat, men det fanns skadade människor nedanför och han kunde hjälpa dem snabbare än någon annan och det var vad han gjorde. Han skulle oroa sig för konsekvenserna senare och hoppas att de skulle förstå.

E-Z landade nära folkmassan. Han samlade ihop de fyra som var mest allvarligt skadade och eftersom de var medvetslösa använde han en del av sin vinge för att hålla dem säkert på sin stol när de flög över himlen.

Stolen absorberade de skadade passagerarnas blod när det droppade från deras sår. Deras blod kombinerades med E-Z:s och Sam Dickens blod. Denna blandning drev ut kulorna ur deras kroppar och deras sår började läka.

Det tog flera minuter för dem att nå sjukhuset. När de kom fram var alla patienter läkta, som om deras skador aldrig hade inträffat. De slängde sina armar runt E-Z och tackade honom.

På parkeringen vid sjukhuset hoppade alla ur rullstolen.

Vid ingången stod personal redo med bårar i högsta hugg.

E-Z kastade en blick åt deras håll. Han vinkade och flög sedan upp i skyn. Nedanför honom vinkade de som han hade räddat tillbaka. Han hoppades att de väntande skötarna skulle bli alltför irriterade över att de inte behövdes trots allt.

"Tack", ropade en ung man och vinkade.

"Jag hoppas att vi ses igen", utbrister en medelålders kvinna.

"Du är en riktig hjälte!" sa en man som påminde honom om Uncle Sam.

"Du påminner mig om min sonson - förutom den konstiga strimman i ditt hår!" sa en äldre kvinna.

Vaktmästarna kom fram till de fyra och frågade: "Behöver någon hjälp?"

Den unge mannen sa: "Ni kommer inte att tro det, men jag blev skjuten - två gånger för en liten stund sedan. Jag tror att jag svimmade. När jag vaknade", han drog upp framsidan av sin blodfläckiga skjorta, "var såren borta."

Den äldre kvinnan, vars klänning var blodfläckad, förklarade hur hon hade blivit skjuten nära hjärtat.

"Jag hade varit död om inte killen i rullstolen hade räddat mitt liv."

De andra två patienterna hade jämförbara historier att berätta. De berömde E-Z och tackade honom igen. Trots att han inte längre fanns bland dem.

"Jag tycker att ni alla fortfarande ska komma in till sjukhuset", sa den första skötaren.

Den andra skötaren sa: "Ja, ni har varit med om en traumatisk upplevelse. Ni bör träffa en läkare och få klartecken."

Alla fyra tidigare skadade medborgare tillät vakterna att hjälpa dem in. De försökte få upp den äldsta av de fyra på båren.

"Jag är frisk som en nötkärna!" utbrast den äldre kvinnan.
De följde henne in på sjukhuset.

✳✳✳

"Det är bäst att vi gör det nu", sa Reiki.

"Det är lite sorgligt ändå. Han gjorde så anmärkningsvärda saker och nu kommer ingen att minnas."

De raderade minnena på alla i närheten.

"Han gjorde ett fantastiskt jobb."

"Ja, han var väl vald", sa Hadz.

E-Z återvände hem och flög dit så fort han kunde. Han visste att smärtan skulle komma, men inte hur illa den skulle bli den här gången. Han hann knappt igenom fönstret och upp på sängen innan hans axlar började brinna och han svimmade.

Änglarna återvände och viskade lugnande ord när han skrek i sömnen. När smärtan blev för stor lindrade de den genom att ta den på sig själva.

"Därmed är prövning nummer tre avklarad", sa Reiki. "Han tar sig igenom dem med lätthet."

"Sant, men vi måste se till att han inte blir identifierad. Han kan ses, men vi måste radera minnena. Jag är dock orolig för att vi kanske missar någon."

"Om vi raderar minnena hos alla i närheten borde allt vara bra."

KAPITEL 16

N ästa morgon satt E-Z och åt flingor när Sam kom in i köket.

"Kaffet luktar verkligen gott", sa Sam.

Tonåringen hällde upp en mugg full till sin farbror. "Vadå?" frågade han med en känsla av déjà vu.

"Vadå, vadå?" Sam frågade medan han hällde i lite grädde i koppen.

"Du stirrar på mig", sa E-Z. Han skakade på huvudet. Var han med i Groundhog Day? Filmen om en dag som upprepar sig själv om och om igen, med Bill Murray?

"Ja, just det. Är det något du vill berätta för mig?" Han hällde en sockerbit i kaffet.

Han ignorerade sin farbror och skedade cornflakes i munnen. "Jag är inte säker på vad du menar."

Sam väntade på att hans brorson skulle äta klart frukosten. "Jag tittade in till dig igår kväll och din säng var tom och fönstret var öppet. Hur du kom ut med din stol vet jag inte. Hur som helst, om du ska gå ut bör du berätta det för mig. Jag är ansvarig för dig och din vistelseort. Nästa gång lovar jag att du berättar vart du ska och när du kommer tillbaka. Det är vanlig hövlighet."

"I..."

POP.

POP.

Hadz och Reiki dök upp. Reiki flög över till Sam och fladdrade framför hans ögon. Under några sekunder verkade Sam vara zombifierad. Sedan fortsatte han att dricka sitt kaffe. Höjde glaset, drack, ställde ner det. Upprepning.

E-Z kom att tänka på en fågelleksak - där fågeln doppar huvudet i glaset och dricker. Vad hette den där saken egentligen?

"Dippy bird", sa Sam. Han tittade på sin klocka.

Vad i hela friden? Kunde hans farbror läsa hans tankar nu?

"Vem kan inte läsa hans tankar?" sa Hadz med ett flin.

Sam reste sig och med glasartade ögon och robotliknande rörelser gick han till diskhon, sköljde ur sin kopp och ställde in den i diskmaskinen. Därefter tog han sina bilnycklar och gick utan att säga ett ord.

E-Z:s mun hängde öppen medan han bearbetade informationen och krävde sedan: "Okej, ni två. Vad gjorde ni mot min farbror Sam? Ni hade ingen rätt att...att...göra vad ni gjorde." Han var så arg att hans ansikte var rött och hans nävar var knutna.

POP.

POP.

Han hatade det. Varje gång de gjorde något fel försvann de, och han var tvungen att be dem om ursäkt för att få dem att komma tillbaka när han inte hade gjort något fel.

"Förlåt", sa han. "Snälla, kom tillbaka."

POP

POP.

"Gjort är gjort", sa han lugnt. "Läste han verkligen mina tankar?"

Reiki sa: "Det gjorde han, men det var en isolerad händelse."

"Det var bra. Jag skulle aldrig kunna komma undan med något."

"Vi är din backup, under prövningarna. Det är upp till oss att skydda dig och dina vänner, inklusive Uncle Sam."

"Vad gjorde du med honom?" frågade han igen, när dörrklockan ringde. Han rörde sig inte, han väntade på att de skulle svara på hans fråga. Klockan ringde igen. "Ett ögonblick bara", sa han. "Berätta vad du gjorde med honom. NU!"

"Jag raderade hans hjärna", viskade Reiki.

"Ni gjorde vad!"

"Vi var tvungna, för att skydda dig och ditt uppdrag", tillade Hadz.

PJ och Arden kom in i köket. "Dörren var olåst", sa Arden.

"Ja, vi sa till Sam igår att vi skulle hämta dig nu på morgonen."

"God morgon på er också." Han knuffade sig upp från bordet.

"Vi måste prata, kompis. Men vi har bråttom."

Han tog sin ryggsäck och lunch. De gick till ytterdörren. Högst upp i trappan svängde stolen framåt - som om den ville flyga ner. Han bad sina vänner att hjälpa honom nerför rampen. Arden och PJ hjälpte honom in i baksätet på bilen. Arden stuvade in rullstolen i bagageutrymmet.

"Hej, fru Lester", sa E-Z när de tre pojkarna satte sig i baksätet på bilen.

"God morgon", sa hon och satte på radion. Programledaren pratade om ett nytt recept.

"När de var på väg", viskade PJ, "Vad gjorde du igår kväll?"

"Inte mycket. Åt. Sov. Det vanliga."

"Visa honom."

PJ sträckte fram telefonen och tryckte på play.

Det var en YouTube-video. På honom, i sin rullstol som flög över himlen och bar skadade människor. Hans stol var blodröd och rörde sig så snabbt som en suddig eld. Hans vita vingar var synliga. Och kontrasten mellan den svarta strimman och hans blonda hår framhävde hans utseende.

"Beats me", sa E-Z medan han kliade sig i huvudet utan att komma på någon förklaring. Han väntade på att änglarna skulle komma och rensa hans vänners sinnen - det gjorde de inte. Han väntade på att världen skulle stanna upp - det gjorde den inte. Han undrade om han någonsin skulle få se sina föräldrar igen? Var det här ett test? Han stängde telefonen och lämnade tillbaka den.

"Dude", sa Arden när hans mamma backade in på en parkeringsplats.

"Skynda dig nu, annars blir du sen", sa hon när hon öppnade bakluckan.

"Vi ses senare", sa Arden när hans mamma körde iväg.

De tre vännerna tog sig till skolan utan att prata. Den sista varningsklockan var inställd på att ljuda vilken sekund som helst.

E-Z rullade runt i korridoren och log för sig själv samtidigt som han oroade sig för vem som skulle se klippet. Men det var fantastiskt att se sig själv i aktion. Som en coolare Stålmannen. En riktig hjälte. Han hade räddat människor. Räddat liv. Han och hans rullstol var oövervinnerliga. De var en dynamisk duo. Han undrade om de ens behövde hjälp av de två wannabe-änglarna. Det hade känts bra. Varenda ögonblick av det. Räddandet. Räddandet. Det framgångsrika slutförandet av ännu en prövning. Fantastiskt. Om han bara kunde berätta sin hemlighet för sina bästa vänner.

"E-Z Dickens!" ropade hans lärare fru Klaus.

"Ja, frun", sa E-Z och vände blad för att läsa lektionen. Han undrade varför han slösade tid i skolan. Han behövde den inte längre.

✳✳✳

Han försökte att inte slumra till under lektionen. Mrs Klaus hade ögonen på honom, mer än vanligt. Varje gång han slumrade till höjde hon rösten. Han vaknade utan att ha en aning om vad hon pratade om.

När klockan ringde och lektionen var slut skingrade sig eleverna för att låta honom vara den första som gick ut genom dörren. Han kastade en blick på några av sina klasskamrater för att säga tack. Få fick ögonkontakt. De flesta tittade bort. De var inte vana vid hans nya status - ännu.

I korridoren väntade en skara studiekamrater och beundrare. Det blixtrade till när kameror och mobiltelefoner tog bilder. Han hoppades att skoltidningen var där. Kanske skulle de till och med skriva en artikel om honom. Vänta lite nu. Han skulle aldrig få träffa sina föräldrar igen - inte om alla visste! Hur kunde det här hända!? Han trängde sig fram. De fortsatte att applådera, allt högre med tiden. Några ropade: "Tal!"

PJ gick fram och frågade: "Har du sett Facebook på sistone?"

E-Z ryckte på axlarna.

"Ta en titt på det senaste", sa PJ och visade sin vän rubrikerna.

"Lokal hjälte i rullstol." Han slutade röra sig och klickade på klippet. Det stod att den lokala hjälten gick på Lincoln High i Hartford Connecticut. E-Z insåg snart att eleverna trodde att han var hjälten - det var han - men det kunde de inte veta. Det var inte meningen att de skulle veta något av det. De skulle ha raderat sina sinnen, precis som de gjorde med Uncle Sam. Men det spelade ingen roll - han bodde inte i Hartford Connecticut. De hade fel. Varför applåderade då hans klasskamrater?

Han trängde sig fram, de flyttade på sig. Han gick rakt ut i det hällande regnet. E-Z undrade om han kunde använda de nyfunna krafterna i sin stol till sin egen personliga fördel. Även om det inte fanns någon kris eller rättegång, kunde han trolla eller ritualisera sig hem? Han tänkte på detta medan han fortsatte att rulla längs trottoaren. Hans stol hjälpte honom en gång att rädda en liten flicka, innan den ens hade några speciella krafter.

Han tänkte på magiska ord som bibbidi-bobbidi-boo och expelliarmus. Han provade båda på sin rullstol, men ingen av dem gjorde någonting. Han tittade sig över axeln och hörde fotsteg komma upp bakom honom. Han väntade sig en av sina vänner - istället var det en yngre elev som frågade: "Var är dina vingar?"

E-Z skrattade: "Jag har inga vingar." På en gång kom hans vingar ut och bar honom upp i skyn. Först tänkte han åh nej, men han bestämde sig för att göra det och vinkade till barnet på trottoaren. Ungen var så exalterad att han inte ens hade tänkt på att ta fram sin telefon för att fånga ögonblicket. "Hem!" kommenderade han. En blixt av rött ljus förde honom över himlen, rakt förbi hans hus eftersom stolen hade någon annanstans för dem att vara.

De fortsatte att flyga tills de befann sig rakt ovanför ett köpcentrum. Han kunde känna hur luften vibrerade nu och drog honom närmare den plats där han behövdes. Stolen pekade nedåt, släppte ner honom i en bank och stannade sedan i luften. Kunderna nedanför fortsatte att mingla runt - han var utom synhåll för dem. Han hade fortfarande ingen aning om varför han var här.

Är det här ännu en rättegång? frågade han. Han väntade men fick inget svar. Om detta var en ny rättegång, så blev tiden mellan dem allt kortare. Var var de två änglarna - var det inte meningen att de skulle skydda honom? Han tänkte på de andra prövningarna. De flesta av dem ägde rum på natten. I mörkret. Kanske kunde blivande änglar inte komma ut i ljuset, som vampyrer? Han skrattade åt det konstiga sambandet och hoppades att det var sant. På något sätt brydde han sig inte om att det bara var han och hans stol den här gången. E-Z kom tillbaka till ögonblicket. Kunderna skrek inne i gallerian. Han flög framåt, ut ur banken och in i ett närliggande varuhus. Platsen var i stort sett folktom.

När han landade snurrade hjulen av sig själva och förde honom framåt. E-Z försökte ta kontrollen. Men hans rullstol ville också ha kontroll. Den snurrade på, snabbare och snabbare. Till slut lät han den dominera, rädd för att få sina fingrar förstörda.

Rullstolen stannade helt när kunderna låg utspridda på marken cirka 1,5 meter framför dem. De flesta låg med ansiktet nedåt på golvet. Vissa hade händerna på baksidan av huvudet, andra hade händerna bakom ryggen.

I olika positioner såg han säkerhetskameror som bara visade statiskt material. Inget gott tecken.

Rullstolen ryckte till framåt igen mot en ung kvinna. Hon var klädd i kamouflagemundering och hade en hatt neddragen över ögonen. Hon var ljus, förmodligen blond och blåögd, modelltypen. Hon svingade ett gevär i ena handen och en jaktkniv i den andra. Hennes stillhet när hon använde vapnen bekymrade honom. Det och hennes överdrivna användning av rött läppstift. Det var utsmetat och förvandlade ett läskigt leende till en hotfull grimas.

E-Z tänkte på dem som var i fara på golvet. Hur länge hade de varit där? Vad väntade hon på? Hade hon krävt pengar? Vem utanför butiken visste att gisslandramat utspelade sig eftersom kamerorna inte fungerade?

En av killarna på golvet fångade hans uppmärksamhet. E-Z satte fingret till läpparna. Killen vände sig åt andra hållet, det var då han såg en telefon på golvet med en röd lampa som pulserade. Den spelade in ljudet. Han hoppades att tjejen inte märkte det - hon såg ut som om hon kunde tappa fattningen när som helst.

E-Z:s stol lyfte som ett skott från en kanon och var snart över flickan. Hennes pistol flög åt ena hållet och kniven åt det andra. Stolens metallhölje föll ner.

"Ring 911", ropade E-Z. Och till kunderna på golvet: "Ut härifrån!" De sprang utan att se sig om. Nu var han helt ensam med den galna flickan. "Varför gjorde du det?" frågade han.

Hon sjöng orden till en sång han hört förut, "Jag gillar inte måndagar", flinade sedan, himlade med ögonen och sa: "Dessutom är det bara en lek." Hon återgick till att nynna på låten i några sekunder med slutna ögon. Sedan öppnade hon dem och med vilda ögon och skratt sa hon: "Och om du behöver någon som kan färga ditt hår ordentligt så känner jag någon."

"Tack", sa han och drog fingrarna genom håret.

Han kom ihåg en sång som hans mamma sjöng. En sann historia, om en skjutning. Bandet var döpt efter möss eller råttor.

Han skakade på huvudet. Flickan framför honom liknade en karaktär från ett spel som han hade spelat några gånger. Även ner till det utsmetade läppstiftet. Han kom inte ihåg vilket, men han var säker på att hon imiterade en spelare. "Att spela ett spel är en sak - ingen blir skadad. Det här är det verkliga livet. Om du inte gillar något - sluta med det! Skada inte andra."

"Stick iväg", svarade hon, "som om jag hade något val i frågan."

Polisen kom inrusande och han var tvungen att gå.

De hittade flickan med sina vapen fastbundna i knutar i säkerhetsgången vid en spelkonsol.

Han åkte hem och väntade på att den fruktade bränningen från hans vingar skulle drabba honom. Han tog sig hela vägen dit, så långt allt väl. Men han var så hungrig att han inte kunde vänta med att äta allt han kunde få tag på.

I kylskåpet låg en halv kyckling som han åt medan han väntade på att osten skulle smälta i pannan. Han åt upp den grillade osten. Sedan gjorde han en till, medan han mumsade på ett äpple. När han ätit upp äpplet skedade han i sig glass från tuben. Smärtan kom aldrig, men han skulle få ett allvarligt viktproblem om han fortsatte att äta så här.

"Farbror Sam?" ropade han och kollade om han var någonstans i huset - det var han inte. Han gick in på sitt kontor och gjorde lite läxor, sedan spelade han några spel. Fortfarande inga spår av Sam. Inga SMS. Inga samtal eller röstmeddelanden. Sam lät honom alltid veta när han skulle komma hem sent. Konstigt. Var var han?

KAPITEL 17

Klockan var över midnatt och Uncle Sam hade fortfarande inte synts till. Det var första gången han hade struntat i att laga middag och inte heller berättat för E-Z var han var. Han visste hur orolig hans brorson blev när saker och ting var utom hans kontroll. Vid sådana tillfällen kliade det i huden på tonåringen, som om hans blod kokade under ytan.

Han satt i sin rullstol och gjorde vad som motsvarade att gå fram och tillbaka. Rullade sin stol uppför korridoren och tillbaka ner igen. Den svåraste delen var att vända sig om, vilket han gjorde på sitt kontor. På vägen tillbaka mot köket satte han på TV:n för att skapa lite vitt brus. Han stannade för att titta innan han gick tillbaka till korridoren och en utomkroppslig upplevelse tog över honom.

Han satt i vardagsrummet i sin rullstol och tittade på sig själv på TV:n i sin rullstol. E-Z skakade på huvudet och försökte förstå det hela. Varför hade inte Hadz och Reiki raderat deras minnen? Sedan hände det - reportern sa hans namn och hans faktiska adress inklusive förort. Han fick allt rätt den här gången - och han slutade inte där.

"Trettonårige E-Z Dickens ville bli en professionell basebollspelare. Och han hade färdigheterna. Men en olycka tog hans föräldrar ifrån honom - och hans ben. Den föräldralöse superhjälten bor nu med sin enda släkting, Samuel Dickens."

Han ville sparka in tv-skärmen. De sa det, bara så där. Som om alla superhjältar måste vara föräldralösa. Som om det var en förutsättning. När telefonen ringde hoppades han att det var Sam - det var Arden.

"Tittar du på det?" frågade han. "De berättade för ALLA var du bor!"

"Jag vet", sa E-Z. "Det värsta är att farbror Sam är AWOL. Han ringer mig alltid, oavsett vad."

Arden pratade med sin far. "Stanna där, pappa och jag kommer strax. Du kan bo hos oss tills du och Sam vet vad ni ska göra. Lämna ett meddelande till honom."

"Tack, men jag klarar mig här."

"Pappa säger, inga om, och eller men. Han säger att reportrarna kommer att vara på dig som vitt på ris - vad det nu betyder."

"Jag hade inte tänkt på att reportrarna skulle komma hit. Okej, jag ska göra mig i ordning."

Han gick till sitt rum, packade en övernattningsväska och gick sedan till köket för att skriva en lapp och sätta upp den på kylskåpet. Ett fordon stannade plötsligt utanför med skrikande däck. En dörr slogs igen, skott avlossades och glassplitter sprängdes ut genom fönstren. Ytterdörren sprängdes av gångjärnen när hans stol körde iväg mot skytten som avlossade skott när de närmade sig.

"Han är bara ett barn", sa E-Z och drog fördel av hans tvekan. Han tog tag i pistolen, gjorde en knut på den och kastade den över gräsmattan.

Pojken, som var yngre än E-Z, använde sekunderna han kastade pistolen till att tackla ner honom på marken.

"Inte coolt", sa E-Z när hans stol knuffade bort honom och släppte metallburen på pojken som snyftade och frågade efter sin mamma. "Backa undan", sa E-Z till stolen.

Barnet rullades ihop i fosterställning, skakade och grät. Stolen drog tillbaka buren: pojken rörde sig inte.

E-Z som nu var tillbaka i sin rullstol frågade: "Vem körde dig hit? Och varför allt skjutande?"

"Det är inget personligt", förklarade pojken. "Jag var tvungen att göra det. En röst i mitt huvud sa åt mig att jag var tvungen att göra det. Annars skulle de döda mig och min familj. Det var därför jag stal min pappas nycklar och lärde mig köra - snabbt."

"Har du aldrig kört förut?"

"Bara i spel."

Spel igen. "Vilka pratar du om? Vad heter de?"

"Det vet jag inte. Jag spelar några spel online. En kvinna kunde komma in i spelet och säga att hon skulle döda min syster. Jag bytte till ett annat spel; en annan kvinna sa att hon skulle döda mina föräldrar. I spelet jag spelade idag sa en tredje kvinna till mig att om jag inte dödade ett barn som bodde på den här adressen skulle det få allvarliga konsekvenser." Ungen sprang mot E-Z men kom inte långt. Stolen knuffade omkull honom och sänkte bommen.

"Ta mig härifrån!" kräver grabben.

E-Z skrattar, grabben har stake. "Stå ner", sa han till sin stol och hjälpte grabben upp på fötter. Grabben tackade honom genom att spotta honom i ansiktet. Han knöt nävarna och funderade på att slita huvudet av grabben, men han gjorde det inte. Istället kramade han om honom.

Killen började gråta igen och hans tårar föll på E-Z:s axlar och vingar.

"Tack, Dude", sa grabben. Han tog ett steg tillbaka, lade handen över hjärtat och försvann.

När polisen till slut kom satt E-Z i sin stol vid trottoarkanten. Sedan var han inte det längre. Han var inne i silon igen och kände sig klaustrofobisk i totalt mörker.

✳✳✳

Tidigare när han hade varit i metallcontainern kunde han röra sig fritt. Nu satt han i sin rullstol och kunde knappt röra sig. Han försökte vicka på tårna i skorna - han kunde inte känna dem. Om hans ben inte fungerade här var han glad över att sitta i rullstolen. De var trots allt ett team: som Batman och Batmobilen. Som svar på hans tankar gungade rullstolen framåt som en mastiff på lina.

"Ta oss härifrån", kommenderade E-Z.

Han kände en känsla av rörelse ovanför sig. Ett skiftande ljus som ett moln som rörde sig över himlen. Om han bara kunde flyga upp och ta sig ut genom taket, men hans vingar hade inget utrymme att expandera.

Hans hud började bubbla och det började klia. Var var den lugnande lavendelsprayen nu?

PFFT.

"Uh, tack", sa han. Till och med den här saken kunde läsa hans tankar nu.

Hans axlar slappnade av medan han formulerade en lista med krav:

Nummer ett. Han ville berätta allt för Uncle Sam. Och han menade allt. Ingenting fick utelämnas.

Nummer två. Han ville att PJ och Arden skulle få veta. Inte allt, som farbror Sam skulle göra. Men tillräckligt för att de skulle förstå hur pressad han var. Tillräckligt för att de skulle kunna stötta och uppmuntra honom. Han hatade att ljuga för dem. Han ville att de skulle veta om rättegångarna. Varför han gjorde dem. Som om han hade något val i frågan.

Nummer tre. Han ville att de skulle be om hans tillstånd innan de kidnappade honom. På så sätt skulle han veta vad han kunde förvänta sig. Han hatade att bli insläppt i det här.

Nummer fyra. Han ville veta var han var. Varför han alltid släpptes ner i samma behållare. Varför hans ben ibland fungerade och ibland inte. Varför hans stol ibland var med honom och ibland inte.

"Väntetiden är tolv minuter", sa en kvinnoröst. "Vill du ha något att dricka?"

"Vatten", sa han när metallen till höger om honom spottade ut en hylla med ett glas vatten på. "Tack." Han kastade tillbaka det. Glaset fylldes till brädden igen. Han ställde ner det för senare bruk.

Mer avslappnad nu, en sång dök upp i hans huvud. Hans pappa brukade älska den. Rullstolen gungade fram och tillbaka medan han sjöng texten. Stolen byggde upp ett momentum - som om den försökte bryta sig loss.

Sekunder senare var han tillbaka hemma, i sitt sovrum med krossat glas överallt. Blå och röda lampor pulserade på väggarna. Nu stod han vid det trasiga fönstret och tittade ut.

"Han är där uppe!" ropade en reporter.

✳✳✳

"Inte igen!" ropade han, nu tillbaka i metallbehållaren. "Få ut mig härifrån!" Han sparkade med foten mot siloväggen. "Aj!" ropade han. Sedan log han, glad över att känna sina ben igen och ställde sig upp. Han höjde näven i luften: "Vem tror du att du är som har fört mig hit, till alla dina nycker!"

"Väntetiden är nu sex minuter, vänligen sitt kvar."

Remmar kom ut ur väggarna framför honom, bakom honom, på båda sidor om honom. Han bands fast på plats. Han kämpade för att komma loss, men läderremmarna drog bara åt. Snart kunde han bara röra sitt huvud och sin nacke.

PFFT.

"Ah, lavendel", sa han. Under honom började rullstolen skaka och darra. "Det kommer att bli bra." "Är ni fegisar för rädda för att komma ner hit och möta mig?"

PFFT.

PFFT.

Han tog en dos.

$$* * *$$

Han sov gott tills silons tak öppnade sig som Houston Astrodome. Och en sak svalde ljuset. Han kunde känna det, innan han kunde se det. Den tog ljuset ur hans värld. Under honom skakade rullstolen när saken ovanför hamnade i fritt fall.

Den stannade helt, som en spindel vid slutet av sin lina.

Lucifer?

Satan?

Han väntade, för rädd för att tala.

"Hej - o - o - o", vrålade den bevingade varelsen och dess röst studsade mot väggarna.

Han önskade så att han kunde hålla för öronen.

Varelsen flinade och visade rakbladsliknande tänder samtidigt som den släppte ut en illaluktande stank.

Han kvävdes, hostade och önskade att han kunde hålla för näsan också.

Odjuret skrattade i ett vrål, som dundrade upp och ner i hans metallfängelse som om det poppade popcorn. Han lutade sig närmare tonåringens ansikte och spottade ur sig: "Talar jag inte ditt språk, sir?"

E-Z svarade inte. Han kunde inte. Han kände sig väldigt oheroisk. Det faktum att hans rullstol verkade darra under honom stärkte inte hans självförtroende.

"FÖRSTÅR DU INTE MIG?" brölade saken och skakade metallfängelset i dess grundvalar. Saken kom ännu närmare, "DO. DU. INTE. HÖR. MIG?"

Det var som ett talande moln med ett huvud i mitten, redo att regna ner på honom med åska och blixtar. Han grävde ner naglarna i armstöden och tog mod till sig för att säga "Ja". Han gick igenom sin kravlista i huvudet.

Odjuret vrålade och eld flög ut ur dess mun. Tack och lov för E-Z stiger värme. Plötsligt kände han sig väldigt hungrig, efter bacon.

"Jag gillar bacon", erkände varelsen.

E-Z undrade om han hade sagt det där om bacon högt. Även med tanke på hans accelererande nivå av rädsla visste han att han inte hade sagt det. Det betydde en sak, alla kunde läsa hans tankar! Han rätade upp sig och försökte skydda sig själv genom att sluta sig. Hans tankar gick till mat, pannkakor på Ann's Café, en tjock chokladshake, smörig sirap. Allt för att hålla rädslan i schack och ångesten nere. Det här var tortyr, saken kunde läsa hans tankar och fängsla honom för evigt. Fanns det någon superhjälteförening han kunde gå med i?

"Bah, ha, ha!" saken vrålade av skratt.

E-Z önskade så att han kunde nå dess öron, men eftersom han inte kunde det tröstade han sig med att den åtminstone hade ett sinne för humor. "Varför är jag här?"

Saken svarade inte omedelbart, så han försökte psyka honom med en stirrande blick. Det var särskilt svårt att hålla ögonlåset eftersom stolen hela tiden försökte kasta ut honom ur det. Han knöt nävarna för att locka fram blod.

Varelsen rörde sig med ormliknande smidighet, dess skumtunga sprutade fram och tillbaka när den slickade E-Z:s knytnävar.

"Usch!" skrek han. "Det är så äckligt!"

"Mer tack!" krävde saken, medan blodet på dess tunga skimrade som regndroppar.

E-Z hade varit rädd förut, men nu var han långt mer än rädd. Snarare förstenad - men han var ju en superhjälte. Han var tvungen att hämta styrka någonstans ifrån - även om stolen var värdelös.

"Nah, nah, nah, nah, nah," sjöng saken, medan den svepte närmare, sedan zappade längre bort, sedan närmare igen. Det studsade mot väggarna.

Efter några ögonblick slog sig varelsen till ro. Han korsade sina ben i luften. Sedan placerade han sitt långa beniga finger på dess kind. Det verkade som om han förväntade sig ett vänligt samtal.

"Hadz och Reiki har tagits bort från ditt fall", viskade saken. "De två var imbecilla. Mindre än värdelösa. Jag är din nya mentor."

Den mörka varelsen korsade sig själv. Han fladdrade ovanför, gjorde en halv bugning med en mönstring och steg högre upp i behållaren.

E-Z tänkte i några sekunder innan han svarade. De två varelserna hade varit lojala mot honom. De hade hjälpt honom och tagit hand om honom - och viktigast av allt, de drack inte människoblod.

"K-kan vi diskutera det här?" frågade E-Z. Han försökte le. Han visste inte hur det såg ut på andra sidan.

"NEJ!" sa saken och körde sig närmare utgången.

E-Z såg hur den drev uppåt. Hjälplös. Hopplös.

"Vänta!" skrek han, saken var till hälften inne och till hälften ute ur behållaren. "Jag befaller dig att vänta!" sade E-Z, när taket började stängas, sedan var saken i hans ansikte i en blixt.

"Y-E-S?" frågade den.

"Jag vill prata med din chef om att få tillbaka Reiki och Hadz. De är mer lämpade för mina, mina försök. För att försöken ska lyckas."

"Tycker du inte om mig?" skrek varelsen med en röst som naglar på en griffeltavla.

"Sluta! Snälla!"

"Att ta tillbaka de två idioterna är uteslutet", saken snurrade som en hamster i ett hjul.

"Lägg av! Du gör mig yr! Ta mig härifrån!"

"Okej", sa den, korsade armarna och blinkade som kvinnan i det gamla TV-programmet I Dream of Jeannie.

Silon försvann, medan E-Z och hans stol blev kvar på marken.

"Ahhhh!" ropade han.

Sedan försvann hans rullstol.

Och medan han fortsatte att falla skakade han sina knytnävar mot varelsen ovanför honom. Han gjorde sig redo för fallet.

"Förresten, jag heter Eriel."

"Arrgggghhhh!" utbrast han.

Han var tillbaka i sin rullstol igen och höll sig fast för livet. De fortsatte att falla.

KAPITEL 18

C RASH!

Rakt genom taket på hans hus. Hans rullstol tippade framåt och dumpade honom på sängen. Sedan rullade han ner på golvet. De var båda okej. Inte värre än att de klarade sig.

Ovanför honom lagade sig hålet som de hade gjort.

"Åh, där är du ju!" sa Sam. "Uh, välkommen hem."

E-Z hade inte ens lagt märke till honom. Han hade somnat djupt i stolen i hörnet.

Sam sträckte på sig och gäspade. Sedan stapplade han över rummet där en kanna med vatten stod. Han svalde ett glas och erbjöd sedan en kopp till sin brorson.

"Hur är det med den elaka varelsen Eriel!" sa Sam.

E-Z spottade nästan ut vattnet.

"Vem? VAD?"

Sam fortsatte. "Den där Eriel är den vidrigaste, mest motbjudande förvuxna flygande varelse jag aldrig skulle hoppas få träffa!" Han knöt nävarna. "Jag hoppas att du kan höra mig, var du än är! Jag är inte rädd för dig!"

E-Z:s käke föll nästan till golvet.

Sam fortsatte. "Den där saken hade mig inuti en metallbehållare. Nu vet jag varför du hade en mardröm.

Det var verkligen som en silo. Han sa att jag var tvungen att lämna över ditt förmyndarskap till honom, annars skulle du bli skjuten."

"Jaha, det," sa E-Z. "Jag antar att du såg allt krossat glas. Det var en grabb, han försökte döda mig."

"Jag vet allt om det. Jag såg allt från insidan av silon. Visste du att det fanns en storbilds-TV där inne? Och ett ganska bra ljudsystem också."

"Vad? Jag var precis där och Eriel sa ingenting till mig om dig eller att ta över förmyndarskapet." Han korsade rummet och tittade upp i taket, "Är det här ett test Eriel? Om jag säger något, kommer du då att ta tillbaka erbjudandet? Ge mig ett tecken."

"Vem pratar du med? Eriel är inte här. Om han var det skulle vi kunna känna hans stank på flera kilometers avstånd. Nej, vi är ensamma - trots att jag höjde mina knytnävar mot honom. Jag förväntade mig inte att han skulle höra mig."

"Han har förmodligen ögon och öron överallt."

"De säger att Gud har ögon och öron överallt. Om han finns."

"Vad mer berättade han om mig?"

"Han berättade att det var meningen att du skulle dö med dina föräldrar. Han och hans kollegor räddade dig - och nu måste du klara av en rad prövningar."

"Ja, det stämmer. Jag hade tystnadsplikt, så jag undrar varför han avslöjade den här informationen för dig."

"Först försökte han mobba mig, men du tog dig ur den knipan med grabben. Han släppte av mig här i huset och jag kunde inte hitta dig någonstans."

"Ja, för han hade mig i containern."

"Han släppte in och ut mig några gånger, men jag vägrade att ge upp din förmyndarrätt. Efter andra eller tredje gången sa han att du hade begärt att jag skulle få veta allt och..."

"Jag gjorde upp en plan för att fråga honom det. Jag berättade inte vad det var - men han, liksom de flesta andra på senare tid, kan läsa mina tankar."

"Vad menar du med alla andra?"

"Eh, före Eriel fanns det två wannabe-änglar som hette Hadz och Reiki."

"Åh, han nämnde två imbeciller. Sa att de degraderats till att arbeta i diamantgruvorna."

"Har himlen gruvor?"

"Jag tvivlar på att den där saken var från himlen - om det nu finns något sådant."

"Har du något emot att vi går in i köket och äter lite?" frågade E-Z. De gick längs korridoren, Sam satte på grillen och förberedde bröd med ost och smör. "Medan du sov gjorde jag lite efterforskningar om Eriel. Det krävdes lite grävande för att hitta honom, men när jag väl hade begränsat sökningen hittade jag guld." Han lade upp smörgåsarna på tallrikar och bar dem till bordet.

"Tack, jag kan knappt vänta på att få höra allt om det. Har du något emot att jag går rakt på sak?"

"Nej, varsågod." Sam såg sin brorson ta fyra tuggor och sedan var smörgåsen borta. Han räckte över sin egen och kände sig inte hungrig trots allt. "Jag började söka på Eriel. Ingenting kom upp. Så jag skrev in ärkeänglar och namnet Uriel var högst upp på sidan."

"Tror du att det är samma sak?" Han tog en tugga till.

"Det var vad jag trodde först. Sedan hittade jag en lista över ärkeänglar och namnet Radueriel i judisk mytologi. När jag kollade upp hans beskrivning stod det att han kunde skapa mindre änglar med bara ett yttrande."

"Du menar som Hadz och Reiki? Vänta lite, om han skapade dem är det förmodligen därför han kunde skicka dem till gruvorna."

"Precis så tänkte jag. Så, jag tror att baserat på den informationen vet vi nu att Eriel, alias Radueriel är en ärkeängel."

E-Z nickade.

"Så jag fortsatte att gräva och hittade det här. "En prins som blickar in i hemliga platser och hemliga mysterier. Dessutom en stor och helig ängel av ljus och härlighet."

"Wow, han är en riktig tuffing!

"Han kan också skapa något ur ingenting, manifestera det från luften."

"Så jag tolkar det som att han kan ändra sitt eget utseende, plus andras utseenden."

"Det stämmer. Och jag skrev ner några ord." Han sköt pappersbiten över bordet. "Men säg dem inte högt. Om du gjorde det skulle du kalla på honom." Orden på papperet var:

Rosh-Ah-Or.A.Ra-Du,EE,El.

"Memorera orden på det här pappret, ifall du någonsin behöver kalla honom till dig."

"Hur vet vi att de fungerar?"

"Använd dem bara om du måste. Det är inte värt att kalla hit honom - om det inte är en sista utväg."

"Överenskommet." När han upprepade dem om och om igen i sitt sinne kände han sig trygg med att ärkeängeln trots allt inte läste hans tankar hela tiden.

"Eriel sa att jag skulle hjälpa dig med prövningarna. Jag antar att rädda den lilla flickan var den första du var tvungen att göra?"

"Hittills har jag gjort flera. Den första, ja, den lilla flickan. Den andra, jag räddade ett plan från att krascha."

"Wow! Jag skulle gärna vilja veta mer om hur du gjorde det. Jag är förvånad över att du inte var med på nyheterna."

"Jo, men man kunde inte se att det var jag. Den tredje stoppade jag en skytt på taket till en byggnad i centrum. För det fjärde, en annan skytt i ett köpcentrum med gisslan och för det femte, killen utanför som försökte döda mig."

Sam plockade upp tallrikarna och tog dem till diskmaskinen. "Jag kan inte säga hur stolt jag är över dig. Allt det här pågår och jag hade absolut ingen aning."

"Jag hade tystnadsplikt. Om jag berättade för någon skulle de..."

"Se till att du aldrig ser dina föräldrar igen - ja, det sa han till mig. Det låter lite skumt tycker jag. Eriel är inte den sentimentala typen, han var som en stor boll av ilska som väntade på ett mål."

"Jag sårade hans känslor när han trodde att jag inte gillade honom."

Sam hånade. "Tänk dig den saken, att ha känslor." Han ställde sig upp. "Vill du ha lite kaffe?"

"Jag föredrar kakao." Han gäspade. "Det har varit en väldigt lång dag."

"Vi kan prata mer om det här på morgonen, men hur känner du inför deadlinen? Du har genomfört fem prövningar, på hur många dagar?"

"De har varit slumpmässiga. Jag vet ingenting om en fast deadline."

"Eriel berättade för mig att du måste genomföra tolv prövningar på trettio dagar. Om du redan är två veckor in, då måste de öka takten - mycket."

"Det är första gången jag hör det."

"Han sa att om du inte slutför dem i tid - kommer du att dö."

"Vadå?"

"Och att alla du har räddat kommer att dö. Sam stannade upp, tanken på att förlora honom nu när de precis hade börjat. Hans liv skulle bli tomt igen, bara jobb, hem, jobb, hem. E-Z stirrade på honom och väntade. "Förlåt, jag tänkte bara på hur mycket du betyder för mig, grabben. Men det var något annat han berättade för mig, han sa att du skulle dö med dina föräldrar. Det skulle betyda att allt vi har gjort, all tid vi har tillbringat tillsammans skulle försvinna. Och jag säger inte att jag kan eller någonsin skulle ta dina föräldrars plats, men du vet vad jag menar, eller hur? Jag älskar dig, grabben."

"Detsamma gäller dig", sa E-Z. Han ville krama Sam och Sam ville krama honom, han kunde se det och ändå rörde de på sig. Han tog ett djupt andetag, "Det var hårt. Låter dock mer som Eriel."

"En sak till, han sa att varje gång du slutför en prövning ökar din själ. När du når tolv kommer den att ha ett optimalt värde. Själsvaluta som du kan använda för att se och tala med dina föräldrar igen."

E-Z:s stol backade ut från bordet när ytterdörren blåste av gångjärnen och han sköt iväg mot himlen.

"Arrgghhhhh!" Sam skrek bakom honom. Han klamrade sig fast vid stolen och sin brorsons vingar som en vilsen drake.

"Håll i dig!" sa E-Z. "Jag tror att Eriel ringer."

De flög vidare.

KAPITEL 19

"Håll i er - vi går in för landning." Hans rullstol körde neråt.

"Jag önskar att jag också hade ett säkerhetsbälte!" utbrast Sam och lade armarna om sin brorsons hals.

"Oroa dig inte, det blir en säker landning."

"Om jag inte släpper taget innan dess! Arrgghhh!"

När de tog sig ner fick E-Z syn på en cirkel av statyer. Eftersom han inte hade något annat att göra räknade han dem - det var hundra med något i mitten. Konstigt, han hade varit i stadens centrum massor av gånger men kom inte ihåg denna grupp av betongblock. Stolens hjul landade på marken, men Sam höll sig fortfarande fast för glatta livet.

"Det är okej nu", sa E-Z. "Du kan öppna ögonen."

Det gjorde han. "Jag ska döda den där Eriel nästa gång jag ser honom!"

"Shhhh. Det kan bli tidigare än du tror." Det han hade sett i mitten av statyerna var Eriel i mänsklig form, i fysiska drag men inte i storlek. Dessutom satt han i en rullstol som svävade som en magisk tron.

Hans hår var kolsvart och flöt över hans axlar och ner till hans midja. Hans ögon var som kol och hans hy som alabaster. Hans haka var täckt av skäggstubb, som en skugga klockan sex trots att det var närmare tolv på dagen. Hans läppar var väldigt röda, som om han hade applicerat färskt läppstift. Hans näsa såg ut som en fotbollsspelares som hade brutit den mer än en gång. Som kläder hade han en vit t-shirt, svarta jeans och på fötterna ett par Jesus-sandaler.

E-Z vände sig i en cirkel och tittade på de etthundratio männen igen. De var alla klädda i moderna kläder. De flesta bar glasögon och kostym. Då visste han sanningen: Eriel hade förvandlat etthundratio levande, andande män till statyer.

Och det var inte allt. Han insåg att även om de befann sig i det centrala affärsdistriktet så hördes inga av de vanliga ljuden. En vanlig dag skulle bilar som fastnat i trafiken ha tutat och avgaser skulle ha fyllt luften.

Tystnaden var störande, men den friska rena luften fick honom att andas in djupare. Det lugnade honom. Han visste att det var lugnet före stormen.

Han tittade upp mot himlen. Ett passagerarplan hade stannat i luften. Bredvid det fanns fåglar som hade slutat flyga. I bakgrunden fanns moln. Orörliga. Stillastående.

Sedan förändrades allt ovanför honom från blått till svart.

Och den en gång så kusliga tystnaden slets bort.

Det som ersatte den var stön. Stön. Som om trädrötter drogs upp ur jorden. Och luften tjocknade och lindade sig runt deras halsar. Stal deras andetag.

Och under deras fötter började marken att skaka. Den bröts upp på vid gavel. En jordbävning. Rivande. Slitande.

Och solen och månen och stjärnorna lyste alla tillsammans, men bara för en sekund. Sedan bröts de sönder och splittrades i miljoner bitar.

"Varför förvandlade du männen till statyer? Och varför försöker du förstöra världen?" frågade E-Z. "Och varför svävar du där uppe i en rullstol?"

"Åh nej", skrek Sam och svingade sina knytnävar i luften.

Eriel skrattade: "Det är på tiden att du kommer hit, skyddsling. Hur vågar du tala till mig, ställa frågor till mig. Jag är den store och den mäktige, men jag är verklig, inte falsk som trollkarlen från OZ. Du existerar bara för att jag valde att rädda dig."

"När Ophaniel talade till mig i Ängelbiblioteket nämnde hon inte ens dig."

Eriel skrattade och pekade med ett benigt finger som sträckte sig ner och rörde vid E-Z:s näsa. "Ditt fall gavs till mig, efter att de två idioterna Hadz och Reiki misslyckats med sina uppgifter."

"Rör mig inte!" Fingret drog sig tillbaka. "Jag frågar dig igen, vad gör du här på min mark - och varför sitter du i rullstol?"

"Allt kommer att förklaras", sa Eriel. Han lyfte upp sina fötter och log mot dem. "Jag gillar de här skorna, de är väldigt bekväma."

"Det är inga skor, det är sandaler", sa Sam och gick närmare den svävande stolen.

"Vänta, farbror Sam, ställ dig bakom mig."

Eriel kastade huvudet bakåt och skrattade. "'Sanningen är en hund som måste in i en kennel' - det är ett citat från Shakespeare som betyder att din farbror bör tämjas."

"Varför du!" Sam skrek och höjde sin knytnäve i luften.

" Det är svårt att slå en person som aldrig ger upp' - det är ett citat från Babe Ruth, en av de mest kända basebollspelarna någonsin." E-Z:s stol lyfter från marken och flyger närmare Eriel.

"'Baseboll är ett spel om balans'", sa Eriel. "Det är ett citat från författaren Stephen King." Han tvekade och flinade sedan så stort att det verkade som om hans kinder skulle kollapsa när E-Z:s stol föll som om den var gjord av bly. "Hoppsan", sa Eriel medan han vrålade av skratt.

Det tog inte lång tid för E-Z att få kontroll över sin stol och den steg som en hiss. Han försökte få sina vingar att få kontroll över situationen. Men det fanns inte tid eftersom han hade förvandlats till en snurra och gick runt och runt.

"Arrgghhhhh!" skrek han och grävde ner naglarna i stolens armstöd. Snurret stannade, stolen föll igen som en blyballong och stannade sedan.

Återigen försökte han få sina vingar att fungera. De ville inte samarbeta och innan han visste ordet av snurrade han igen. Men den här gången var det motsols.

"Hhhhggggrrraaa!" skrek han.

Eriel skrattade så högt att jorden skakade.

Nedanför plockade Sam upp stenar från trottoaren och kastade dem på Eriel som duckade för de flesta av dem. En stor sten träffade dock varelsens näsa. "Välj någon som är närmare din egen ålder!" ropade Sam.

Medan blodet strömmade nerför hans ansikte satte Eriel E-Z:s farbror på plats.

"Neeeeej!" E-Z skrek medan han fortsatte att snurra. När han kom till ett fullständigt stopp, upp och ner, kunde det han såg nedanför inte vara fel. Farbror Sam var nu en av statyerna i en cirkel: där stod etthundraelva män. Han var så yr att han ändå kom på ett citat, och eftersom det var allt han hade ropade han det så högt han kunde: "'Det är inte över förrän det är över!'

POP.

POP.

Hadz satt på en av tonåringens axlar, Reiki på den andra.

"Det är ett citat från Yogi Berra och det här är från mig och Uncle Sam!"

I sina händer höll han nu världens största slagträ, en kopia av Babe Ruths 54 ouncer och det bländade av diamantdamm. Han hade ingen aning om hur tungt det var när han slog till Eriel på hans rullstolstron och fick honom att flyga över ända. Han sjöng ut, "säg hej till mannen i månen när du träffar honom!"

I fjärran sade Eriels ekande röst: "Rättegången avslutad!"

Hadz och Reiki applåderade. Det gjorde även de etthundraelva män som hade återvänt till sina mänskliga former, inklusive Uncle Sam.

"Ni vet förstås att han kommer tillbaka", sade Hadz. "Och han kommer att vara väldigt arg!"

"Tack för hjälpen!" sa E-Z, medan han och Sam flög hem.

Reiki och Hadz raderade tankarna på de etthundratio, återupptog sedan arbetet i gruvorna och hoppades att ingen skulle märka att de hade kommit på hur de skulle fly.

Eriel fortsatte att snurra utom kontroll medan han formulerade en plan för hämnd.

EPILOG

E fter några hektiska dagar fick E-Z äntligen en god natts sömn. Han drömde om att spela baseboll och nästa dag kom Arden och PJ förbi för att ta med honom på en match. "Jag har inte lust att spela idag, men jag följer med för moralens skull", sa han.

"Visst", svarade hans vänner.

När de väl hade fått in E-Z på planen insisterade de på att han skulle spela. De ville att han skulle fånga bollen och han gick med på det. När det var dags för hans första slag, ville han slå för sig själv. Han tog sin favoritklubba och rullade fram till plattan. Den första pitchen var hög och han missade den. Hans pitchingzon var verkligen kondenserad eftersom han satt ner.

"Strike ett", ropade domaren.

E-Z rullade bort sig själv från plattan. Han tog några fler övningssvingar och gick sedan tillbaka igen. Nästa pitch fick han kontakt med den och den foulade ut.

"Strike två", ropade domaren.

"Ingen slagman, ingen slagman", tjattrade killarna på planen.

Pitcher kastade en kurvig boll och E-Z lutade sig mot kastet och träffade. Den flög, ut ur fältet. Över staketet. Ut ur parken.

"Ta baserna", sa domaren. "Du förtjänar det, grabben."

E-Z rullade runt baserna och hindrade sin stol från att flyga. När hans stol träffade hemmaplan samlades hans lagkamrater runt honom och jublade. Han njöt så länge det varade.

Tills han landade i metallbehållaren igen - men den här gången var han hoprullad till en boll - och han var utan stol. Som ett nyfött barn andades han djupt eftersom det var det enda han kunde göra. Vänta. Spädbarn kan vända sig själva. Allt han behövde göra var att koncentrera sig, fokusera.

Ja, han gjorde det. Det enda problemet var att han inte hade det bättre. Han var fortfarande ihoprullad, i mörker. Instängd i ett utrymme utan ljus eller möjlighet att röra sig knappt alls. Faktum är att formen på metallbehållaren var annorlunda den här gången. Den var smalare i ena änden, formad som en kula.

Att veta detta hjälpte inte eftersom hans klaustrofobi och ångest gick på högvarv. Han undrade hur länge han skulle kunna andas i detta trånga utrymme. Inte länge. Luften skulle ta slut på nolltid och han skulle dö. Han andades in djupt och försökte hålla ångestnivån nere.

En sak var säker, det fanns inte en chans att Eriel skulle få plats i den här saken med honom. Såvida han inte sprängde väggarna - vilket kanske inte var en så dum idé.

E-Z knackade på väggarna och taket. Han skrek. Skrek. Han kom ihåg sin telefon. Kunde han nå den? Den var inte där. Han hade lagt den i sportväskan för att följa regeln om att inga telefoner var tillåtna på planen.

Utanför containern hördes oroande ljud. Skrapande. Råttor? Nej, inte råttor. Han kunde hantera många saker, men inte råttor. "Släpp ut mig!" skrek han.

En motor startade. Ett äldre fordon, som en lastbil. Golvet under honom började skaka och rassla när kulan rullade framåt och studsade runt.

Utanför studsade containern mot väggarna. Inuti var han i ett så trångt utrymme att det inte fanns mycket rörelse. Det var en fördel med att vara instängd i en kula.

Fordonet körde på något och E-Z:s huvud träffade toppen av saken. Han skrek till, men ljudet försvann. Metallbehållaren rörde sig igen, i sidled. Den träffade något och återvände sedan till sin ursprungliga position. Hans axel värkte av stöten.

E-Z undrade om detta var en Eriel-uppgift men bestämde sig för att det inte kunde vara det. Han började dra slutsatsen att han hade blivit kidnappad och hölls fången. Men varför just nu?

"Hallå!" ropade han när metallföremålet rullade runt och landade på den platta botten - där hans botten var. Nu var vikten jämnare fördelad. Han var bekväm. Eller så bekväm som han kunde vara under omständigheterna. Så han förblev helt stilla tills fordonet stannade helt och han åkte över ända.

Han tog ett djupt andetag och tystade sig själv och sa orden högt,

"Roch-Ah-Or, A, Ra-Du, EE, El."

Medan han väntade frågade han: "Var är du Eriel?

Roch-Ah-Or, A, Ra-Du, EE, El?"

"Du kallade på mig?" sa Eriel. Hans röst var klar och tydlig, men han var inte synlig.

"Ja, Eriel, jag tror att jag har blivit kidnappad. Jag är i en container. Kan du hjälpa mig?"

"Jag vet alltid var du är", sa Eriel. "Frågan du borde ställa dig är OM jag VILL hjälpa dig."

"Jag visste inte att du hade mig under övervakning 24-7!" E-Z utbrast och blev allt argare för varje ögonblick som gick. Han tog några djupa andetag och lugnade ner sig. Han behövde Eriels hjälp, och ärkeängeln tänkte inte göra det lätt för honom. "Jag kan inte se föraren på den här saken och jag kan inte sträcka ut mina vingar. Och var är min stol? Jag börjar få slut på luft här inne. Om du vill att jag ska avsluta de här testerna åt dig är det bäst att du får ut mig härifrån och det snabbt."

"Först förolämpar du mig genom att ifrågasätta om jag är ängel eller inte, sedan ber du mig att hjälpa dig. Människor är verkligen väldigt nyckfulla varelser."

"Jag vet. Jag är ledsen. Jag är ledsen för det. Snälla hjälp mig."

"Har du tänkt på", föreslog Eriel. "Att detta ÄR en prövning? Något som du själv måste övervinna?"

"Säger du att det här definitivt är en prövning?"

"Jag säger inte att det är det. Och jag säger inte att det inte är det", sa Eriel med ett fniss.

E-Z var rasande. Han saknade verkligen Hadz och Reiki.

"Så sorgligt att du fortfarande tänker på de där två idioterna. Nu E-Z, om det var en rättegång, hur skulle du då ta dig ur den?"

"För det första ställde de upp för mig när du nästan dödade jorden. För det andra kan det inte vara en rättegång eftersom det inte finns någon som jag kan hjälpa."

Eriel skrattade. "Anser du dig själv vara ingen?" Eriel gjorde en paus. "Idag räddar du dig själv och bara dig själv. Använd de verktyg som står till ditt förfogande." Han tvekade och skrattade igen. "Tänk utanför metallbehållaren." Hans skratt var så högljutt inuti metallkulan att det gjorde ont i E-Z:s öron. Han täckte för dem. Sedan hörde han inte Eriel längre.

E-Z slöt ögonen och koncentrerade sig. Han bestämde sig för att knyta nävarna och försöka trycka sönder väggarna. Hur han än försökte skulle de inte röra sig. Plan B var att kalla på sin stol, vilket han gjorde. Han föreställde sig att den inte var långt borta. Kanske svävade den ovanför och väntade på att E-Z skulle kalla fram den. Han var så koncentrerad på att kalla på sin stol att han inte märkte att någon gick utanför. Fotsteg på trottoaren. En man, stövlar som dunkade. Mannen tog sig runt fordonet, till baksidan. En nyckel gick in. Dörren rullades upp.

"Han har rullat runt här inne", sa mannen.

Ett skratt. Inte Eriels skratt. En annan mans skratt.

Sedan ett skrik.

Sedan fler skrik.

Sedan springande. Springer iväg.

Fler skrik.

Sedan rörelse. Containern rör sig. Han lyfts upp i sin rullstol.

Sedan uppåt, högre och högre. Bort till säkerheten.

"Tack", sa E-Z till sin stol. "Ta mig nu hem till Uncle Sam."

E-Z visste att farbror Sam skulle kunna få ut honom ur containern. Han skulle behöva en gigantisk konservöppnare, men om det fanns en sådan skulle Uncle Sam hitta den.

Hans rullstol körde dock iväg i motsatt riktning.

BOK TVÅ:

DE TRE

KAPITEL 1

Långt, långt bort från där E-Z Dickens bodde dansade en liten flicka. Hennes balettlektioner hölls i en liten studio i det centrala affärsdistriktet i Nederländerna.

Hon var ett vackert barn med gyllene hår och en rad fräknar som sträckte sig över hennes näsa och kinder. Hennes mest minnesvärda drag var hennes hasselgröna ögon. Färgen var exakt densamma som hennes mormors. Hennes dröm var att en dag bli Nederländernas mest berömda ballerina.

Hennes rosa tutu var gjord av tyll. Det var ett nätliknande, lätt tyg som användes av designers för professionella dansare. Tutun hade designats och sytts åt henne av hennes barnflicka. Ballerinadräkten - ett konstverk i sig - så mycket att alla barn i klassen ville ha en.

Hannah, Lias barnflicka, fick många förfrågningar från andra föräldrar om att sy samma tutu till sina döttrar. Hon sa bestämt till barnen, deras föräldrar, lärare och många andra att hon inte hade tid att ta på sig det extra arbetet. Men hon kunde ha behövt pengarna.

Allt Hannah gjorde, gjorde hon för att hon älskade sin skyddsling Lia. Lia, som hon kallade sin kleintje, vilket översatt betyder lilla.

När balettlektionen (översatt: balettklass) nästan var över packade Lia undan sina skor. Hon gnuggade sina ömma fötter.

Alla balettdansörer - även sjuåringar som Lia - var tvungna att träna minst tjugo timmar per vecka.

Detta extra arbete, utöver en fullständig skolgång, krävde hängivenhet och engagemang. De barn som kunde hänga med i svängarna blev genast utslängda. Oavsett hur mycket pengar deras föräldrar erbjöd sig att betala för att hålla dem kvar i programmet.

Lia hoppades att en dag få träffa sin idol Igone de Jongh, den mest berömda nederländska ballerinan genom tiderna. Sedan hennes idol gick i pension tittade Lia på hennes föreställningar på TV.

Hannah tog hand om Lia på vardagarna. Lias mamma Samantha reste på affärsresor under veckorna.

Utanför dansstudion satte sig Hannah och Lia i Volkswagen Golf. De skulle snart vara hemma.

"Har du några läxor?" frågade Hannah.

Lia nickade.

"Goed," översätts som bra. "Gå och sätt igång när jag förbereder middagen", sa Hannah.

"Oke," översatt som okej, svarade Lia.

Lia gick genast till sitt rum där hon hängde upp sina balettkläder och började sedan arbeta vid sitt skrivbord.

I skolan lärde de sig om legenden om häxträdet. Deras uppgift var att rita trädet och skapa något magiskt kring det. Hon tänkte rita en kontur med krita. Sedan skulle hon använda piprensare för rötterna och glitter på bladen för det magiska elementet.

Även om hon hade en naturlig talang för konst, tyckte hon inte om att skapa den. Hon föredrog att dansa. Hon klagade inte eller avfärdade uppgifter som hon inte gillade särskilt mycket. Det låg inte i hennes natur att vara olydig eller störande.

Även om Lia bodde i Zumbert, Nederländerna, gick hon i en internationell skola. Hennes engelska var utmärkt. Zumbert var känt över hela världen som Vincent Van Goghs födelseort. Lia visste allt om Van Gogh eftersom hon och han hade samma blod i ådrorna.

Efter att ha gjort sina läxor öppnade hon sin dator. Hon startade och spelade ett spel. Att nå nästa nivå skulle bara ta några ögonblick. Hannah skulle snart kalla ner henne för avondeten (middag.)

Ingen behöver någonsin få veta, sa en liten röst i bakhuvudet. Lia lyssnade på rösten, men för att vara säker på att ingen skulle få reda på det stängde hon dörren till sitt sovrum.

När hennes fingrar klickade över tangentbordet slocknade glödlampan ovanför skrivbordet med ett knäpp. Hon stängde datorn och öppnade dörren igen. Hon tittade ner i hallen där de extra halogenlamporna fanns. Nanny hade ett lager i linneskåpet högst upp i trappan. Allt Lia behövde göra var att gå ut, hämta en, komma tillbaka och byta glödlampan själv. Då skulle hon ha mer tid att spela sitt spel.

Tillbaka i sitt rum bedömde hon situationen. Hon var tvungen att stå på sin skrivbordsstol - som var på hjul. Hon skulle trycka upp den ordentligt mot sängen för att säkra den. Ja, det skulle fungera.

Stolen säkrades under lampan och hon klättrade upp på den. Hon höll den nya glödlampan under hakan och skruvade ur den gamla. Den utbrända glödlampan kastade hon på sängen. Hon tog den andra glödlampan från under hakan och skruvade i den.

KRACK!

Den nya glödlampan exploderade.

Glasskärvor, mestadels små i storlek, sprutade ut från den. I den lilla flickans ansikte och ögon.

Lia skrek inte omedelbart för ett blått ljus fyllde rummet och fick tiden att stå stilla. Ljuset omgav henne när det rörde sig upp i nivå med hennes ansikte.

SWISH!

En liten änglalik varelse dök upp och undersökte den lilla flickans ögon. När hon sedan bestämde att de var skadade bortom all räddning viskade hon: "Vill du vara en av de tre?"

"Ja," översatt som ja, sa Lia. medan tiden stannade.

Ängeln, vars namn var Haniel, anlände. Hon sjöng en lugnande vaggvisa för Lia medan hon tog bort glaset.

På engelska var sångtexten:

"En sorgsen ledsen liten flicka satte sig ner

På flodstranden.

Flickan grät av sorg

Eftersom båda hennes föräldrar var döda."

På nederländska var sångtexten:

"Asn d'oever van de snelle vliet

Eeen treurig meisje zat.

Het meisje huilde van verdriet

Omdat zij geen ouders meer had."

Lyckligtvis sov lilla Lia så hon kunde inte bli skrämd av orden i vaggvisan.

När Haniel var klar med den värsta delen av Lias sår satte hon händerna på höfterna och slutade sjunga. Uppgiften var nästan slutförd, allt hon behövde göra nu var att lägga grunden för sin skyddslings nya ögon.

Lias två små händer var hoprullade till bollar. Strama små nävar. Haniel lät sina vingar försiktigt smeka de stängda fingrarna och locka dem att öppna sig.

När Lias handflator var öppna använde ängeln Haniel sitt pekfinger för att rita formen av ett öga på båda handflatorna. På fingrarna ritade hon en enkel linje på varje, som ledde från handflatan upp till slutet av fingret. När ängeln Haniel var klar med sin uppgift kysste hon försiktigt Lia på pannan och med ett

SWISH!

när hon försvann.

Tiden startade om och vår modiga lilla Lia skrek fortfarande inte. Chock gör det med din kropp som en försvarsmekanism och genom att stoppa tiden stannade också smärtan. När Lia till slut skrek kunde hon inte sluta. Inte när ambulansen kom. Eller när hon bars ut på en bår in i fordonet med sirenen som stämde in i hennes skrik. Eller när hon knuffades på en bår in till sjukhuset. Inte när de lyste med en stor lampa i hennes ansikte, som hon kunde känna men inte se.

Hon slutade skrika när de sövde henne. Sedan använde de den senaste tekniken för att avlägsna det återstående glaset. Men varje glasbit hade redan tagits bort. Kirurgerna gick vidare och bandagerade hennes ögon och tog henne sedan till sitt rum för att återhämta sig.

Efter operationen anlände Lias mamma Samantha. Hon hade tagit ett Red Eye-flyg från London. Hon träffade kirurgen medan hennes dotter sov vidare.

"Jag är ledsen, men hon kommer aldrig att se igen", sa han.

Lias mamma tryckte knytnäven mot munnen och kämpade emot lusten att skrika.

Läkaren sa: "Hon kan lära sig punktskrift och gå i en skola för synskadade. Hon är i en utmärkt ålder för inlärning och hon kommer att suga åt sig kunskap. På nolltid kommer teckenspråk att vara en självklarhet för henne."

"Men min dotter vill bli balettdansös. Har du någonsin sett eller hört talas om en blind professionell dansare?"

"Alicia Alonso var delvis blind. Hon lät inte det hindra henne."

Lias mamma klappade sin sovande dotters hand. "Tack, jag ska ta reda på mer om henne på internet. Sju år är alldeles för ungt för att tvingas ge upp en dröm."

"Jag håller med. Nu ska du också vila lite. Lia vaknar snart och du måste vara stark för hennes skull. För när du berättar för henne. Om du vill att jag ska vara här också, låt mig veta."

"Tack, doktorn, jag ska försöka ta hand om det själv först."

När dörren stängdes rörde Lias mamma vid märkena i sin dotters ansikte. Avtrycken såg ut som arga regndroppar. Sedan tittade hon på Lias sovande barnflicka Hannah. När hon gick förbi henne för att hämta lite vatten sparkade hon av misstag på hennes vänstra sko för att väcka henne. "Ut!" sa hon, medan Hannah gäspade.

I korridoren lät Lias mamma Samantha sina känslor flöda utan att hålla tillbaka. "Hur kunde du låta detta hända mitt barn? Hur kunde du!? Ena minuten var jag på ett affärsmöte - nästa var jag tvungen att avbryta min affärsresa och ta det första flyget från London! Vad var det som hände? Hur gick det till?"

"Vi hade precis kommit tillbaka från balettlektionen. Jag förberedde middagen och Lia höll på med sina läxor. Glödlampan måste ha brunnit ut. Hon tog en ny från garderoben och försökte byta ut den själv och den exploderade. När hon skrek var jag där på några sekunder och ziekenwagen (ambulansen) kom på nolltid. Jag har bett för att hennes ögon ska vara okej, att hon ska vara okej."

"Du ber i sömnen då, eller hur?" frågade Samantha utan att vänta på svar. "Artsen (läkarna) säger att hon aldrig kommer att se igen", sa Samantha med ett otrevligt gift i rösten.

✳✳✳

Samtidigt drömde Lia att hon flög med en ängel. Hon hade armarna runt hans hals och tryckte sig mot hans bröst. Rullstolens rörelser i luften gungade och tröstade henne.

Sedan vände sig hennes sinne och hon tittade ner på en metallbehållare ovanifrån. Behållaren satt på sätet i en rullstol med vingar. Den transporterades till en plats som hon inte visste.

Hon höll upp sin högra hand och sedan sin vänstra, och med dem kunde hon se att det fanns en ängel/pojke fångad inuti den. Han hade ett vänligt ansikte, med ögon blåare än himlen med fläckar av guld som fick dem att gnistra även om han var i mörkret. Hans hår var mestadels blont, men grånade lite vid tinningarna. Men det märkligaste var en svart rand i mitten. Det fick pojken att se äldre ut.

Ängeln/pojken i behållaren som satt på rullstolens säte flög närmare den lilla flickan i hennes dröm. Hon rörde vid behållaren, och när hon gjorde det kunde hon känna och höra hjärtslagen från ängeln/pojken inuti. Inte bara det, hon kunde också läsa hans tankar och känslor.

Lia vaknade och skrek: "Mamma! Hannah! Kom fort!"

"Jag är här, älskling", sa hennes mamma medan hon gick tillbaka till sin dotters säng.

Hannah torkade ögonen och gick in i rummet igen.

"Det finns ingen tid för din mamma att lägga skulden på Hannah. Det här var en olycka. Dessutom behövs vår hjälp. Var snäll och hämta papper och penna - NU."

"Hon yrar!" Samantha utbrast. Hon tog tempen på sin dotters panna. Den verkade bra.

Hannah hämtade de efterfrågade sakerna från sin väska och lade dem i Lias händer.

Utan att tveka började Lia rita. Hon skrapade på pappret, som en inspirerad konstnär. Samantha och Hannah tittade nyfiket på.

Den första bilden hon ritade föreställde en pojke inuti en kulformad metallbehållare. Behållaren vilade i sätet på en rullstol och rullstolen hade vingar. Änglavingar. Lia vände på sidan och ritade en andra bild av en pojke/ängel inuti från alla vinklar. Från alla sidor. Efter den första bilden ritade hon många fler maniskt, och sedan kastade hon upp dem i luften.

Bilderna, som om de fångats av en vindpust - dansade runt i rummet, svävade upp, sedan ner, sedan runt. Som om de var förtrollade. En av bilderna jagade barnflickan, så hon sprang skrikande ut ur rummet.

Lia knöt nävarna hårt och mumlade sedan några ohörbara ord.

"Ska jag ringa doktorn?" frågade hennes hysteriska mamma. "Min bebis, åh nej, min stackars bebis!"

Hannah återvände, darrande medan hon tittade på Lia som hade somnat om.

De två kvinnorna satt vid barnets säng. De såg henne sova fridfullt tills de till slut också somnade.

Lia kunde inte se med de hasselfärgade ögon hon hade fötts med. De hade ersatts med ögon i hennes handflator.

Hennes nya ögon i handflatan innehöll alla normala delar av ett öga. Till exempel pupillen, iris, sclera, hornhinnan och tårkanalen. Varje palmöga hade ett ögonlock. Övre delen började där fingrarna slutade. Den nedre delen slutade där handleden började.

När det gäller ögonfransar hade varje finger en hårlinje tatuerad på sig. Från toppen av ögonlocket till där nageln började, liksom tummen.

Vilket var en bra sak, eftersom ingen ung flicka skulle vilja ha fingrar med hår som växte på dem.

Speciellt inte en liten flicka som Lia som hoppades att en dag bli en stor ballerina.

KAPITEL 2

När hon vaknade kliade det mycket i handflatorna. De kliade faktiskt mer än de någonsin hade gjort förut. Det påminde henne om något som hennes mormor en gång hade sagt. Mormor sa att när din högra hand kliade betydde det att du skulle få pengar och massor av dem. Om vänster hand kliade betydde det att man skulle förlora pengar. Hon sa aldrig vad som skulle hända om båda handflatorna kliade samtidigt.

En blixt av ängeln/pojken som var fångad i containern fick henne att återgå till verkligheten. Hon öppnade handflatorna och förberedde sig på att klia. Istället blev hon chockad över att se sig själv reflekterad i dem. Hon log, som om hon poserade för en selfie.

Hon var fortfarande inte hundra procent säker på om hon drömde och vände båda handflatorna bort från sig. Hennes avsikt var att ta en panoramavy av rummet.

Det var inrett som om hon simmade i ett akvarium. Clownfiskar och guldfiskar var upptagna med att jaga varandras svansar. Hon fortsatte att röra sina händer genom rummet tills hon hittade Hannah. Sedan hittade hon sin mamma. Hon skrek av förtjusning.

Lias mamma, Samantha, hoppade upp liksom Hannah.

"Vad är det, älskling?"

"Mamma? Jag kan se dig."

"Naturligtvis kan du det min älskling."

"Tror du på mig?"

"Ja, naturligtvis tror jag dig. Men säg mig en sak, förut, varför ritade du en rullstol med vingar? Rullstolar har inga vingar."

Hon ser inte mina nya ögon, tänkte Lia. "Jag älskar dig, mamma, men vissa rullstolar har vingar och vissa änglar flyger i rullstolar med vingar."

"Jag älskar dig också, älskling", svarade hon. "Vilken pojke/ängel? Har du haft en dröm?"

"Det finns en pojke som är ängel", sa Lia.

"En pojke/ängel? Var då, älskling?"

Lia öppnade handflatorna och tänkte på änglapojken. Hon tänkte så hårt att hon kunde se honom, höra honom, känna hans närvaro i sitt sinne. "Ängeln/pojken kommer hit för att träffa mig", sa hon.

"Här älskling?" frågade hennes mamma och tittade i riktning mot barnflickan som ryckte på axlarna.

"Ja, änglapojken behöver min hjälp. Han har kommit hela vägen från Nordamerika för att träffa mig."

"När du ritade bilderna", frågade Hannah, "ritade du då utifrån ett minne av ängeln/pojken?"

"Eller från en dröm?" frågade hennes mamma.

"Det började som en dröm, men nu kan jag se honom när jag är vaken också."

"Om du kan se mig, vad har jag då på mig?"

"Jag kan se dig mamma, men inte med mina gamla ögon. Utan med mina nya. Du har på dig en röd klänning och pärlor runt halsen."

En äldre patient som gick förbi sitt rum stannade upp när han såg ett barn som höll handflatorna öppna framför sig. Det är hon, tänkte han, och för att få det bekräftat behövde han inte vänta länge. För Lia, som kände en annan persons närvaro, vände sin vänstra handflata i riktning mot dörren. Den gamle mannen såg hennes handflata blinka och gick sedan ut ur hennes åsyn.

"Hon gissar", föreslog Hannah och vände Lias uppmärksamhet bort från dörröppningen.

En sjuksköterska anlände och Lia, som aldrig hade sett henne förut, sa: "Hej, syster Vinke."

"Har vi träffats förut?" frågade sjuksköterskan Heidi Vinke.

Lia fnissade. "Nej, men jag kan läsa din namnskylt."

"Hon säger att hon kan se, med sina nya ögon", sa Lias mamma.

"Såja, såja", svarade syster Vinke och tog hand om mamman istället för den lilla flickan. Barnet hade inget emot att syster Vinke tog med mamman ut för att tala med henne i enrum.

"Det är normalt för din dotter att använda sin fantasi under omständigheterna, hon har förlorat synen. Hon är en glad liten sak, även om en fruktansvärd sak har hänt henne."

Samantha nickade och de två återvände till Lia.

"Du måste vara trött barn", sa syster Vinke och tog pulsen på den lilla flickan.

"Det är jag inte", sa Lia. "Jag vaknade precis och jag vill inte somna om igen. Om jag sover nu kanske jag missar honom."

"Missa vem?" frågade Vinke och stoppade om den lilla flickan.

"Jo, pojken/ängeln", sa Lia. "Han kommer närmare nu. Nästan här - och han behöver min hjälp. Jag kan inte vänta med att träffa honom. Han har rest en lång, lång väg bara för att få träffa mig."

"Såja, såja, barn", ropade Vinke. Hon tryckte in en nål med sömnframkallande medicin i Lias arm.

Lia protesterade, men somnade sedan omedelbart.

"Natt, natt, älskling", ropade hennes mamma.

✳✳✳

Den äldre mannen återvände till sitt rum och lyfte omedelbart luren och bad om en extern linje.

"Hon är här", viskade han i telefonen. "Jag såg henne själv - här på sjukhuset i korridoren från mitt rum."

Det blev tyst, sedan ett klick i andra änden. Den gamle mannen lade sig i sängen. Han satte på TV:n med fjärrkontrollen.

Hans favoritprogram: Nu eller Neverland (även känt som Fear Factor) hade precis börjat. Han ville se vad de galna dårarna skulle hitta på i veckans avsnitt.

KAPITEL 3

E-Z satt fortfarande trångt inne i silverkulan och kände sig inte längre så ensam. För i sitt sinne pratade han med en liten flicka.

Hon hade kommit in i hans sinne tillsammans med en ljusblixt och ett skrik. Hon hade blivit skadad. Han såg hur ängeln Haniel hjälpte henne. Han lyssnade när Haniel sjöng en sång för den lilla flickan medan hon tog bort glaset.

Det som kom härnäst var oväntat. Ängeln Haniel ritade linjer på den lilla flickans handflata och fingrar. Haniel gav barnet en ny sorts syn. Och handflatans ögon.

Han visste genast att den lilla flickans öde var kopplat till hans.

Till en början kunde han visserligen se henne i sitt sinne, men han kunde inte kommunicera med henne. Det var som om han tittade på ett TV-program i sitt sinne utan ljud. Sedan, när barnet drömde, kom hon till honom och lade sina händer på kulan som han var fångad i. Då visste han vad hon visste, och hon visste vad han visste, och de var sammanlänkade.

De första orden hon hade sagt till honom var: "Jag gillar inte mörkret."

E-Z hade svarat: "Var inte rädd. Jag är här. Mitt namn är E-Z. Och vad heter du?"

"Jag heter Cecilia", svarade barnet. "Men mina vänner kallar mig Lia. Du kan kalla mig Lia. Jag är sju år gammal. Hur gammal är du?"

E-Z hade trott att barnet var yngre. "Jag är tretton år", sa han. "Jag är från Nordamerika."

"Jag bor i Nederländerna", sa Lia.

Båda var tysta när Lia använde sina palmögon för att titta på honom inuti stålkulan.

"Vad gör du där inne?" frågade hon.

E-Z tänkte efter innan han svarade. Han ville inte skrämma barnet med den sanna historien om att han hade kidnappats av en ärkeängel som en rättegång. Han ville berätta sanningen för henne, men han var inte säker på att hon kunde hantera det eftersom hon var så ung.

Han sa: "Jag är inte riktigt säker på varför jag sattes här, men jag tror att jag sattes här för att träffa dig." Han tvekade, kliade sig i huvudet och frågade: "Känner du Eriel?"

Lia var smickrad över att han kom för att träffa henne, men oroad över att han transporterades på ett sådant sätt för att gynna henne. "Jag är så ledsen om du mot din vilja tvingas resa den här vägen för att träffa mig. Och nej, det namnet är inte känt för mig."

E-Z var mycket nyfiken på Lia. Eftersom hon sa att hon var holländska var han mycket imponerad av hur utmärkt hennes engelska var.

"Jag kände dig, men kunde inte se dig förrän ögonen, mina nya ögon växte. Innan dess kunde jag läsa dina tankar. Kunde du läsa mina? Åh, och tack, för min engelska."

"Jag såg vad som hände med dig, olyckan. Jag är djupt ledsen att du blev skadad. Jag kunde inte hjälpa dig på grund av den här saken." Han dunkade nävarna mot väggarna. Han höll för öronen när det dunkande ljudet ekade. "När du drömde var du med mig. Inuti mitt huvud."

Lia stängde sin högra näve, lämnade den vänstra öppen och rörde vid ytterväggen. Hennes handflata blinkade öppet och stängdes sedan, öppet och stängdes sedan. Hon sa ingenting utan stirrade framåt som någon som var i trance.

E-Z bestämde sig då för att berätta sin historia för henne.

"Mina föräldrar dödades i en bilolycka. Och jag förlorade förmågan att använda mina ben."

Han stannade där. Han undrade hur mycket han skulle berätta för henne.

Denna tvekan gjorde att han fattade beslutet.

Hon sov djupt.

KAPITEL 4

Tillbaka på sjukhuset var en ny läkare i tjänst. Han tittade kort på Lias journal. När han såg att Cecelia fortfarande sov viskade han till sin mamma.

"Vi måste ta ner din dotter till andra våningen för en ny undersökning."

"Är det brådskande?" frågade Lias mamma. "Hon sover så lugnt, det vore synd att väcka henne."

Läkaren vars namnskylt täcktes av kragen på hans läkarjacka log. "Du behöver inte väcka henne. Vi kan skjuta in henne i maskinen medan hon sover. Vissa patienter, särskilt de yngre, föredrar det här sättet."

Samantha tittade på sin klocka. "Visst, jag går ner med henne."

"Det behövs inte", sa läkaren. "Jag har assistenter som kommer inom kort. Utnyttja tiden till att köpa dig en smörgås eller en kopp kamomillte - min fru svär på det. Det hjälper henne att slappna av och sova."

"Tack", sa Samantha när två assistenter anlände. De två kraftiga männen klädda i vanliga kläder lyfte Lia från sängen och placerade henne på en bår med hjul. Läkaren drog fram en filt under vagnen och lade den över Lia. "Vi håller henne varm och är tillbaka på nolltid. Glöm inte att passa på att unna dig en kopp te eller kaffe."

Medan Hannah sov vidare tittade Samantha på skötarna och läkaren. De knuffade hennes dotter längs korridoren. Hon fortsatte att observera dem medan de väntade på hissen. När hissen med hennes dotter i stängde dörrarna lämnade hon rummet. Hon kände sig hungrig och väntade på den andra hissen och gick ner till cafeterian.

Det var mycket folk i cafeterian. Mestadels med personal i operationskläder. Hon observerade läkarna, skötarna och andra som rörde sig runt.

Medan hon smuttade på sitt te slog det henne att ingen i personalen bar vanliga kläder.

"Ursäkta mig", sade hon till en av läkarna. "Vad finns på andra våningen? Är det där röntgenbilder och kroppsskanningar tas?"

Han skakade på huvudet: "Andra våningen är förlossningsavdelningen."

Samantha reste sig från sin stol och välte sitt heta te så att det spilldes i hennes knä. Hjälpare kom från alla håll när hon skrek.

"Min dotter!" ropade hon. "En läkare med två assistenter förde just bort min dotter Lia på en bår. De sa att de skulle ta henne till andra våningen för några tester. Om andra våningen är till för förlossningsavdelningen, varför skulle de då ha fört bort henne?

Hennes utbrott väckte för mycket uppmärksamhet. Så läkaren som hon hade vänt sig till i första hand övertalade henne att gå ut.

De återvände till Lias rum. Samantha förklarade allt mer i detalj. Tur att hon hade tittat på sin klocka så att hon kunde berätta för dem exakt när allt hade hänt.

"Det här är en allvarlig fråga", sa doktor Brown. "Lämna det till mig. Vi har övervakningskameror över hela sjukhuset. Kanske hörde du fel om andra våningen? Kanske är hon på sjunde våningen och får en skanning just nu när vi talar. Lämna det till mig. Sitt kvar här så kommer jag tillbaka till dig så snart som möjligt."

Samantha satte sig ner och förklarade allt för Hannah. De delade på tonfisksmörgåsen och försökte att inte oroa sig.

$$* * *$$

Medan Lia sov vidare lämnade mannen som egentligen inte var läkare och praktikanterna som inte var praktikanter byggnaden. De gick till en väntande bil. De lämnade båren på parkeringsplatsen.

Doktor Brown kallade till ett möte med administratören. Med hjälp av videoövervakning blev de vittnen till bortförandet av Lia. De larmade polisen och gav en beskrivning av fordonet. Tyvärr fångade kamerorna inte upp detaljerna om registreringsskylten.

"Vi väntar lite", sa Helen Mitchell, sjukhusets administratör. Hon skulle gå i pension om bara några dagar. "Innan vi uppdaterar den lilla flickans mamma. Vi vill inte oroa henne."

"Det kan jag inte göra", säger doktor Brown.

"Polisen kan komma tillbaka med barnet på nolltid."

"Jag hoppas att du har rätt. Men det är ändå ett bekymmer. Förhoppningsvis kommer de inte långt."

Telefonen ringer, det är polisen. De skickade ut en efterlysning på den lilla flickan. De bad om ett nytaget foto av henne.

"De vill ha ett nytaget foto", säger Helen Mitchell.

"Det enda sättet att få ett sådant är att fråga hennes mamma", sa doktor Brown.

Helen nickade och Brown vände sig om för att gå.

"Säg till dem att vi faxar över det så fort som möjligt."

"Jag skickar upp någon från traumateamet", sa Helen. Sedan till polisen i telefon: "Hon är blind och bara sju år gammal. Varför i hela friden skulle dessa tre män gå så långt för att föra bort henne från sjukhuset på detta sätt?"

"Det kan jag inte svara på", sa polisen i andra änden.

KAPITEL 5

E-Z förstod direkt att det var något som inte stod rätt till med hans nya vän Lia. Det var meningen att hon skulle sova i sin sjukhussäng, men sängen var på väg att flyttas. Vad i?

Han funderade på att väcka henne, men vad kunde hon göra även om hon var vaken? Nej, bäst att hon sov vidare - tills han kunde hitta henne och rädda henne. Som det var nu hade hon fullt upp med att drömma om sig själv i en balettdans. Han hade aldrig brytt sig så mycket om balett tidigare, men det verkade som om den här lilla flickan hade talang. Och hon dansade med hjälp av ögonen i sina händer när hon rörde sig över scenen.

E-Z förflyttade sig i sitt sinne till hennes plats utan större ansträngning. Där var hon, djupt sovande i baksätet på ett fordon i rörelse. Hon såg så fridfull ut, eftersom hon var borta i sitt sinne och gjorde något hon älskade - dansade.

Han vidgade sin syn och såg tre huvuden. Den som körde var av normal storlek och statur. Medan de andra två männen såg ut som fotbollsspelare.

"Öka farten!" E-Z beordrade sin stol, men den hade redan gjort det.

Hur skulle han kunna hjälpa henne när han fortfarande var instängd i silverkulan? Han behövde slå sönder den i småbitar - och hellre förr än senare. Hittills hade alla försök att slå sönder den misslyckats.

Han undrade varför männen hade tagit henne. Kände de till hennes krafter? Hur kunde de ha vetat det? De flesta sjukhus hade CCTV, kunde de ha övervakat henne? Men det gick inte ihop. Hon var en sjuårig blind flicka. Vad ville de henne?

När E-Z brände med fart över himlen kunde han inte låta bli att undra varför de hade kidnappat henne. Kanske tänkte de be om pengar innan de lämnade tillbaka henne?

I vilket fall som helst, om det var vad de var ute efter så var det mer logiskt för honom. Bättre än att de visste att hon var seende. Med speciella krafter dessutom. Men hans främsta prioritet var ändå att ta sig ur kulan.

Han skrek. Som han hade gjort många gånger förut, "HJÄLP!"

POP.

"Hej", sa Hadz medan han satt på E-Z:s axel. "Vad tusan gör du här inne? Det här stället är för litet för dig." Hadz himlade med ögonen.

E-Z var mer än lite glad över att se Hadz. Han tog tag i den lilla varelsen och kramade henne tätt mot sitt bröst.

"Uh, kolla vingarna," sa Hadz.

E-Z släppte taget om varelsen. "Tack för att du kom och svarade på mitt samtal. Jag behöver din hjälp för att komma på hur jag ska ta mig ur den här saken. Jag vet att du har tagits bort från mitt fall, men det finns en liten flicka som heter Lia och hon är i fara och hon behöver mig. Du måste helt enkelt hjälpa till. Jag är säker på att Eriel kommer att förstå."

"Åh, så du vill inte vara med i den här grejen då?" frågade Hadz.

"Nej, jag vill inte vara här inne. Jag vill ut, men hur?"

"Gör det bara", sa Hadz.

"Jag har försökt med allt. Sidorna rör sig inte. Jag kallade på Eriel för att hjälpa mig, men han sa att jag var ensam om det här."

"Ah, han skulle inte gilla det. Det är inte meningen att jag ska hjälpa till, men en sak jag kan säga till dig är: tänk på din omgivning."

"Det är ingen hjälp", sa E-Z och försökte att inte tappa humöret helt. "Jag bad stolen att ta mig till Uncle Sam. Han skulle säkert få ut mig ur den här saken. Men stolen ignorerade min önskan. Nu är en liten flicka i knipa och hon behöver min hjälp. Om jag inte kan ta mig ut kan jag inte hjälpa mig själv och om jag inte kan hjälpa mig själv kan jag inte hjälpa henne. Snälla, berätta. Berätta hur jag ska ta mig ut härifrån. Zapa ut mig eller något."

Varelsen skakade på huvudet och flög sedan upp till toppen av kulan. Rörde vid spetsen. "Tänk på fysiken. Om du är inuti en kula, vilket är vad den här saken liknar, då måste du vara urladdad. Avfyras. Korrekt?"

E-Z övervägde sina alternativ. Han kunde be stolen att släppa honom och kasta honom mot marken. Marken skulle bryta hans fall. Skulle det bryta upp kulan på vid gavel? Han bestämde sig för att det var värt risken. "Okej," sa E-Z, "jag måste få stolen att släppa mig, eller hur?"

Varelsen skrattade. "Du är rolig, E-Z. Om du föll från den här höjden skulle den här saken vara inbäddad i marken.

Förutsatt att den inte exploderar vid nedslaget. Och med dig i den." Hon skrattade igen. "Eller så dog du inte i fallet. Om du dog kunde du inte rädda den lilla flickan. Vilken liten flicka pratar du om förresten?"

"Hon heter Cecelia, Lia och hon är i Nederländerna, inte långt från där vi är nu."

Hadz kände spetsen på behållaren som E-Z inte hade sett och inte heller kunde ha nått. Varelsen tryckte på den. Cylindern släppte och öppnades som en tulpan. Hadz hjälpte E-Z ur kulan och snart satt han i sin stol med varelsen i knät. E-Z:s vingar öppnades. Det kändes bra att sträcka ut dem.

E-Z lyfte över himlen, bärande på cylindern som han släppte i Nordsjön.

Trion, E-Z, stolen och Hadz flög i hög fart och flög mot Nordholland där bilen kom farande.

"Tack", säger E-Z.

"Det var så lite", svarade Hadz. "Jag stannar kvar om du behöver mig."

"Häftigt!"

KAPITEL 6

E-Z höll på att komma ikapp bilen, som nu närmade sig Zaandam. Han kollade och Lia sov fortfarande i baksätet. Hon drömde dock inte längre, så han var orolig för att hon skulle vakna snart.

Hans rullstol ändrade kurs, ökade farten och siktade in sig på bilen och svävade sedan över den. Den falska läkaren som körde bilen såg rullstolen bakom dem i sidospegeln.

"Wat is dat vliegende contraptie?" frågade han. (Översättning: Vad är det där för flygande tingest?"

De två skurkarna vände på huvudet.

En sa, "Ik weet het niet, maar versnel het!" (Översättning: Jag vet inte, men snabba på!"

Den andra ligisten skrattade och tog sedan fram en pistol ur dashboardkastje. (Översatt: handskfack.) Han kontrollerade om det fanns några kulor. Knäppte igen den och klickade av spärren.

E-Z:s rullstol landade på biltaket med en klonk.

Föraren bromsade hårt, vilket fick rullstolen att glida framåt. Den gled nerför vindrutan med ansiktet framåt och sedan över motorhuven.

E-Z lyfte, svävade och vände sig mot dem.

"Vad i?" skrek föraren när han tappade kontrollen över bilen och den började sladda och sicksacka.

E-Z och rullstolen lyfte, backade och tog tag i bilens stötfångare så att den stannade helt.

Omedelbart slängdes passagerarsätet upp och skott avlossades.

I baksätet snarkade Lia iväg.

Tjuven med pistolen rullade ut genom dörren och gick sedan ner på knä för att avfyra ett skott mot E-Z.

Hadz dök upp från ingenstans och slog pistolen ur handen på skurken. Hon band sedan hans händer bakom ryggen och hans fötter bakom ryggen som om han var en kalv på en rodeo.

Den andra skurken gick rakt mot E-Z, som fångade honom med sitt bälte. Tjuven föll omkull så att han enkelt kunde linda bältet runt hans ben.

Killen gjorde ett försök att hoppa undan men kom inte särskilt långt. Nu när han var stoppad gav de sig på läkaren med hjälp av stolens burmekanism. Läkaren fångades och immobiliserades.

Lia sov sig igenom allt, även när Hadz lyfte ut henne ur fordonet och bar henne i säkerhet.

E-Z placerade de tre männen sida vid sida i baksätet på bilen.

"Vem arbetar ni för?" krävde han.

Hadz flög över, "De förstår inte engelska." Hon översatte E-Z:s fråga till männen. Efter att den falske läkaren svarat översatte Hadz. "Han säger att de inte vet vem de arbetar för."

"Det är ju löjligt. De kidnappade ett barn från sjukhuset. Fråga dem vart de skulle ta henne då? Och hur fick de reda på om henne?"

Hadz översatte. Den falska läkaren svarade återigen: "Vi blev tillsagda att ta henne till hamnen och att någon skulle vänta på henne där. Det är allt vi vet."

E-Z trodde inte på dem, men Hadz bekräftade att de verkligen talade sanning. "Vad vill du göra med dem?" frågade hon.

"Kan du radera deras sinnen? Och tankarna hos dem de är kopplade till? De här tre är kuggar i maskineriet. Vi vill radera sinnet på personen i hamnen. Så att de alla glömmer henne - för alltid."

"Klart", sa hon.

"Wow, vad snabb du är!"

E-Z och Hadz i stolen tog sig tillbaka till sjukhuset, precis när Lia började vakna till. Hon rörde på huvudet, kände vinden blåsa i håret och tryckte sig mot E-Z:s bröst. Hon öppnade sin högra handflata och tittade på sin vän, pojken/ängeln. Hon skrattade och kramade honom hårt. När hon såg den lilla älvliknande varelsen på E-Z:s axel använde hon sina handflatsögon för att titta på henne.

"Du är så liten och söt", sa hon.

"Trevligt att träffas", sa Hadz. "Och tack så mycket."

De flög mot sjukhuset.

"Du är i säkerhet nu", sa E-Z.

"Och du är inte i den där saken längre," sa Lia.

"Hadz hjälpte mig att ta mig ut", sa E-Z och flaxade med vingarna.

"Var fick du dem ifrån?" frågade Lia. "Kan jag få några?"

E-Z log. Han var inte säker på hur mycket han skulle berätta för henne. Han var orolig för vad Eriel skulle säga om han avslöjade för mycket. "Jag fick dem efter att mina föräldrar dog."

"Men varför?" frågade lilla Lia.

"Jag började rädda människor", sa E-Z.

"Du menar att jag inte är den första personen du har räddat?"

"Nej, det är du inte."

Hadz rensade halsen, vilket var en signal till E-Z att sluta prata.

De flög vidare under tystnad. Den lilla flickan kramade E-Z:s bröst. Rullstolen visste vart den skulle. Hadz kände sig behövd igen.

E-Z var försjunken i sina tankar. Han undrade om räddningen av Lia hade varit den viktigaste prövningen. Eller om uppgiften hade varit att ta sig ur kulan. Eller hade han kanske gjort två saker samtidigt? Hur många hade det blivit då? Han var tvungen att skriva ner dem för att hålla reda på dem. Det var vad han hade gjort i sin dagbok, men på senare tid hade han inte haft så mycket tid att anteckna saker.

"Jag kan höra dig tänka", sa Lia. Hon hade båda handflatorna öppna. Hon tittade på E-Z:s yttre samtidigt som hon lyssnade på vad han tänkte på insidan. "Jag vill veta mer om de här prövningarna. Och jag vill veta varför jag kan se med mina händer istället för med mina ögon. Tror du att den här Eriel kommer att veta?"

POP

Hadz väntade inte på svaret.

"Sjukhuset ligger nedanför", sa E-Z.

Stolen sjönk långsamt ner och de gick in i sjukhuset. E-Z och stolens vingar försvann. Han gick längs korridoren och hittade Lias rum. Hennes mamma väntade där.

"Arrestera den här pojken", skrek Lias mamma.

E-Z var förbluffad. Varför ville hon att han skulle gripas? Han hade ju precis räddat hennes dotter.

"Men mamma," började Lia.

Polisen kom in. De sträckte sig bakom E-Z och satte hans händer i handfängsel.

Innan de stängde dem skrek Lia. Sedan öppnade hon sina handflator och höll dem framför sig. Från hennes handflator kom ett bländande vitt ljus som fick alla i rummet utom henne och E-Z att stanna i tiden. Lilla Lia stoppade tiden.

"Coolt! Hur gjorde du det där?" E-Z utbrast när handbojorna föll ner på golvet med en klunk.

"Jag, jag vet inte. Jag ville skydda dig. Rädda dig." Hon stannade upp, lyssnade. "Någon kommer, du måste ta dig ut härifrån. Jag kan känna att någon annan kommer, och du måste vara borta."

"Någon?" E-Z frågade. "Vet du vem det är?"

"Det vet jag inte. Allt jag vet är att någon annan kommer, och du måste gå - omedelbart."

"Kommer det att gå bra? Kommer de att skada dig?

"Jag klarar mig - de är ute efter dig - inte mig. Gå härifrån, nu."

"När får jag se dig igen?" frågade E-Z, medan han krossade sjukhusfönstret och flög ut och väntade på att hon skulle svara.

"Du kommer alltid att se mig, E-Z. Vi är sammanlänkade. Vi är vänner. Du tar dig ut härifrån och jag tar hand om resten." Hon gav honom en kyss.

Lia lade sig i sängen, drog täcket över halsen och låtsades att hon sov djupt innan hon satte världen i rörelse igen.

"Vad har hänt?" frågade hennes mamma.

Allt var bra igen. Lia låg oskadd i sängen.

Världen fortsatte som den hade gjort tidigare medan E-Z flög sin väg tillbaka hem igen.

"Tack Hadz för hjälpen", sa E-Z trots att hon hade försvunnit. På något sätt visste han att hon kunde höra honom var hon än var.

KAPITEL 7

När E-Z flög över himlen insåg han att han var utsvulten. Nedanför honom fanns Big Ben. Han bestämde sig för att landa och köpa sig lite engelsk Fish and Chips.

När stolen kom ner lade han märke till en vit skåpbil som snabbt körde nerför vägen. Den var parallell med en skola. Han såg föräldrar i fordon och till fots som väntade på att hämta sina barn.

När skåpbilen svängde runt hörnet ökade den farten.

Hans rullstol kastade sig framåt och hamnade bakom fordonet. Körningen blev allt mer vårdslös när man närmade sig skolan. Barn började komma ut.

E-Z:s tog tag i baksidan av skåpbilen. Han använde all sin styrka och drog den till ett fullständigt stopp med ett gnissel.

Föraren trampade på gasen och försökte köra ifrån. Han hade ingen tur. De kunde inte se vad eller vem som höll dem tillbaka.

E-Z bröt upp låset på bagageutrymmet, sträckte sig in och drog ut startkablarna. Stolen gungade framåt och landade på fordonets tak. E-Z använde startkablarna för att binda fast dörrarna till hytten. Föraren kunde inte ta sig ut.

Ljudet av sirener fyllde luften.

E-Z började flyga och märkte att flera personer tog bilder på honom med sina telefoner och flög högre och högre.

Hans mage knorrade och han kom ihåg fish and chips. Eftersom han inte hade någon brittisk valuta kunde han ändå inte betala för dem, så han tog sig hem.

När han tänkte på sin farbror som undrade var han var tänkte han att han skulle lämna ett meddelande och började göra det: "Jag är på väg hem."

Klick.

"Var är du?" Uncle Sam frågade. Det var inte ett meddelande trots allt.

"Jag flyger just över Storbritannien. Det är en trevlig dag för flygning, tycker du inte det?"

"Vad? Hur?"

"Det är en lång historia, jag förklarar när jag är tillbaka."

"Är du i ett plan?"

"Nej, det är bara jag och min stol."

Nedanför kunde E-Z se människor ta bilder av honom. När han såg en 747 från ett lokalt flygbolag komma i hans riktning insåg han att han var illa ute. Innan han fick chansen att flyga högre upp hade kameror tagit bilder och förmodligen lagt ut dem på sociala medier.

"Ledsen Eriel", sa han och tog sig högre upp. "Du vet hur man säger att all publicitet är bra publicitet? Tja..." E-Z skrattade. Om Eriel kunde se honom varje dag och varje timme, varför behövde han då kalla på honom för att få hjälp? Det var något som inte riktigt stämde. Inte jag, ärkeänglarna ville att han skulle slutföra prövningarna.

En kyla gick genom honom när himlen förändrades och svarta moln virvlade och pulserade runt honom. Han flög vidare och försökte öka takten, men sedan började blixtarna och han var tvungen att ducka för dem. Då kom han ihåg planet. Han kunde se att det gjorde en lyckad landning och att människorna var oskadda. Han fortsatte mot hemmet.

Efter stormen kom stjärnorna fram. Hans stol fortsatte att flaxa med vingarna medan E-Z tog en tupplur.

"E-Z?" Lia sa i hans huvud. "Är du där?"

Han vaknade med ett ryck, glömde att han satt i stolen och föll ur den. Han började falla, men hans vingar sparkade in och snart var han tillbaka i stolen igen.

"Är allt okej, lilla vän?" frågade han.

"Ja. De tror att det bara var en dröm, att jag pratade med dig. Ritade bilder av dig. Mamma vet sanningen, men hon vill inte erkänna den."

"Åh, oroar det dig?"

"Nej. Mina krafter ökar. Jag kan känna dem, och jag vet att något är på väg. Något som du kommer att behöva min hjälp med. Jag ska snart åka hem. Jag ska fråga mamma om vi får komma och hälsa på dig. Snart."

"Vadå? Kanske din mamma ska ringa min farbror Sam så kan de prata?"

"Ja, det är en smart idé. Mamma har sett bilderna och hon har träffat dig, men hon minns inte. Det är som om hennes hjärna har rensats eller så sover hennes minnen av dig."

"Är du säker på att det här är rätt sak att göra?"

"Jag är säker. Jag måste vara där du är. Jag måste hjälpa dig."

E-Z:s sinne blev tomt. Lia var borta.

Tonåringen tänkte på Lia när hon kom till Nordamerika. Hon var en liten flicka, seende med sina händer, ja, men hur skulle hon kunna hjälpa honom? Hon hade hjälpt honom att fly, men han var förvirrad över hennes inblandning. Han ville inte utsätta henne för fara. Han ropade på Eriel igen. Han framkallade sången, men ingenting hände.

Han tog in landskapet. Han var nästan hemma nu. Tack gode Gud att hans stol var modifierad och att han kunde färdas mycket snabbt!

KAPITEL 8

Strax framför sig såg E-Z kusten. Han suckade av lättnad tills han såg en stor fågel som var på väg rakt mot honom. När den närmade sig insåg han att det var en svan. Men inte en svan av normal storlek. Den var enorm och det var även dess vingspann som han uppskattade till över hundrafemtio tum. Det var samma svan som hade talat till honom tidigare. Och inte bara det, han såg också ett starkt rött ljus flacka på fågelns axel.

Svanen svängde och landade sedan tungt på hans axlar. Den hade liftat.

"Hallå där", sa E-Z och tittade upp på den vackra varelsen som höll på att stabilisera sig.

"Hoo-hoo", sa svanen. Sedan skakade den på huvudet, öppnade näbben och sa: "Hej E-Z."

"Jag tror att jag är skyldig dig ett tack", sa han.

"Åh, det var så lite så. Och jag hoppas att du inte har något emot att jag åkte med", sa svanen och rufsade till sina fjädrar.

"Inga problem", svarade E-Z.

"Det här är min mentor Ariel", sa svanen.

WHOOPEE

En ängel ersatte det röda ljuset.

"Hej", sa hon och satte sig på E-Z:s knä.

"Uh, trevligt att träffas", sa han.

"Hur kan jag stå till tjänst?" frågade han.

"Jag hoppas att du och min vän svanen här kommer att kunna bilda ett partnerskap."

"Hur då?" frågade han.

"Min skyddsling har gått igenom mycket. Han kan berätta detaljerna för dig när han känner sig redo, men just nu vill jag att du hjälper honom genom att låta honom hjälpa dig med prövningarna. Du kan behöva lite hjälp, eller hur?"

"Vad jag förstår", sa han riktat till Ariel. Sedan till svanen, "inget emot dig, kompis." Nu till Ariel, "är att ingen kan hjälpa mig i mina prövningar. Det kom direkt från Eriel och Ophaniel."

"Jag har klargjort det med dem. Så, om det är din enda invändning," hon pausade sedan

WHOOPEE

och hon var borta.

Efter det fortsatte E-Z och svanen över Atlanten och vidare in i Nordamerika. Han hade alltid velat se Grand Canyon. Det fick bli vid ett annat tillfälle. Svanen snarkade och gosade in sig mot E-Z:s hals.

E-Z stack ner handen i fickan och tog fram sin telefon. Han tog en selfie med svanen. Han höll telefonen i handen och planerade att spela in svanen nästa gång den talade. Han behövde bevis på att han inte höll på att bli galen.

En stund senare siktade E-Z in sig på sitt hus. Det var skoldag, men han var alldeles för trött för att gå dit. När stolen började sin nedstigning vaknade svanen. "Är vi framme än?"

"Ja, vi är hemma hos mig", sa E-Z och tryckte på inspelningsknappen på sin telefon. "Vill du att jag ska släppa av dig någonstans?"

"Nej, tack. Jag ska bo hos dig", sa svanen och förlängde sin hals för att ta en titt på huset där han skulle bo. "Du och jag, vi behöver prata."

E-Z tryckte på play men det var död luft. Svanen kunde inte spelas in. Konstigt.

De landade vid ytterdörren. E-Z satte nyckeln i låset men innan han hann öppna stod farbror Sam där. Han gav sin brorson en stor kram och sa: "Välkommen hem." Han kliade sig på hakan och såg lite orolig ut när han såg E-Z:s följeslagare, en ovanligt stor svan.

"Kul att vara tillbaka", sa E-Z och gick in i huset.

Svanen följde efter med sina simhudsfotade fötter.

"Och vem är din, eh, fjäderprydda vän?" Frågade farbror Sam.

E-Z insåg att han inte ens visste vad svanen hette.

Svanen sa: "Alfred, mitt namn är Alfred."

E-Z gjorde en formell presentation.

Svanen traskade sedan iväg genom hallen, in i E-Z:s rum och flög upp på hans säng för att ta en välförtjänt tupplur.

E-Z gick in i köket med Uncle Sam på sina hjul.

"Vad i hela friden gör den där svanen här?" Han tog en paus och tog lite mjölk ur kylskåpet. Han hällde upp ett glas åt sin brorson. "Den kan inte stanna här. Vi måste lägga den i badkaret. Om den får plats. Han är den största svan jag någonsin har sett. Var hittade du den och varför tog du med den hit?"

E-Z svalde sin mjölk. Han torkade bort sin mjölkmustasch. "Jag hittade den inte, den hittade mig. Och den kan prata. Den, han, var där när jag räddade den lilla flickan och när jag räddade planet. Han säger att vi måste prata."

Farbror Sam gick utan att svara ner i hallen. E-Z följde tätt efter utan att säga något.

"Tala!" krävde farbror Sam.

Svanen Alfred öppnade ögonen, gäspade och somnade sedan om igen utan att ens ge ifrån sig ett ljud.

"Jag sa, tala", sa farbror Sam och försökte igen.

Svanen Alfred öppnade näbben och fnös.

"Det är okej, Alfred", sa E-Z. "Det är min farbror Sam."

"Han kan inte förstå mig. Och jag tror inte att han någonsin kommer att kunna det. Jag är här för dig och bara för dig", sa svanen Alfred. Han fnös, kröp sedan ner i täcket och somnade än en gång.

Farbror Sam tittade på, medan svanen hade varit animerad och tittat intensivt på E-Z.

Han och farbror Sam stängde dörren på väg ut och gick tillbaka in i köket för att prata.

E-Z var så trött att han knappt kunde hålla ögonen öppna.

"Kan det här inte vänta tills i morgon bitti", frågade han.

Sam skakade på huvudet.

"Okej, då kör vi. Först slog jag en baseboll ur parken. Och jag sprang eller rullade runt baserna. Sedan blev jag instängd i en kulformad behållare utan någon väg ut. Sen kunde jag prata med en liten flicka i Nederländerna. Jag åkte dit för att rädda henne. Hon heter Lia, och hennes mamma kommer att ringa dig förresten. Jag stoppade ett fordon från att skada barn, i London, England. Sedan träffade jag Alfred, den trumpetande svanen. Och nu när du är uppdaterad - kan jag gå och lägga mig?"

"Vad ska jag säga när hon ringer?" frågade Sam. "Vi känner inte ens de här människorna, men vi ska låta dem bo här i huset med oss. Vi och svanen Alfred?"

"Ja, snälla gå med på det. Det finns en plan här och jag känner inte till alla detaljer än. Lia har krafter, ögon i handflatorna och hon kan läsa mina tankar och stoppa tiden. Svanen Alfred har också krafter, han kan läsa mina tankar och han kan prata. Jag tror att vi tre är sammanlänkade på något sätt, kanske på grund av prövningarna. Men jag vet inte. Vad som helst kan hända med Eriel som spionerar på mig 24-7", sa E-Z.

När de kom längs korridoren hörde de hur svanens fötter klapprade när den vaggade fram. "Jag är för hungrig för att sova", sa svanen Alfred.

"Vad äter du för något?"

"Majs är gott, eller så kan du släppa ut mig på baksidan så ska jag få mig lite gräs."

"Har vi någon majs?" frågade E-Z.

"Bara fryst", sa farbror Sam. "Men jag kan köra kärnorna under varmt vatten, så blir de klara på ett kick."

"Säg tack till honom", sa svanen Alfred. "Det var väldigt snällt av honom."

Farbror Sam lade upp majsen på en tallrik och Alfred åt vad som bjöds. Han var dock fortfarande hungrig och behövde gå och tömma blåsan, så han bad att få gå ut i alla fall. Medan han var ute skulle han ta del av gräsmattan.

E-Z och farbror Sam tittade på svanen i några sekunder.

"Jag hoppas att grannens chihuahua inte kommer på besök", sa farbror Sam. "Den där svanen är så stor att den kommer att skrämma livet ur honom."

E-Z skrattade. "Tänk vad den skulle göra om hunden kunde förstå den som jag kan?"

Svanen Alfred gjorde sig hemmastadd. Han kände sig säker på att han skulle bli lycklig här.

KAPITEL 9

Senare bad svanen Alfred att få tala med E-Z i enrum.

"Du kan säga vad du vill här", sa E-Z. "Onkel Sam förstår dig inte, minns du det?"

"Ja, jag vet. Men det är en fråga om hyfs. Man talar inte till en person när en annan är närvarande, särskilt inte när man är gäst i en annans hem. Det skulle vara, ja, ganska oförskämt. Faktiskt mycket oförskämt."

E-Z insåg först nu att svanen Alfred talade med brittisk accent.

"Får jag be om ursäkt?" frågade E-Z.

Farbror Sam nickade och E-Z gick in på sitt rum med svanen Alfred efter sig.

"Okej," sa E-Z. "Berätta varför Ariel skickade dig hit och vad exakt det är du tänker göra för att hjälpa mig?"

Nu när E-Z låg i sin säng svansade svanen runt medan han knådade i täcket och försökte göra det bekvämt för sig.

"Du kan sova längst ner i sängen", sa E-Z och slängde dit en kudde.

"Tack så mycket", sa svanen Alfred. Han vadade upp på kudden och dunkade till den med sina simfötter tills den var bekväm. Sedan satte han sig på huk.

"Nu kan vi börja", sa Alfred.

E-Z, nu i pyjamas, lyssnade när Alfred berättade sin historia.

"Jag var en man en gång."

E-Z flämtade till.

"Det är bäst att du inte avbryter förrän jag är klar", skällde svanen. "Annars kommer min berättelse att fortsätta och fortsätta och ingen av oss kommer att få någon sömn."

"Förlåt", sa E-Z.

Svanen fortsatte. "Jag levde med min fru och två barn. Vi var otroligt lyckliga, tills en storm blåste igenom och rev ner vårt hus och dödade dem alla. Jag överlevde men ville inte vara utan dem. Då kom en ängel till mig, Ariel som du träffade, och hon berättade att jag kunde få se dem alla igen, om jag gick med på att hjälpa andra. Jag tycker om att hjälpa andra och att göra det skulle ge mig ett syfte. Dessutom hade jag inga andra alternativ, så jag gick med på det."

"Har du prövningar?" E-Z frågade. Han hade felaktigt antagit att Alfreds berättelse hade avslutats.

"Min berättelse är inte slut än", sa svanen Alfred, ganska upprörd. Han fortsatte sedan. "Det är kärnan i min berättelse. Jag har inga prövningar, eftersom jag inte är en ängel under utbildning. Mina vingar är inte som dina vingar. Jag är en svan, om än en större svan än vanligt. Min ras heter Cygnus Falconeri, som också är känd som den gigantiska svanen. Min art utrotades för länge sedan. Mitt syfte var odefinierat. Jag var fast i mellan och mellan och drev genom tiden för att jag gjorde ett misstag. Men jag vill inte prata om det nu. När jag såg dig rädda den lilla flickan ringde jag Ariel och frågade om jag fick jobba med dig. Hon skällde ut mig för att jag hade rymt och jag skickades tillbaka till mellan och mellan. Jag flydde därifrån igen och hjälpte dig med planet och Ariel bad Ophaniel att ge mig en ny chans. Nu har jag ett syfte - att hjälpa dig."

"Och Ophaniel gick med på det? Men Eriel då?"

"Det gjorde de inte först. Det berodde på att Hadz och Reiki rapporterade mig för att ha hjälpt dig genom att kalla på mina fågelvänner. När jag hörde att de skickats till gruvorna, och rymt igen, lade Ariel fram mitt fall och Ophaniel gick med på det. Jag vet inget om Eriel. Är han din mentor?"

"Ja, han tog över efter Hadz och Reiki. De kom och gick, men han säger att han alltid kan se var jag är och vad jag gör."

"Det låter överdrivet. Men jag skulle ändå vilja träffa honom en dag. För tillfället är vi ett team. Jag kan hjälpa dig, så att jag en dag också kan vara med min familj igen. Så, dit du går E-Z, går jag."

E-Z vilade huvudet på kudden och slöt ögonen. Han kände sig tacksam för all hjälp. Trots allt hade svanen hjälpt honom tidigare med planet.

"Jag ska inte vara i vägen för dig", sa svanen Alfred. "Jag vet att du tycker att vi är ett ologiskt par och när Lia kommer kommer vi att vara en ännu mer ologisk trio, men..."

"Vänta", sa E-Z. "Du känner till Lia? Hur då?"

"Åh ja, jag vet allt om dig och jag vet allt om henne och jag vet också mer. Att vi tre är sammanlänkade. Predestinerade att arbeta tillsammans." Han sträckte på käkarna, vilket såg ut som om han försökte gäspa. "Jag är för trött för att prata mer ikväll." Snart snarkade svanen Alfred iväg.

E-Z gick igenom allt han visste i sitt huvud om svanar. Vilket inte var mycket. På morgonen skulle han göra lite efterforskningar om Alfreds art.

Han undrade vad PJ och Arden skulle tycka om Alfred. Eller kanske det inte fanns någon anledning att presentera dem? Alfred kunde vara en hemlighet.

Han fluffade upp sin kudde med knytnävarna och förberedde sig för att somna.

Det väckte Alfred, och han var grinig för det.

"Måste du göra så där?" frågade Alfred.

"Förlåt", sa E-Z.

KAPITEL 10

Nästa morgon vaknade E-Z av att farbror Sam bankade på hans dörr. "Vakna E-Z! PJ och Arden är redan på väg för att ta dig till skolan."

E-Z gäspade och sträckte på sig. Han klädde på sig och manövrerade sig sedan in i sin stol. Eftersom Alfred fortfarande sov skulle han smyga ut och träffa honom efter skolan.

"Du kan inte gå någonstans utan mig!" sa Alfred. Han skakade sina fjädrar överallt och hoppade sedan ner på golvet.

"Du kan inte följa med mig till skolan. Husdjur är inte tillåtna."

"E-Z, kom igen grabben!" Ropade farbror Sam från köket. "Annars missar du frukosten."

E-Z:s mage knorrade när doften av rostat bröd spred sig i hans riktning. "Kommer!"

E-Z hade inte tid att argumentera och öppnade dörren. Han tog sig in i köket precis när Arden och PJ anlände. En tutning utanför lät honom veta att de var där.

"Okej, okej!" E-Z ropade medan han tog en bit rostat bröd. Han tog sig fram längs korridoren med sin nya webbfotade följeslagare bakom sig.

PJ klev ur bilen för att hjälpa E-Z in och säkrade hans rullstol i bagageutrymmet. När han stängde den fick han syn på Alfred som försökte ta sig in i fordonet.

"Uh, den där saken kan inte komma in i bilen", ropade PJ.

Arden rullade ner fönstret.

"Vad tusan är det där? Missade jag ett PM om att vi skulle ha Show and Tell idag?" Han fnissade.

"Är det en svan?" frågade fru Handle PJ:s mamma.

"Eller är den här saken ordförande för din fanklubb?" frågade PJ med ett flin.

Väl inne i bilen svarade E-Z. "Vi är för gamla för att visa och berätta", skrattade han. "Svanen är mitt projekt. Ett experiment, som en ledarhund för en blind person. Han är min rullstolskompis." Han spände fast Alfred i säkerhetsbältet.

PJ satte sig i framsätet bredvid sin mamma.

Svanen Alfred sa: "Ska du inte presentera mig?"

Mrs Handle körde ut bilen och de begav sig till skolan.

"Alfred", E-Z tittade på sina vänner, "det här är fru Handle. Och mina två bästa vänner PJ och Arden. Allihop, det här är Alfred, den trumpetande svanen." E-Z korsade armarna.

Alfred sa: "Hoo-hoo." Till E-Z sa han: "Jag är otroligt glad att få träffa dig. Du kan översätta åt mig."

"Hur vet du vad han heter?" frågade PJ.

"Du ska väl inte förvandlas till, vad hette han nu, killen som kunde prata med djur, E-Z? Snälla säg att du inte gör det. Men det kan bli en riktig kassako. Vi skulle kunna marknadsföra din talang. Ställa frågor och publicera svaren på vår egen YouTube-kanal. Vi skulle kunna kalla den E-Z Dickens Svanviskaren."

"Utmärkt idé!" sa PJ när hans mamma stannade vid ett övergångsställe. "Om det hade varit för några år sedan hade vi förmodligen tjänat miljoner på YouTube. Nuförtiden är det ganska tufft att tjäna pengar där. De har verkligen satt hårt mot hårt."

"Var inte oförskämd", sa fru Handle när hon körde vidare.

"Den person han syftar på är Doktor Dolittle", sa Alfred. "Det var en romanserie på tolv böcker skriven av Hugh Lofting. Den första boken kom ut 1920 och sedan följde de andra ända fram till 1952. Hugh Lofting dog 1947. Han var också britt. En man född och uppvuxen i Berkshire."

"Jag vet vem de menar", sa E-Z till Alfred. "Och nej, det är jag inte."

Arden sa: "Jag hoppas att din svan inte stjäl alla tjejer från oss idag. Du vet ju hur flickor älskar saker med fjädrar."

Mrs Handle rensade sin hals.

"Jag var en riktig kvinnotjusare på min tid", sa Alfred, följt av ytterligare ett "Hoo-hoo!" som han riktade mot PJ och Arden.

PJ sa: "Din kompanjon svan får mig verkligen att skratta."

Arden frågade: "Vilken fågelfilm vann en Oscar?"

PJ svarade: "Lord of the Wings."

Arden frågade: "Var investerar fåglar sina pengar?"

PJ svarade: "På storkmarknaden!"

"Dina vänner är lätta att roa", sa Alfred. "De är två plonkers, klippta ur samma trasa. Jag förstår varför du gillar dem. Jag gillar fru Handle. Hon är tystlåten och en utmärkt förare."

E-Z skrattade.

"Kul att du njuter av morgonhumorn", sa PJ.

"Det gör jag faktiskt inte", sa Alfred. "Dessutom är ni två riktiga plonkers."

Arden och PJ gjorde en dubbel take.

E-Z gjorde också en dubbel take på deras dubbel take. "Vadå?"

"Hörde ni inte det?" sa de två unisont. "Svanen kan prata - och med brittisk accent. Tjejerna kommer verkligen att älska honom."

Mrs Handle skakade på huvudet. "Spela inte dumma tiggare ni två!"

E-Z tittade på svanen Alfred som verkade förvirrad.

Alfred försökte sig på ett eget skämt för att se om de verkligen kunde förstå honom. "Varför hummar kolibrier?" frågade han.

De tre pojkarna tittade på, det var tydligt att både Arden och PJ nu kunde förstå honom.

Alfred sa poängen: "För att de inte kan orden, förstås."

PJ och Arden skrattade, på sätt och vis, men de var mest förskräckta.

"Hur kommer det sig att de kan förstå dig också nu?" frågade E-Z. "Först kunde de inte, nu kan de. Jag tyckte du sa att det bara var jag. Och varför kunde inte Uncle Sam förstå dig?"

Nu när de kunde förstå honom kände sig Alfred osäker. Han viskade till E-Z, "Jag vet ärligt talat inte. Om inte det jag är här för har något att göra med dem också."

"Och inkluderar inte Uncle Sam? Eller fru Handle?"

"Kanske inte," svarade Alfred.

"Och var hittade du den här talande svanen?" frågade Arden.

"Och varför tar du med honom till skolan?" frågade PJ.

Fru Handtag pustade ut. "Ni är alla väldigt dumma. E-Z säger att han är en sällskapssvan. Han kan inte prata."

"För det första är han inte bara en svan, han är en Cygnus Falconeri. Även känd som en jättesvan och en art som har varit utdöd i århundraden."

"Jag har inte sett många svanar i verkliga livet", sa Arden. "De som jag har sett på naturkanalen verkade dock inte så stora som han är. Hans fötter är enorma! Och vad händer om han måste, du vet, gå på toaletten?"

"Den genomsnittliga jättesvanen hade en längd mellan näbb och svans på 190-210 centimeter", berättade Alfred. "Och om jag gör det så använder jag gräset - idrottsplatsen borde ge mig gott om utrymme att äta och göra mina behov om och när det behövs."

"Menar du att du äter gräset och sedan går på gräset?" sa PJ.

"Usch!" sa Arden.

De var väldigt nära skolan nu, så E-Z förklarade. "Jag kan inte ge dig några detaljer eftersom jag inte riktigt känner dem. Allt jag vet säkert är att Alfred är här för att hjälpa mig, och du kommer att få se mycket av honom."

"Jag tror inte att de kommer att släppa in honom i skolan", sa Arden.

"Det blir inget problem, eftersom jag är din följeslagare", sa Alfred.

PJ, Arden och Alfred skrattade när bilen stannade utanför skolan.

"Ring mig om du vill att jag ska hämta dig efter skolan", sa fru Handle.

"Tack", svarade de.

Efter att E-Z:s stol tagits ut ur bagageutrymmet körde Mrs Handle in från trottoarkanten.

Hans vänner hjälpte honom in i den, medan Alfred flög upp och satte sig på hans axel. De gick mot framsidan av skolan där rektor Pearson höll på att släppa in eleverna.

"God morgon pojkar", sa han med ett stort leende på läpparna. Tills han lade märke till svanen Alfred. "Vad är det där för något?" frågade han.

"Han är en följeslagarsvan", sa E-Z.

"En Cygnus Falconerie, för att vara exakt", sa Arden.

"Han är med oss", sa PJ.

Rektor Pearson lade armarna i kors. "Den där saken, Cygnus whatchamacallit kommer inte in här!"

Alfred sa: "Det är okej, E-Z. Låt oss inte orsaka en scen. Jag kommer att vara här när dina lektioner slutar. Vi ses senare." Alfred flög upp och landade på byggnadens tak. Han tog in utsikten innan han flög ner på fotbollsplanen. Det fanns gott om gräs att mumsa på. När han var mätt skulle han hitta en skuggig plats under ett träd och ta en tupplur.

Rektor Pearson skakade på huvudet och höll sedan upp dörren för E-Z och hans vänner. Där inne ljöd den fem minuter långa varningsklockan.

Den här skoldagen var händelselös för E-Z och hans vänner.

Eriel hade fortfarande inte hört av sig om några nya prövningar.

KAPITEL 11

Alfred kom in i sin nya rutin. Barnen i skolan lärde känna honom - men det var bara E-Z och hans vänner som visste att han kunde prata.

Den här dagen väntade Alfred på E-Z utanför skolan och frågade: "Kan vi prata?"

E-Z såg sig omkring; han ville fortfarande inte att de andra eleverna skulle höra honom prata med en svan. Han viskade: "Uh, kan det här vänta tills vi kommer hem?"

"Åh, jag förstår", sa Alfred. "Du känner dig fortfarande självmedveten när vi pratar. Det är förståeligt, men barnen älskar mig här. De står i kö för att klappa mig och mata mig. Dessutom, kommer inte farbror Sam att vara hemma? Jag behöver prata med dig ensam."

"Eftersom han fortfarande inte kan förstå dig, pratar du med mig ensam även när vi är hemma."

"Men det här är en angelägen fråga och den är ganska tidskänslig", sa Alfred.

PJ körde upp på trottoarkanten bredvid dem. Arden frågade om de ville ha skjuts hem.

"Öh, grabbar. Jag är ledsen men jag kommer att gå hem med Alfred idag. Han har viktig information att delge mig."

PJ och Arden skakade på huvudet. Arden sa: "Vi förväntade oss att bli kastade över en dag för en tjej - inte en fågel." Han fnissade.

"Och hur är det med spelet?" frågade Arden.

"Idag är idag och matchen är inte förrän imorgon. Ledsen killar." E-Z ökar takten. Bilen kröp fram bredvid honom och körde sedan iväg med ett gnissel från däcken.

"Plonkers", sa Alfred.

"De menar väl. Vad är det nu som är så viktigt?"

"Har du hört något från Lia på sistone? Jag är orolig för henne." Alfred vaggade fram bredvid E-Z och nafsade huvudet av en maskros medan han gick.

"Varför oroar du dig? Inga nyheter är väl goda nyheter?"

"Jag har faktiskt hört av henne och det har skett en, eh, ja, en förbryllande ny utveckling."

E-Z stannade upp. "Berätta mer."

"Fortsätt gå", sa Alfred, som nu höll på att nypa huvudet av en tusensköna. "Lia och hennes mamma är redan på väg hit. De bör anlända någon gång i morgon."

"Varför så bråttom? Jag menar, ja, det är en överraskning. Vi visste att de skulle komma - kanske snart. Vad är det som är så förbryllande med det?"

"Det är inte det som är förbryllande."

"Sluta förhala och spotta ut det!"

"Lia är inte längre sju år gammal - hon är nu tio år gammal."

"Vadå? Det är ju omöjligt."

"Tror du att hon skulle ljuga?"

"Nej, jag tror inte att hon skulle ljuga men - det är helt obegripligt. Människor växer inte från sju till tio på några veckor."

"Hon sa att hon gick och lade sig. Nästa morgon gick hon in i köket för att äta frukost och hennes barnflicka började skrika. Det var så hon upptäckte att hon hade åldrats tre år över natten."

"Whoa!" utbrast E-Z.

"Och det finns mer."

"Mer. Jag kan inte föreställa mig något mer."

"Hon lyckades övertyga sin mamma om att det inte var nödvändigt för henne att stanna här under hela besöket. Hon är en upptagen affärskvinna. Det krävdes en hel del övertalning. Lia sa att hon skulle få det bättre med tanke på Sams erfarenhet av dig och prövningarna. Hennes mor gick med på det, på några villkor."

"Som till exempel?"

"Att hon gillar farbror Sam."

"Alla gillar Uncle Sam."

"Och att du förklarar för henne hur hennes dotter kan ha åldrats så över en natt."

"Och exakt hur ska jag göra det?"

"För att vara ärlig", sa Alfred, "har jag ingen aning. Det var därför jag ville prata med dig ensam. Jag menar, Uncle Sam vet att Lia kommer, eller hur?"

E-Z nickade, "Jag antar det om de är på väg."

"Men han förväntar sig en sjuårig liten flicka, när en tioåring kommer att dyka upp på hans tröskel."

E-Z stannade igen. Onkel Sam. Han hade inte ens tänkt på att Uncle Sam skulle behöva ta itu med en tioårig flicka. "Jag är inte säker på att jag någonsin nämnde Lias ålder för honom. Kanske gjorde jag inte det och vi oroar oss för ingenting."

Alfred fortsatte. "Jag har hört talas om människor som åldras snabbt. Det finns en sjukdom som heter Progeria. Det är ett genetiskt tillstånd, ganska sällsynt och ganska dödligt. De flesta barn blir inte äldre än tretton år och Lia är redan tio, så vi måste ta reda på det här."

"Hur är det där du sa,"

"Progeria."

"Ja, progeria, hur smittar det?" frågade E-Z.

"Jag har förstått att det händer under de första åren. Och barnen är vanligtvis vanställda."

"Lia är vanställd på grund av glaset, inte en sjukdom. Finns det något botemedel?"

"Inget botemedel. Men E-Z, det finns något annat. Det har något att göra med ögonen i hennes händer. De är nya och sjukdomen är ny. För mycket av ett sammanträffande tycker du inte?"

E-Z övervägde detta och bestämde sig för att Alfred hade rätt. Det var för mycket av ett sammanträffande. Men vad skulle han göra åt det? Skulle han ringa Eriel? "Känner du Eriel?"

Alfred saktade ner tempot och det gjorde E-Z också. De var nästan hemma och behövde prata ut om det här innan de träffade Uncle Sam. "Ja, jag har hört talas om honom. Men som du vet är Eriel inte min ängel. Du träffade min mentor Ariel, och hon är naturens ängel, därav att jag är i samma skick som en sällsynt svan. Hon kanske kan hjälpa till, men vi måste vänta på hennes nästa framträdande för att kunna göra det."

"Du menar att du inte kan kalla på henne?"

Alfred nickade. "Kan du kalla på Eriel när du vill?"

E-Z skrattade. "Inte precis när jag vill, men han är nåbar. Men han är en plåga i du vet vad och gillar inte att bli tillfrågad eller tillkallad." E-Z tänkte tyst och det gjorde Alfred också. Deras hus var i sikte nu och farbror Sam var hemma eftersom hans bil var parkerad på uppfarten. "Jag tycker att vi ska vänta och se vad som händer med Lia."

"Håller med", sa Alfred, medan han klev av stigen och drog upp lite gräs ur marken och tuggade på det. E-Z tittade på. "Jag föredrar att inte äta för mycket gräs; jag menar gräsmattegräs. Det är vad jag äter hela dagarna när du är i skolan - förutom de få blommor jag kan hitta. Just nu känner jag för att äta lite av det våta som växer under vattnet. Det är fräschare och saftigare."

"Det förstår jag", säger E-Z. "Jag gillar att äta sallad när den är färsk och krispig. Jag gillar det inte så mycket när det kommer i påsar och det enda sättet att få ner det är att dränka det i salladsdressing."

"Jag saknar mänsklig mat."

"Vad saknar du mest?"

"Cheeseburgare och pommes frites, utan tvekan. Åh, och ketchup. Hur jag brukade älska den tjocka, röda kladdiga såsen som går på allt."

"Det kanske inte skulle vara så illa på gräs?" E-Z skrattade, men Alfred funderade på saken.

"Jag kan tänka mig att göra ett försök."

"Vi sätter upp det på din bucket list", sa E-Z.

"Vad är en bucket list?" frågade Alfred.

KAPITEL 12

E-Z funderade över Alfreds fråga. Alfred visste inte vad en bucket list var...och uttrycket myntades 2007. I Nicholson/Freeman-filmen med samma namn. Han förklarade utan att gå in på alltför många detaljer.

"Det är en riktigt intressant idé", sa Alfred och fluffade upp sina fjädrar. "Men vad är poängen med att ha en bucket list? Du kommer väl ihåg allt du verkligen vill göra?"

"Vet du Alfred, jag är inte riktigt säker. Jag antar att det kan ha något med ålder att göra. Att bli gammal och tappa minnet."

"Det låter vettigt."

De fortsatte sin resa och kom hem. När E-Z rullade upp för rampen hoppade Alfred på. Svanen flaxade med vingarna för att hjälpa till med den uppåtgående farten. Högst upp, när E-Z öppnade dörren, hörde de en okänd röst.

"Åh nej, de är redan här!" sa Alfred.

"Du kunde ha varnat mig!" E-Z svarade och hängde sin väska på en krok på vägen in i vardagsrummet.

"Självklart skulle jag ha gjort det, om jag hade vetat!"

Lia ställde sig upp. Tioåriga Lia såg märkbart annorlunda ut, tills hon höll upp sina öppna handflator. Hon skrek till när hon såg E-Z och sprang fram till honom och gav honom en stor kram. Sedan kramade hon Alfred och sa att hon var otroligt glad över att äntligen få träffa honom.

Lias mamma Samantha stod också och tittade på när hennes dotter omfamnade pojken som hade räddat hennes liv. Ängeln/pojken i rullstolen. Hennes dotter hade nämnt Alfred, men inte att han var en jättestor svan.

Farbror Sam ställde sig upp och sa: "Åh, du är hemma." Han flyttade sig närmare sin brorson. Sedan föreslog han tafatt att de skulle gå in i köket. För att hämta förfriskningar.

"Vi klarar oss", sa Samantha.

Sam insisterade ändå på att de skulle gå in i köket.

"Uh," stammade E-Z. "Jag skulle vilja ha en drink."

Sam suckade.

"Gör dig inte besvär för vår skull", sa Samantha.

"Det är inget besvär alls", sa Sam och knuffade E-Z:s stol mot utgången till vardagsrummet.

"Lia, du är väldigt vacker", sa Alfred och böjde på huvudet så att hon kunde klappa honom.

"Tack", sa Lia med en rodnad. Hon tittade i E-Z:s riktning när de lämnade rummet, men han märkte det inte eftersom han hade ögonen på sin farbror.

När de väl var i köket parkerade Sam sin brorson. Han öppnade kylskåpet och stängde det igen. Han gick till skåpet, öppnade dörren och stängde den igen.

"Vad är det för fel?" frågade E-Z.

"Jag förväntade mig dem inte så snart och vad äter och dricker folk från Nederländerna egentligen? Jag tror inte att jag har något lämpligt i huset. Jag kanske ska gå ut och köpa något?"

"De är människor precis som vi, jag är säker på att de kommer att prova vad du än har. Tänk inte för mycket på det."

"Hjälp mig lite här, grabben. Vad ska vi servera? Ost och kex? Något varmt, grillade ostmackor? Vi har vatten, juice och läsk."

"Okej, vi kör på ost och kex för tillfället. Vi får se hur det går med det. Och en bricka med olika drycker."

Sam suckade och lade upp allt på en bricka. "Åh, servetter!" sa han och tog ut en hög med dem från lådan.

"Allt klart?" frågade E-Z.

"Tack, grabben", sa Sam och plockade upp brickan full med mat och dryck. Han gick in i vardagsrummet med sin brorson bakom sig. Sam ställde allt på bordet och hoppade sedan upp och sa, "Sidotallrikar!" och lämnade rummet och återvände kort därefter med de nämnda föremålen.

E-Z tittade i Lias riktning när han smuttade på sin drink. Han kunde fortfarande se henne som en liten flicka, även om hon inte var det längre. Hennes hår var längre.

Lias mamma såg ännu mer obekväm ut än vad farbror Sam gjorde. Hon fipplade med ett kex men bet inte i det. Hon flyttade glaset med dryck fram och tillbaka men drack inte ur det. Hon tittade i farbror Sams riktning då och då, men inte länge. Sedan suckade hon mycket högt och återgick till att pyssla med sin mat.

"Hur var din flygning?" frågade E-Z.

"Det var lätt som en plätt jämfört med att flyga med dig", sa Lia. Hon skrattade och läsken kom nästan ut ur näsan på henne. Snart skrattade de allihop och kände sig mer avslappnade.

Alfred pratade obehindrat, medveten om att bara Lia och E-Z kunde förstå honom. "Nu är vi tillsammans, De tre. Som det var menat att vara."

Lia och E-Z utbytte blickar.

Alfred fortsatte. "Jag undrar hela tiden varför vi fördes samman. E-Z du kan rädda människor och du är superduperstark, plus att du kan flyga och det kan din stol också. Lia, dina krafter finns i din syn. Du kan läsa tankar. Från vad E-Z har berättat för mig har du ljusets krafter och kan stoppa tiden.

"Jag, jag kan resa, flyga i skyn och jag kan ibland säga när saker kommer att hända innan de händer. Jag kan också läsa tankar, men inte hela tiden. Dessutom älskar de flesta människor svanar. Vissa säger att vi är änglar. Det finns till och med de som tror att svanar har förmågan att förvandla människor till änglar. Jag vet inte om det är sant. Själv kan jag hjälpa alla levande varelser att läka sig själva."

Det sista var nytt för E-Z. Han ville veta mer.

Alfred sa frivilligt: "Att ge upp är det första steget."

E-Z och Lia var försjunkna i tankar om Alfreds bekännelse.

"Vad gör vi nu?" frågade Lia.

"Varje lag behöver en ledare, en kapten. Jag nominerar E-Z," sa Alfred.

"Jag stöder nomineringen", sa Lia.

Lia och Alfred höjde sina glas för E-Z. Farbror Sam och Lias mamma Samantha var med och skålade. Även om de inte hade någon aning om varför de alla skålade för.

E-Z tackade dem alla. Men inombords undrade han hur allt skulle gå till. Hur skulle han kunna leda en liten flicka och en trumpetsvan? Hur skulle han hålla dem säkra och utom fara?

Farbror Sam och Samantha erbjöd sig att städa upp, medan trion gick tillbaka in i vardagsrummet.

"Det blir ett bra tillfälle för dem att lära känna varandra lite bättre", sa Alfred.

"Ja, mamma har aldrig varit så här nervös förut. I sitt jobb träffar hon massor av människor och hon pratar med dem, även med främlingar, som om hon alltid har känt dem. Det är en av hemligheterna bakom hennes framgång, tror jag. Men med Sam är hon tyst som en mus och nervös."

"Det kanske är jetlag", föreslog E-Z.

Alfred skrattade. "Nej, de är attraherade av varandra. Ni är båda för unga för att märka det, men det fanns en stämning i luften."

"Verkligen, min mamma är kär i Sam?"

"Farbror Sam var också ganska besvärlig - men han träffar inte många tjejer nuförtiden eftersom han arbetar hemifrån och tillbringar större delen av sin tid med att hjälpa mig. Jag röstar för att vi byter ämne."

"Jag också", sa Lia.

"Ni två är inte roliga."

"Jag tror att det kan vara dags för oss att kalla på Eriel", sa E-Z. "Han måste vara den som förde oss alla samman. Vi måste få ta del av planen. Att veta vad som kommer att förväntas av oss och när."

"Vem är Eriel?" frågade Lia. "Jag minns att du frågade mig förut om jag kände honom."

"Han är en ärkeängel och han har varit mentor för mina prövningar. I alla fall de senaste."

"Min ängel, den som har gett mig gåvan att se med händerna, heter Haniel. Hon är också en ärkeängel. Hon är jordens vårdare."

Detta förvånade E-Z. Om de alla arbetade för sina egna änglar, varför fördes de då samman? Var den ena ängeln mäktigare än den andra? Vem var chefsängeln? Vem lydde under vem?

"Jag skulle verkligen vilja veta vad som pågår", sa Alfred.

"Allt jag vet", sa Lia, "är att jag efter olyckan blev tillfrågad om jag ville vara en av de tre. Och nu, voila, är vi här."

Farbror Sam och Samantha kom in i rummet. De pratade en stund tills Samantha, som var trött efter flygresan, gick till sitt rum. Farbror Sam gick också till sitt rum.

"Låt oss gå in i mitt rum och prata", sa E-Z.

Lia och Alfred följde efter. Efter några timmars diskussion insåg trion att de hade många frågor men få svar. Lia gick till sitt rum som hon delade med sin mamma. Alfred sov på kanten av E-Z:s säng. E-Z snarkade iväg. I morgon var en ny dag - då skulle de ta reda på allt.

KAPITEL 13

Nästa morgon bar Lia ut skålar med flingor i trädgården. Solen gick upp på himlen, det var en molnfri dag och klockan närmade sig 10.00. Alfred mumsade på gräset nära gångvägen.

Lia gav E-Z hans skål, satte sig sedan under parasollet på uteplatsen och tog en sked Cornflakes.

"Nordamerikanska cornflakes smakar annorlunda än de vi har i Nederländerna."

"Vad är det för skillnad?" frågade E-Z.

"Allt här smakar sötare."

"Jag har hört att man använder olika recept i olika länder. Vill du ha något annat?" Hon avböjde med en skakning på huvudet. "Jag kunde inte sova i natt", sa E-Z och tog en sked till av Captain Crunch.

"Förlåt, snarkade jag för mycket?" Alfred frågade när han tryckte ner ansiktet i det daggvåta gräset.

"Nej, det var ingen fara. Jag hade mycket att tänka på. Jag menar, vi är ju alla här. De tre - och jag har inte haft en rättegång på ett tag... Sedan Hadz och Reiki degraderades vet jag inte vad som pågår. Efter den sista striden med Eriel - som jag förresten vann - har jag inte hört något från Eriel.

Det gör mig nervös. Undrar vad han hittar på för att göra livet surt för mig."

Alfred vadade längre bort i trädgården när en enhörning landade på gräset.

"Till er tjänst", sa Lilla Dorrit.

Enhörningen kelade med Lia, medan hon stod upp och kysste den på pannan.

Ovanför dem började en blå strimma av himmelsskrift. Den stavade orden:

FÖLJ MIG.

E-Z:s stol reste sig, "Kom igen!" ropade han.

Lilla Dorrit böjde sig ner och lät Lia rida på henne.

Alfred flaxade med vingarna och anslöt sig till de andra.

"Någon aning om vart vi är på väg?" frågade Alfred.

"Allt jag vet är att vi måste skynda oss! Vibrationerna ökar så vi måste vara nära."

"Titta där framme", ropade Lia. "Jag tror att vi behövs på nöjesfältet."

Omedelbart blev det uppenbart för E-Z varför de behövdes. Berg- och dalbanan hade spårat ur. Vagnarna dinglade halvt på och halvt utanför spåren. Och passagerare i alla åldrar skrek. Ett barn hängde så farligt med benen över vagnens sida att det var uppenbart att han skulle falla först.

"Vi tar tag i ungen", sa Lia och gav sig iväg. Hon och Lilla Dorrit gick rakt mot pojken. Han släppte taget, föll och landade säkert framför Lia på enhörningen.

"Tack så mycket", sa pojken. "Är det här verkligen en enhörning, eller drömmer jag?"

"Det är den verkligen", sa Lia. "Hon heter Lilla Dorrit."

"Min mamma har en bok med det namnet. Jag tror att den är skriven av Charles Dickens."

"Det stämmer", säger Lia.

"Finns det enhörningar i Lilla Dorrit? Om ja, då måste jag läsa den!"

"Jag kan inte säga säkert", sa Lia. "Men om du får reda på det, låt mig veta."

E-Z tog tag i de överhängande bilarna en efter en. Det tog lite tid att balansera den, den var lite som en slinky som lutade åt ett håll till en början. Men hans erfarenhet av flygplanet hjälpte och inspirerade honom när han lyfte tillbaka vagnarna på spåren. Han höll dem stadigt tills alla passagerare var säkert inne.

Tack vare Alfreds hjälp gick detta smidigt. Med hjälp av sina vingar, sin näbb och sin storlek kunde Alfred lyfta dem till säkerhet.

"Är alla okej?" ropade E-Z till rungande applåder från alla passagerare.

Uppgiften var slutförd och Alfred flög upp till där Lia och de andra befann sig. Det var en utmärkt plats för observation.

"Är det okej för oss att ta ner pojken nu?" frågade Lia.

E-Z gav henne tummen upp.

Nedanför togs en kran in i syfte att lyftas upp för en räddning. Den var inte i närheten av att vara klar ännu. Han såg hur arbetarna klättrade runt i sina gula skyddshjälmar.

E-Z visslade till killen som körde berg- och dalbanan att starta den.

Berg- och dalbaneföraren startade om motorn. Först tuffade vagnarna fram en bit, sedan stannade de. Passagerarna skrek av rädsla för att det skulle spåra ur igen. Vissa höll för sina nackar, som hade skadats i den ursprungliga händelsen.

E-Z placerade sin rullstol längst fram på vagnarna för att se till att deras position inte ändrades. Han märkte att vinden ökade, eftersom passagerarnas hår sveptes runt i vagnarna. En äldre man tappade sin LA Dodgers-basebollkeps. Alla såg på när den störtade mot marken.

"Försök igen", ropade E-Z och hoppades på det bästa men tänkte ut en plan B för säkerhets skull.

Operatören satte igång motorn. Än en gång rörde sig berg- och dalbanan framåt. Den här gången lite längre, men rullade återigen till ett fullständigt stopp.

Tonåringen ropade till Lilla Dorrit: "Kan du lägga Lia på marken. Ta sedan några kedjelänkar med krokar i båda ändarna och ta upp dem till mig?"

Enhörningen nickade och steg ner till "oohs" och "ahhs" från publiken som hade samlats nedanför. En kille försökte ta tag i henne för att åka med, men hon knuffade bort honom med näsan och polisen ryckte in för att spärra av området.

"Här!" sa en byggnadsarbetare. Han hade hört vad E-Z hade begärt. Han placerade en del av kedjan i Lilla Dorrits mun och lade resten runt hennes hals.

"Är den inte för tung?" frågade han, medan Lilla Dorrit lyfte utan problem och flög upp till platsen där Alfred nu väntade vid E-Z:s sida.

Alfred använde sin näbb för att sätta fast kroken i berg- och dalbanans front. Han säkrade den på plats och fäste den i E-Z:s rullstol.

"Var vänliga och sitt kvar", ropade E-Z. "Jag ska få ner dig, sakta men säkert. Försök att inte flytta runt för mycket, jag vill att vikten ska vara konsekvent placerad. På tre, låt oss rulla," sa han. "Ett, två, tre." Han drog, gav allt han hade, och bilen rullade tillsammans med honom. Att åka ner var lätt, att komma upp var han tvungen att se till att vagnen inte fick för mycket fart och lossnade igen. Lilla Dorrit och Alfred flög bredvid bilen, redo att agera om något gick fel.

Lia var så rädd, nervös och uppspelt.

"Du klarar det, E-Z!" ropade hon och glömde att hon kunde säga orden i huvudet och att han skulle höra dem.

"Tack", sa han och höll en långsam och stadig takt. Även om E-Z var trött var han tvungen att slutföra uppgiften. När bilen rundade hörnet och stannade helt körde den tillbaka in i tunneln. Tillbaka där resan först hade börjat.

"Tack!" ropade operatören.

Brandmän, ambulanspersonal och sjuksköterskor gjorde sig redo för anstormningen av passagerare. Alla stiger av samtidigt.

"E-Z! E-Z! E-Z!" skanderade publiken, med uppfällda telefoner som filmade hela händelsen.

"Tror du att vi har tid att köpa lite sockervadd?" frågade Lia.

"Och karamellmajs?" sa Alfred. "Jag är inte säker på om jag gillar det, men jag är villig att ge det ett försök!"

"Visst", sa E-Z, "jag ska gå och köpa båda åt dig, inga problem! Jag kanske till och med köper en Candy Apple."

När han gick för att göra inköpen märkte han att reportrar hade anlänt. De var samlade runt någon som var mycket lång med kolsvart hår. Mannen höll en hög hatt framför sig och liknade Abraham Lincoln. Vid närmare granskning insåg han att det var Eriel i förklädnad. Han gick närmare för att lyssna.

"Ja, det var jag som sammanförde den här dynamiska trion. Ledaren heter E-Z Dickens och han är tretton år gammal och en superstjärna. Förutom att han är den mest erfarna medlemmen i The Three, är han ledaren. Som ni säkert har märkt kan han hantera nästan vad som helst. Han är en fantastisk grabb!"

E-Z kunde känna hur hans kinder värmdes upp.

"Flickan och enhörningen då?" frågade en reporter.

"Hon heter Lia, och det här var hennes första äventyr i superhjältevärlden. Hennes enhörning är Little Dorrit, och de två är ett fantastiskt team. Hon räddade den där pojken," han tog tag i pojken. Han satte honom i centrum för kamerorna.

När alla ögon var riktade mot honom avslutade han sin mening. "Med lätthet. Lia och Little Dorrit är underbara tillskott till teamet, och de kommer att vara en enorm hjälp för E-Z i alla hans framtida strävanden."

"Hur var det?" frågade en reporter pojken.

"Lia var jättetrevlig", sa den unge pojken.

Den mörka figuren knuffade bort pojken. Han dammade av sig.

"Den trumpetande svanen heter Alfred. Det här var hans första tillfälle att hjälpa E-Z. Han utsatte sig modigt för risker. Alfred är ännu en utmärkt medlem i superhjälteteamet De tre. Du kommer att få se många av dem i framtiden." Han tvekade, "Åh, och jag heter Eriel, ifall du vill citera mig i din artikel."

Nu önskade E-Z att han inte hade gått med på att samla in karnevalsgodis. Han gömde sig på sidan och hoppades att ingen skulle lägga märke till honom.

"Där är han!" ropade någon.

Andra som stod i kön bakom honom knuffade fram honom mot den främre delen av kön.

"Det är på huset", sa säljaren och gav honom en av allt.

"Tack", sa han när han lyfte.

"Det är ju han! Pojken i rullstolen! Vår hjälte!" ropade någon nedanför honom.

"Där är han, ta en bild på honom."

"Kom tillbaka för en selfie, tack!"

E-Z kastade en blick mot där Eriel hade varit, men nu när han var upptäckt var ingen intresserad av honom. Nästa sak han visste var att Eriel var borta.

"Nu sticker vi härifrån!" sa E-Z och undrade exakt vart de skulle ta vägen. Om de gick till hans hus skulle reportrarna och fansen mer än troligt följa efter. På ett sätt saknade han de dagar då Hadz och Reiki rensade hjärnan på alla inblandade. Det var verkligen okomplicerade saker.

På vägen tillbaka kunde E-Z inte låta bli att undra vad Eriel höll på med. Det var ju trots allt inte meningen att någon skulle känna till hans prövningar. Det var väldigt konstigt - men han var för utmattad för att prata om det med sina vänner. Istället undrade han varför det inte längre var viktigt att hålla hans prövningar dolda - och hur det skulle förändra saker och ting. Det var bra att hans vingar inte brann längre, och hans stol verkade inte vara intresserad av att dricka blod.

"Det var ju ganska lätt", sa Alfred.

Lia skrattade: "Och det var ganska kul att se dig i aktion, E-Z."

"Men jag då, jag hjälpte ju också till!"

"Det gjorde du verkligen", sa E-Z. "Och Lilla Dorrit, tack! Jag hade inte klarat det utan dig!"

Lilla Dorrit skrattade. "Glad att kunna vara till hjälp."

"Du var fantastisk!" sa Lia och smekte hennes nacke.

Men det var något som bekymrade dem. Det var uppenbart att E-Z kunde ha gjort allt själv. Han behövde ingen hjälp.

Alfred kände särskilt att han som trumpetsvan gjorde allt han kunde. Men han var inte till mycket hjälp i den här typen av räddning. Inte som någon som hade händer kunde hjälpa till. Han hade gjort sitt bästa, men var det tillräckligt? Var han det bästa valet att bli medlem i De tre?

Lia tänkte att Lilla Dorrit kunde ha landat under pojken och räddat honom utan att hon var på dess rygg. Enhörningen var smart och kunde ha följt E-Z:s ledning och instruktioner. Det kändes som om hon hade kommit hela vägen hit, och för vad? Det kändes inte riktigt vettigt.

De återvände hem igen. Trots att de hade åstadkommit något fantastiskt tillsammans var deras humör lågt.

Lilla Dorrit gav sig av och gick till det ställe där hon bodde när hon inte behövdes.

E-Z gick genast till sitt kontor där han arbetade lite med sin bok. Han hade velat uppdatera listan över rättegångar för att se var han befann sig. Han bestämde sig för att skriva in dem igen från början:

1/ räddade den lilla flickan

2/ räddade planet från att krascha

3/ stoppade skytten på taket

4/ stoppade flickan i affären

5/ stoppade skytten utanför hans hus

6/ duellerade med Eriel

7. tog mig ur den där kulan

8/ räddade Lia

9/ satte en berg-och-dalbana på rätt spår igen.

Han var inte säker på om räddningen av Uncle Sam var en prövning eller inte. Hadz och Reiki hade rensat hans hjärna. E-Z:s magkänsla var att det inte hade varit en prövning att rädda Uncle Sam.

Han lutade sig tillbaka i stolen. Tänkte på sin förestående deadline. Han var tvungen att slutföra ytterligare tre prövningar under en begränsad tidsperiod. På ett sätt ville han få dem gjorda, överstökade. På ett annat sätt skrämde det honom att vara klar med sitt åtagande.

Under tiden bestämde sig Alfred för att ta en simtur i sjön.

Medan Lia och hennes mamma tog en promenad.

✳✳✳

"**S**å, hur var det?" frågade Samantha.

"Det var extremt spännande och skrämmande på samma gång. E-Z är enastående. Orädd", förklarade Lia.

"Och vad var ditt bidrag?"

De svängde runt hörnet och satte sig tillsammans på en parkbänk. Barn lekte, sprang upp och ner och skrek. Både mor och dotter mindes hur Lia brukade leka så här, bekymmerslöst, när hon var sju år gammal. Nu när hon var tio hade hennes intresse för att leka minskat kraftigt.

"Saknar du det?" frågade Samantha.

Lia log. "Du vet alltid vad jag tänker. Egentligen inte, men någon gång snart skulle jag vilja prova att dansa igen. För att se om och hur jag kan anpassa mig."

De satt tillsammans och tittade på utan att säga något.

"När det gäller mitt bidrag hängde en liten pojke från bilen och utan Lilla Dorrits hjälp hade han kanske ramlat."

"Kunde ha fallit?"

"Ja, jag tror att E-Z skulle ha räddat honom och sedan skött resten, om vi inte hade varit där. Han är van vid att göra prövningarna på egen hand."

"Du tror inte att du eller Alfred behövdes?"

"Kanske var det bra att vi var där som moraliskt stöd, jag vet inte. Det verkar som om ärkeänglarna har gjort sig mycket besvär för att få ihop oss. Att flyga oss hela vägen från Nederländerna, vårt hem. När jag, baserat på den här rättegången, inte tror att vi verkligen behövs."

Samantha tog sin dotters hand i sin och de reste sig från bänken och vände tillbaka mot hemmet.

"Jag tror att det är bra att ha ett team, backup, och jag är säker på att E-Z vet och uppskattar det. Han verkar inte vara den typen av kille som är en ensamvarg. Han spelade baseboll och gör det fortfarande enligt vad Sam har berättat. Han vet att lag fungerar bra tillsammans och bygger på varje spelares styrkor. När det gäller dig skulle jag inte oroa mig för att du inte var den mest avgörande faktorn i den här rättegången. Och underskatta aldrig ditt värde."

"Tack, mamma", sa Lia när de rundade hörnet på deras gata. "Nu ska vi prata om Sam. Du gillar honom verkligen, eller hur?"

Samantha log men svarade inte.

✳✳✳

Samtidigt tittade Sam till E-Z. "Är allt okej?" frågade han och stack in huvudet på sin brorsons kontor.

"Jag vet inte riktigt. Kan vi prata lite?"

"Visst, grabben."

"Stäng dörren, tack."

"Vad är det? Gick inte den första laguttagningen bra?"

"Först vill jag fråga dig vad som händer mellan dig och Lias mamma?"

Sam skakade på fötterna och putsade glasögonen. "Låt oss inte få det här att handla om mig och Samantha. Det är mellan oss."

"Åh, så det finns ett USA, då?" flinade han.

"Byt ämne", sa Sam.

"Okej då, vad du än säger. När det gäller rättegången gick den bra, och tänk inte illa om mig. Jag säger inte det här för att jag är stor i käften, men jag kunde ha klarat det utan de andra."

"Berätta exakt vad som hände. Vad var din uppgift? Och jag måste säga att det här förvånar mig, eftersom du alltid har varit en lagspelare."

"Ja, jag vet. Det är det som stör mig också. Det var på nöjesfältet. En berg- och dalbana spårade ur. Framsidan hängde utanför kanten och passagerarna spillde över. Bara en var i verklig fara - ett barn som Lia fångade med hjälp av enhörningen Little Dorrit."

"Det låter som att räddningen var till stor hjälp."

"Det var det, för barnet var nästan ute ur tid, men jag var där och kunde ha räddat honom. Sedan satte jag vagnen på rätt spår igen och hjälpte de andra in. Det var som om tiden stod stilla för mig - så jag kunde lätt ha löst den här situationen utan någons hjälp."

"Det låter som om Alfred inte var till någon större nytta för dig. Menar du att du kunde klara dig utan honom?"

E-Z drog fingrarna genom sitt mörka hår. Den sträva känslan fick honom på något sätt att slappna av.

"Alfred hjälpte till. Men jag letade efter sätt för honom att hjälpa till. Han försöker så hårt. Vi vill så gärna hjälpa till, men ärligt talat är han smart nog att veta att jag skapade arbete åt honom. Så han kan hjälpa till, och jag mår inte bra av det."

"Det är så lagspelare gör. De tar hand om varandra. Hjälper varandra."

"Jag vet, men när liv står på spel är det upp till mig att se till att ingen dör. Om jag hittar uppgifter åt de andra för att få dem att känna sig behövda är det ett handikapp, inte en hjälp." Han suckade djupt och klickade med fingrarna över tangentbordet. Han skämdes och undvek ögonkontakt med sin farbror.

Efter några minuters tystnad återgick E-Z till att arbeta på sin bok och lät sin farbror fundera över saken. Han gick igenom detaljerna i dagens händelser.

Som han debriefade. Han bröt ner saker. Tog isär rättegången och satte ihop den igen fick han en uppenbarelse. Det här var något han aldrig hade gjort förut. Han kunde diskutera saken med sitt team. De kunde berätta för honom hur han gjorde, komma med förslag så att han kunde förbättra sig. Ja, det fanns många fördelar med att vara en av de tre. Han kände sig avslappnad och gladare i denna vetskap.

"Jag tycker att du ska ge den här teamsituationen mer tid innan du bestämmer dig för något. Det måste vara bra för dig att veta att de alla har sina egna speciella krafter, för att hjälpa dig. I den här situationen var det dina färdigheter som stod i förgrunden. Det betyder inte att det alltid kommer att vara så. Saker och ting kan förändras inför nästa uppgift. Allt händer av en anledning."

"Du tänker på samma sätt som jag gör nu. Allt är alltid bättre om man inte behöver vara ensam. Det har du lärt mig."

"Är det någon mer i det här huset som svälter?" ropade Alfred när han vadade fram längs korridoren.

E-Z sköt tillbaka stolen och svarade: "Jag!"

Sam sa, "Du vadå?"

"Åh, Alfred frågade om någon är hungrig."

"Jag också!" ropade Sam.

"Det är jag", sa Lia. "Vad blir det till middag?"

Samantha föreslog att de skulle beställa pizza. Alla jublade, utom Alfred. Han var inget fan av trådig ost.

De tillbringade kvällen tillsammans, fyllde sina ansikten och sträcktittade på en serie om zombier.

"Det är väl inte för läskigt för dig, Lia?" frågade E-Z

"Det är för läskigt för mig!" svarade Samantha. Sam lade armen om henne, medan Lia fnissade och höll sin mammas hand.

KAPITEL 14

Tidigt nästa morgon vaknade Alfred av ett skrik. Om du aldrig har hört en svan skrika, då har du tur. Det var så högt att det väckte alla.

E-Z försökte lugna ner Alfred. Svanen flaxade bara mer med vingarna och gav ifrån sig ett fruktansvärt ljud. Det var som om han torterades. Antingen det eller så höll världen på att gå under.

Farbror Sam kom för att kolla vad som hände.

"Det är Alfred, men oroa dig inte. Jag fixar det här", sa E-Z.

Snart kom Lia och Samantha för att undersöka saken. Lia övertalade Samantha att somna om.

Lia stannade kvar för att hjälpa E-Z att trösta Alfred. Som genast gick till fönstret, öppnade det med sin näbb och flög ut i natten.

Ovanför dem lyssnade E-Z och Lia på Alfreds simfötter som slog mot taket.

"Vad väntar ni två på!" ropade han. "Vi måste gå - NU!"

Lia klättrade ut genom fönstret och stod och skakade på avsatsen. Hon väntade tills E-Z kunde ta sig in i sin rullstol och manövrera den till ett svävande läge.

"Vänta, jag tror att enhörningen äntligen är på väg", sa Alfred. "Det är därför jag är här uppe. För att se om hon var på väg."

Lilla Dorrit landade, satte nosen under Lia och kastade upp henne på ryggen.

De flög iväg med Alfred i täten.

"Sakta ner!" ropade E-Z. Alfred ignorerade honom. Han fortsatte, ökade höjden och farten. E-Z:s stolsvingar började flaxa, liksom hans änglavingar. Han var tvungen att arbeta snabbt för att hålla Alfred inom synhåll.

Lia darrade. "Jag önskar att jag hade en tröja med mig."

"Krama om min hals", sa Lilla Dorrit. "Jag ska hålla dig varm."

E-Z ökade takten, närmade sig och insåg sedan att Alfred saktade ner. Eller så trodde han det. Istället såg han en syn som aldrig skulle raderas från hans minne. Alfred var frusen i luften, med sina vingar och fötter utsträckta. Som om han var modellerad som ett X.

Sedan började hela hans kropp skaka, vilket växte till en skakning. Det såg ut som om han höll på att få en elektrisk stöt. Och hans ansikte, uttrycket av outhärdlig smärta, fick hans vänner att börja gråta.

"Vad är det som händer med honom?" frågade Lia. "Jag kan inte titta på det längre. Jag kan bara inte", snyftade hon.

"Det är som om han blir chockad. Vem skulle göra något sådant?" När han sa det visste han. Bara Eriel kunde vara så grym. Eriel kallade på dem. Använde denna elstötsteknik för att få dem att följa sin vän Alfred. Men tänk om han inte överlevde elchockerna? När han sa detta lossnade en handfull av Alfreds fjädrar från hans kropp och svävade i luften. Han slutade skaka och började flyga. Över axeln sa han: "Kom igen, häng med innan det slår till igen."

"Är du okej?" Lia frågade.

"Det var den tredje, och för varje gång blir det värre. Vi måste ta oss dit de vill att vi ska vara och det snabbt. Jag vet inte om jag kan hantera en till - inte värre än den förra. Det var en riktig smällkaramell."

De flög vidare och småpratade.

"Jag är ledsen att jag väckte alla", sa Alfred nu när chockerna hade upphört.

"Det var inte ditt fel." sa E-Z. "Jag är ganska säker på att jag vet vems fel det är - och när vi träffar honom ska jag ge honom vad han tål."

"Vad menar du?" frågade Lia och gosade med Lilla Dorrit. Det var så mörkt och kallt; hon kunde inte sluta skaka.

Alfred sa: "Vi har tillkallats genom att skicka elektriska stötar genom hela min kropp. Det var som om mina fjädrar brann inifrån och ut. Så oförskämt. Så väldigt oförskämt och för en minut trodde jag att jag var tillbaka i mellan och mellan igen."

Hela hans svanskropp skakade när han tänkte på det. "Jag ska ge den som gjorde det vad de förtjänar när jag ser dem också!"

Alfred fortsatte att flyga i kapp med de andra. "Tidigare viskade Ariel i mitt öra för att väcka mig. Sedan pratade vi ut om en plan tillsammans. Hon gjorde det till och med när jag befann mig i mellan och mellan. Hon har alltid varit mild och snäll mot mig. Den här kallelsen var annorlunda."

"Det låter som Eriels verk", medgav E-Z. "Han är inte särskilt taktfull och han kan vara lite melodramatisk och ganska okänslig. För att inte tala om att han har ett sjukt sinne för humor."

"Lite melodramatisk, det skrapar inte ens på ytan", sa Alfred.

"Du måste berätta mer för oss om det här mellanting någon gång. Namnet låter gulligt, men jag har en känsla av att det är en oxymoron", sa E-Z.

"Jag gillar inte att prata om det", svarade Alfred.

"Jag ser verkligen fram emot att träffa den här Eriel. INTE." erkände Lia. "Det är som att se fram emot att träffa Voldemort. Hans rykte föregår honom."

"Ah, ett Harry Potter-fan, alltså?" sa Alfred.

"Definitivt", medgav Lia.

Stjärnorna på himlen ovanför sände ut imaginär värme. Ändå skakade de oförberedda i nattluften.

"Är vi snart framme?" frågade E-Z.

"Jag vet inte säkert", sa Alfred. "Chocken sa inte vart vi hade kallats, och jag kan inte uppfatta några vibrationer i luften. Det enda som skulle indikera att vi inte gör vad som förväntas av oss är en ny chock. Tyvärr."

"Vi vill inte att det ska hända. Låt oss öka takten."

"Det verkar dock som om vi närmar oss." Alfred stannade mitt i luften med helt utsträckta vingar. "Åh nej!" sa han och väntade på att den nya chocken skulle slå till. Han väntade och väntade men ingenting hände. "Jag antar att vi nästan..."

Svanens kropp skakade och darrade inte bara den här gången. Alfreds kropp rullade om och om igen. Som om han gjorde kullerbyttor i skyn.

Lösa fjädrar flög runt honom och dansade i vinden när svanen hamnade i fritt fall.

E-Z flög under trumpetersvanen och fångade honom. "Alfred? Alfred?" Den stackars svanen hade svimmat. "Eriel! Du där! Din stora håriga gam!" E-Z skrek och höjde näven mot himlen. "Du behöver inte döda Alfred. Berätta var du är, så kommer vi dit, men bara om du går med på att sluta med de elektriska laddningarna. Det är barbariskt. Han är en svan för guds skull. Ge honom en chans."

"Det han sa", svarade Lia med sina öppna handflator vända mot himlen.

I en sekund svävade de, fortfarande på plats.

Sedan fick rullstolen en stöt. Sedan träffade den enhörningen Dorrit. Och alla hamnade i fritt fall.

Eriels skratt fyllde luften omkring dem. Världen var hans Sensurround, och han hånade De tre som ingen annan kunde. Eller skulle göra.

KAPITEL 15

De fortsatte att sjunka under en längre tid. Ingen av dem hade någon kontroll över sina speciella krafter eller attribut.

De förväntade sig nästan att deras kroppar skulle splittras på trottoaren nedanför. Trottoaren som verkade resa sig för att möta dem.

Plötsligt upphörde nedstigningen. Det var som om de alla var kopplade till någon osynlig marionettspelare.

Efter några sekunder började rörelsen igen, men den här gången var den försiktig.

Den guidade dem tills de säkert kunde släppas ner vid ärkeänglarna Eriels, Ariels och Haniels fötter.

"Hade du en trevlig resa?" frågade Eriel. Han vrålade av skratt. Hans följeslagare tittade på utan att skratta eller tala.

Alfred, som nu var vaken, flög och landade, följd av enhörningen Lilla Dorrit som bar Lia.

Enhörningen bugade och tackade de andra gästerna och drog sig sedan tillbaka till den bortre delen av rummet.

Eriel, som var den längsta av de tre andra, stod med händerna på höfterna och såg till att det inte rådde någon tvekan om vem som bestämde.

Ariel var däremot älvlik.

Haniel var statylik och utstrålade skönhet.

Eriel klev fram och lyfte sig från marken så att han befann sig ovanför dem. Han ropade: "Det tog er tillräckligt lång tid att komma hit! I framtiden när jag beordrar din närvaro kommer du att vara här på nolltid!"

Haniel flög närmare Alfred. Hon rörde vid hans panna. Hon vände sig sedan till E-Z och gjorde samma sak. Hon log. "Trevligt att träffa er båda." Hon vände sig till Lia. Lia öppnade sin handflata och de två utbytte fingerberöringar med öppen handflata. Lia kastade sig i Haniels armar. Haniel svepte sina vingar runt henne och tog in den nya tioåriga flickans utseende.

Ariel fladdrade nära E-Z. Hon blinkade åt honom och log mot Lia. Hon flög till Alfred och rörde vid honom och befriade honom från hans smärta.

"Nog med tjafs!" Eriel befallde med sin röst som dundrade så högt att E-Z fruktade att han skulle få taket att lyfta.

"Vänta lite", sa Alfred och gick med ljudet av sina simhudsfötter som flaxade mot betonggolvet. "Jag fick nästan en elektrisk stöt och jag skulle vilja ha en ursäkt."

Eriel öppnade sina vingar brett, bredare, så brett som de kunde gå. Han svävade ovanför Alfred som skakade men höll stånd. Deras blickar möttes.

E-Z kände att trumpetsvanen Alfred antingen var mycket modig eller mycket dum. Hur som helst behövde han hjälp.

E-Z rullade fram och placerade sin stol mellan dem. "Det som är gjort är gjort." Han vände sig till Alfred: "Backa undan." Alfred gjorde det. Sedan till Eriel: "Jag vet att du är en översittare och det du gjorde mot vår vän var oförlåtligt och grymt. Det är mitt i natten så kom till saken - berätta för oss varför vi är här? Vad är den stora nödsituationen?"

Eriel landade och hans vingar fälldes in bakom hans kropp. Han vrålade: "Mina försök att nå dig personligen, min skyddsling, förblev obesvarade. Oavsett vad jag gjorde, hindrade din snarkning dig från att vakna. Jag skickade Haniel efter Lia, men hon kunde inte väcka henne utan att störa hennes mor som sov bredvid henne. Därför kallade vi på Alfred som inte heller svarade på ganska länge. Hans mentor försökte närma sig honom på sitt vanliga sätt - men hennes viskningar var inte tillräckligt kraftfulla för att väcka honom."

"Jag var orolig för dig", sa Ariel.

"Jag är ledsen", sa Alfred. "E-Z:s säng är underbart bekväm och han snarkar ganska högt. Det var länge sedan jag sov i en riktig säng igen."

"TYSTNAD!" skrek Eriel.

Alfred tog ett steg tillbaka, medan E-Z flyttade sin stol så mycket närmare varelsen.

Eriel sänkte rösten. "Haniel trodde att du var död, svan. Och därför använde jag detta tillfälle för att testa vår nyaste teknik."

"Den hade inte testats på människor tidigare", medgav Haniel.

"Vi tänkte att det vore bäst att prova på någon som inte var människa - Alfred du passade som hand i handske och det fungerade utmärkt. Det är sant att ni alla var sena i er ankomst, men ni kom hit. Som de säger, bättre sent än aldrig."

"Ni använde mig som försökskanin?" sa Alfred och svängde nacken fram och tillbaka med näbben vidöppen och avancerade över golvet.

E-Z placerade återigen sin rullstol mellan dem. "Stå kvar", sa han till Alfred.

Eriel, Haniel och Ariel bildade en halvcirkel runt trion.

"Du har rätt E-Z. Det som är gjort är gjort. Bättre att de testade det på mig, än på er två. Sätt igång nu", sa Alfred.

"Ja, Eriel", sade E-Z, "jag frågar igen, varför är vi här?"

"Först och främst", brölade ärkeängeln, "var planen att ni tre skulle bilda en sorts trio."

"Det har vi redan räknat ut själva", sa Lia. Hon höll sina handflator öppna så att hon kunde ta in hela vyn av de tre ärkeänglarna samtidigt. Hon tittade också runt i rummet då och då för att ta in omgivningen. Det såg bekant ut, med metallväggar som det hon först hade träffat E-Z i. Fast mycket rymligare.

E-Z såg sig omkring och tittade på Lia. Han tänkte samma sak. Ju mer han tittade på väggarna, desto mer verkade de stänga in honom. Han kände sig kall och klaustrofobisk trots att utrymmet var enormt. Han önskade att hans rullstol hade en knapp som i vissa bilar där man kunde värma sätet.

"Tystnad!" ropade Eriel. Eftersom alla var tysta verkade det malplacerat. Naturligtvis hade de inte tagit hänsyn till att han också kunde läsa deras tankar.

Alfred skrattade.

Eriel stängde gapet mellan dem, och Alfred backade. Eriel stängde gapet igen. Och så vidare och så vidare tills Alfred stod med ryggen mot väggen. Alfred tog till flykten. Eriel plockade upp honom med sina klonliknande fötter. Höll honom ovanför de andra.

"Eriel, snälla", sa Ariel. "Alfred är en god själ."

Eriel satte ner honom och höjde sina knytnävar. Blixtar flög ut ur dem och rikoschetterade mot metalltaket i containern. Alla utom Eriel spelade dodgem med de flygande elektriska laddningarna. Eriel tittade på. Skrattade.

När hon tröttnade på denna form av underhållning. När De tres förtroende hade testats fångade han blixtarna. Han gjorde en stor show av det när han lade dem i sina fickor.

"Nu så", sa han. "En ny prövning är på väg mot er. I dag. En av er kommer att dö."

E-Z skuttade upp i stolen. Alfred skrek ett ofrivilligt "Hoo-hoo!" och Lia skrek ett litet flickskrik.

Eriel fortsatte och ignorerade deras reaktioner. "Ni är här för att välja. Vem av er kommer att dö idag? När ni har valt kommer jag att förklara konsekvenserna som ni kommer att möta på grund av nämnda död." Eriel flög några meter bort och de andra två änglarna var bredvid honom, en på varje sida.

Först beskrev Ariel Alfreds död:

"Jag kan inte berätta för dig om några detaljer i denna rättegång. Allt jag kan säga dig är att Alfred, om du dör idag, kommer du inte att uppfylla ditt kontrakt. Därför kommer du inte att få träffa din familj igen, varken nu eller någonsin. Din död skulle dock vara vacker. För precis som i livet är en svan alltid vacker när den dör. Majestätisk. För när en svan dör blir den en ängel. Din förvandling skulle bli en ny början för dig. Ditt syfte skulle vara att förbättra för både människor och djur. Du skulle få ett nytt namn och ett nytt syfte. Du skulle verkligen värdesättas på alla sätt. Och din själ skulle återvända till sin eviga viloplats."

Tårarna strömmade nerför Alfreds trumpetsvanskinn. Ariel tröstade honom genom att svepa sina vingar runt hans vingar.

För det andra berättade Haniel om Lias död:

"Barn, snart en kvinna, som Ariel, jag kan inte ge dig någon information om den uppgift du har framför dig. Allt jag kan säga till dig kära Cecelia, även känd som Lia, är att om du skulle dö idag, så kommer du inte längre att finnas. I någon form. Din död kommer att vara just det, en död. Slutlig. Det kommer att bli som det skulle ha varit när glödlampan exploderade, du skulle ha dött. Ditt stackars liv skulle ha tagit slut då. Och ändå är du här nu, och du har mycket att erbjuda världen. Du har inte ens skrapat på ytan av de krafter som finns tillgängliga för dig. Men om du skulle dö idag skulle dessa krafter förbli outnyttjade. Du skulle gå ner i marken, damm till damm. Ett minne blott för dem som har känt och älskat dig. Men din själ skulle också återvända till sin eviga viloplats."

Lia slöt sina händer för att hålla tillbaka tårarna som föll från dem. De föll också från ögonen. Hennes gamla ögon. Hennes kropp skakade när hon snyftade. Hon var för överväldigad av känslor för att kunna tala.

Lilla Dorrit flyttade in och knuffade den lilla flickan på axeln. Haniel försökte också trösta henne genom att kyssa henne på pannan.

Och sedan började Eriel berätta E-Z:s historia:

"E-Z, du har uppnått många saker sedan dina föräldrar dog. Du har fått utstå prövningar. Ibland, ofta oöverstigliga uppgifter för en människa. Ändå har du varit framgångsrik i att övervinna dem. Du har räddat liv. Du har inte gjort mig besviken. Men vi känner..." Hon tvekade och tittade från sida till sida. "Jag känner särskilt att du har motarbetat dina krafter. Ibland till och med förnekat dem. Du har tagit den tid vi har gett dig för att göra världen till en bättre plats och slösat bort den."

E-Z öppnade munnen för att tala.

"Tystnad!" skrek Eriel. "Försök inte rättfärdiga dig själv. Vi har sett dig spela baseboll och slösa tid med vänner som om du hade all tid i världen för att slutföra dina uppgifter. Men nu är tiden ute. Om du dör idag kommer dina prövningar att vara ofullständiga."

E-Z hade en ganska bra aning om vad som skulle komma härnäst, men han var tvungen att vänta på att Eriel skulle säga det. Att säga orden för att det skulle bli sant.

Som han anade var Eriel inte klar än. "Att lämna oss med ofullständiga prövningar för vilka ditt liv räddades. Det skulle vara oförlåtligt. Om du dog idag skulle du förlora dina vingar. Det är bara början. De prövningar som du ännu inte hade fått - skulle du aldrig få. För du var den enda som kunde slutföra uppgifterna. Vårt enda hopp.

"Därför kommer de som du skulle ha räddat inte att räddas av någon, vid någon tidpunkt. De kommer att dö på grund av dig. Alla som du någonsin räddade under dina prövningar skulle dö.

"Det skulle vara som om du aldrig existerat. Deras död skulle vara slutgiltig. Fullständig. Ingen möjlighet till ett liv efter detta för någon av dem. Inte ens att skicka dem till mellan och mellan skulle vara ett alternativ. Din död då E-Z skulle skapa förödelse och kaos i världen. Som den dagen du och jag duellerade. Kommer du ihåg hur världen var den dagen? Det är så jorden skulle vara - varenda dag." Eriel vände ryggen till. De såg honom sträcka ut sina vingar, som om han förberedde sig för att ge sig av.

Alla var tysta. De begrundade sina öden.

Efter en stund bröt Eriel tystnaden. "Ariel, Haniel och jag lämnar er för tillfället. Ni kan prata med varandra och bestämma er. Men gör det snabbt. Vi har inte hela dagen på oss."

Trion av ärkeänglar försvann genom taket.

KAPITEL 16

När ärkeänglarna hade gått var De tre för chockade för att säga något. Tills E-Z bröt tystnaden.

"Det är obegripligt för mig att de förde oss alla hit tillsammans. Att de torterar Alfred. Få hit oss. Sedan säger de att en av oss måste dö. Och att vi måste välja vem. Det är barbariskt - till och med för Eriel."

Lia gick med knutna nävar. Hon var för arg för att tala, och hon brydde sig inte om ifall hon stötte till något. När hon gjorde det sparkade hon faktiskt på det.

Alfred stämde in. "Jag tycker att om någon måste dö så borde det vara jag. Mina krafter är extremt begränsade. Jag skulle mer än troligt förvandlas till svan-soppa med tanke på hur komplicerade prövningarna är. Som den senaste prövningen. Jag vet att du hjälpte mig E-Z. Det var snällt av dig, men jag visste att jag var en belastning."

E-Z försökte avbryta men Alfred bara fortsatte. "För att inte tala om att jag kunde vara i vägen. Utsätta någon av er för fara. Jag har levt ett sorgligt och ensamt liv sedan min familj togs ifrån mig. En dag är ensamheten överväldigande. Att vara medlem i De tre har hjälpt, men...

"Även som en svan kunde jag tänka på dem. Minnas dem, älska dem. Bara vetskapen om att de dog tillsammans och är någonstans tillsammans ger mig frid. Även om jag inte är med dem, men kanske kommer att vara det idag, om jag är den som dör. Jag är villig att ta den risken. Dessutom, när jag går kommer ingen på jorden att sakna mig."

"Vi kommer att sakna dig!" sa Lia.

"Naturligtvis kommer vi att sakna dig!" E-Z instämde, medan han korsade golvet och lade märke till ett bord som tidigare hade smält in i väggen. Han gick närmare det och upptäckte en bunt papper som han bläddrade igenom.

"Jag uppskattar känslan", sa Alfred. "Hej, vad gör du, E-Z? Var kommer det där bordet ifrån?"

Lia höll fram båda händerna framför sig så att hon kunde se både E-Z och Alfred samtidigt.

E-Z fortsatte att bläddra. Snart flög de runt i hela rummet. De snurrade i luften som om de hade fångats i en tornados öga.

De tre grupperade sig tillsammans och tittade på pappersflödet. Sedan föll de på en gång ner på trottoaren.

Lia tog ett av dem och läste det medan E-Z och Alfred tittade på.

"Vad är det här?" utbrast hon. "Det står våra namn. Den berättar historierna. Våra historier. Om våra dödsfall."

"Det står att vi redan är döda!" E-Z sa att han läste ett av papperen han hade snott.

"Åh", sa Lia med en tår rinnande nerför kinden. "Det står också att min mamma är död, liksom din farbror Sam."

E-Z skakade på huvudet. "Det kan inte vara sant. Det är inte sant. De lurar oss." Han såg sig omkring. Något i rummet hade förändrats. Väggarna. De var nu röda. "Har vi gått in i en annan dimension eller något? Titta på väggarna? Är vi någon annanstans, där framtiden redan är det förflutna?"

Alfred plockade upp en annan av de fallna sidorna. Den berättade om hans frus död, hans barns död och om hans egen död. Och ändå, när han tittade på sig själv, kände sig själv, var han levande, med fjädrar: en trumpetsvan. "Jag vill ut", sade han.

Lia log. "Menar du ut ur det här rummet, eller ut ur det här livet? Jag vill också ut, jag menar ut ur den här läskiga metallbehållaren, men jag vill inte dö. Att se världen genom mina handflator är konstigt och ganska coolt på samma gång. Att kunna läsa tankar, det är också coolt. Men när jag stoppade tiden, det var häftigt. Tänk att kunna kalla på den kraften om någon var i fara eller om det inträffade en katastrof. Tänk hur många liv som skulle kunna räddas? Och nu är jag tio och vem vet vilka andra krafter som finns i beredskap för mig."

"Gudalikt", sa E-Z. "Jag vet hur du kände dig Lia. Det var så jag kände också, när jag räddade den första lilla flickan, när jag räddade de andra och när jag räddade dig."

De tre bildade en cirkel och tog varandra i händerna medan de reciterade orden: "Vi har kraften. Ingen ska dö idag. Oavsett vad de säger." De vände sig om och om igen och mässade sitt nya mantra. Tills de var redo att kalla tillbaka ärkeänglarna igen.

KAPITEL 17

E riel anlände först, med ögonbrynen höjda och läppen förvriden till ett hånfullt uttryck. Därefter anlände Ariel och Haniel. De två höll sig bakom honom i skuggan av hans enorma vingar. Eriel korsade armarna, medan de två andra ärkeänglarna flyttade upp. De svävade på motsatta sidor av hans axlar.

"Vi har bestämt oss", sade E-Z. "Ingen kommer att dö idag."

Eriels skratt dundrade runt metallhöljet. Han steg upp i luften och korsade sedan armarna över bröstet. Ariel och Haniel förblev tysta, medan Eriels skratt ökade i tonhöjd, tillräckligt högt för att skada Alfreds öron.

Alfred svimmade men återhämtade sig snabbt. Lia och E-Z hjälpte honom upp. De höll honom uppe tills Lilla Dorrit flög över. En stund senare satt Alfred högt ovanför dem på enhörningen. Han stod nästan ansikte mot ansikte med Eriel.

"Tack, kompis", sa Alfred.

"Glad att kunna vara till hjälp", sa Lilla Dorrit.

"Nu räcker det!" Eriel ropade och rörde sig högre upp över dem. Han skrämde dem med sin storlek, sin sjuklighet och sin dånande röst. "Tror ni att ni kan förändra det som kommer att ske? Jag har sagt vad som måste hända, och ni har inget annat val än att lyda mig. Det var ingen undersökning. Inte heller en demokrati. Det var en visshet. Ty det står skrivet..."

Då märkte han att golvet var täckt av papper. Han flög ner och plockade upp ett. Sedan reste han sig upp, så att han stod ansikte mot ansikte med Alfred. I sin hand höll han Alfreds berättelse.

"Jag ser att du har läst framtiden. Nu vet du sanningen, att du lever i ett parallellt universum. Det som händer här ger ringar på vattnet i de andra universumen. På platser där både framtiden och det förflutna existerar."

Lia släppte sin högra hand och höll upp sin vänstra. Hennes armar var inte starka, för de hade fortfarande inte vant sig vid att behöva hålla upp dem.

Eriel flög över rummet till en röd soffa som han satte sig på. De andra änglarna gjorde honom sällskap, en på vardera armen. Eriel satt bekvämt med vingarna varken helt ut- eller infällda.

När han hade gjort det bekvämt för sig fortsatte han. "I en av världarna är ni alla tre redan döda. Du läste sanningen. I den här världen finns det fortfarande hopp. Hoppet finns på grund av oss, det vill säga mig, Ariel, Haniel och Ophaniel. Vi har valt ut er tre människor för att arbeta med oss. Vi har gett er mål, och vi har hjälpt er där och när vi kan. Medan vi är med er, är det bara vi som låter er existens fortsätta. Det är bara vi som ger ert liv ett syfte. Vägrar du att följa den väg vi har valt åt dig, kommer du inte heller längre att existera här i världen. Du kommer att raderas, som du aldrig var och aldrig skulle bli."

E-Z knöt nävarna och stolen gungade framåt. "I dokumentet, dokumentet om mitt andra liv, stod det att farbror Sam också var död. Han var inte med i olyckan med mina föräldrar. Han är inte en del av den här uppgörelsen. Dödade du honom Eriel, för att hålla mig kvar här?"

Utan att vänta på svar kom Lia in. "I mitt dokument står det att min mor är död. Hur kan det vara sant? Snälla, säg att det inte är sant!"

Alfred mådde nu bättre och hoppade av Lilla Dorrits rygg. Han vadade närmare soffan och stod återigen ansikte mot ansikte med Eriel.

E-Z tittade stolt på sin vän Alfred, den orädda trumpetsvanen.

"Och i dokumenten blir mina böner besvarade. Jag är redan död. Jag dog med min familj som det borde ha varit. Jag skulle hellre ha lämnats död. Att ha dött med dem, istället för att återfödas som en trumpetsvan. Det var efter att Haniel räddat mig från det mellan och det mellan."

Eriel sköt bort Alfred. "Ah, ja, det mellan och det mittemellan. Jag hade glömt att du skickades dit. Du var inte så förtjust i det, eller hur?"

Alfred rörde på halsen och grimaserade med näbben. Han blottade sina små, taggiga tänder som om han ville bita Eriel.

"Håll er undan", sa E-Z när han rullade upp till soffan.

Alfred stängde sin näbb. Lia flyttade sig närmare. Nu stod de tre tillsammans framför Eriel. De väntade på att ärkeängeln skulle säga något, vad som helst. Det verkade som om han för en gångs skull var mållös.

E-Z tog tillfället i akt att få situationen under kontroll.

"I tidningarna stod det att farbror Sam hade dött i olyckan med min mor, min far och mig. Han var inte i bilen med oss, för att detta skulle ha inträffat skulle han ha varit tvungen att ha planterats i fordonet med oss. I vilket syfte? Förklara för oss ni så kallade ärkeänglar. Varför skulle ni ändra historien för att passa era egna syften? Var är Gud i allt detta förresten? Jag vill tala med honom."

"Det vill jag också!" utbrast Lia.

"Jag också!" Alfred stämde in.

Eriel korsade sina ben och bredde ut sina vingar. Han lade handen på hakan och svarade: "Gud har inget att göra med oss eller dig - inte längre." Han gäspade, som om den här uppgiften tråkade ut honom.

"Tänk om jag berättade för dig att ditt hus står i lågor just nu? Tänk om jag sa att varken farbror Sam eller din mamma Samantha, Lia skulle överleva en dag till?"

"Din b-b-bastard!" utbrast E-Z.

"Ditto!" sa Lia.

"Kom igen nu", sa Eriel. "Vi är alla vänner här. Vänner, eller hur? Ditt hus kan stå i brand, vad som helst kan hända medan vi är här på denna plats, upphängda i tiden. Ju längre du dröjer med att välja, desto mer kaos skapar du i världen." Han ställde sig upp och hans vingar sträckte ut sig, vilket fick trion att ta några steg tillbaka.

Han fortsatte, "E-Z du skulle riskera ditt liv för din farbror Sam, korrekt?" Han nickade. "Naturligtvis skulle du det. Och Lia, du skulle riskera ditt liv för att rädda din mors liv, eller hur?" Lia nickade.

"Och Alfred, min kära lilla trumpetsvan. Min fjäderdoftande vän. Vilken av de två skulle du rädda? Om du bara kunde rädda en av dem?" Eriel log, stolt över rimmen han hade gjort.

"Jag skulle rädda dem båda", sa Alfred. "Jag skulle riskera mitt liv eller dö i försöket."

"Du har en märklig dödslängtan min befjädrade vän."

Alfred rusade mot Eriel.

"Y-o-u a-r-e n-o-t m-y f-r-i-e-n-d! Sluta spela spel med oss. Du förde oss samman. Varför då? För att håna oss. För att få en liten flicka att gråta. Du är inget annat än en, men en, stor mobbare."

"Ja," sa Lia. "Sluta mobba oss."

"Vad de sa", tillade E-Z.

Eriel var nu rasande och förvandlades från svart till rött till svart till rött. Han flög över rummet och slog nävarna i bordet.

"Vill du ha sanningen? Du kan inte hantera sanningen." Han log. "En liten sidospår, jag älskar Jack Nicholsons prestation i A Few Good Men."

Det var en sak som både Eriel och E-Z var överens om. Nicholsons prestation i den filmen var felfri.

"Sluta med melodramatiken och berätta vad du vill ha av oss."

"Det har vi redan gjort," sa Eriel. "Jag sa att en av er måste dö idag. Jag sa åt er att välja vilken. Det står skrivet, en av er måste dö. Ni måste välja. Nu."

Alfred klev fram, med sin svanhals utsträckt. "Då blir det jag."

Alfred knäböjde, hans kropp skakade. Han sänkte huvudet, som om han förväntade sig att ärkeängeln skulle hugga av det.

Istället applåderade alla tre ärkeänglarna. De tumlade runt i rummet. Skrek som om de var inhyrda clowner som uppträdde på ett födelsedagskalas för barn.

Efter några minuter av fullständig galenskap slutade ärkeänglarna.

"Det är gjort", sa Eriel.

Och sedan var de borta.

KAPITEL 18

M ed E-Z i sin rullstol, Lia på Little Dorrit och Alfred svanen fortfarande The Three som de svävade över himlen. De fortsatte framåt i några kilometer, tills de nedanför dem såg en enorm metallbro.

En ung man stod och gungade på kanten och gav alla tecken på att han tänkte hoppa.

E-Z tog fram sin telefon och gjorde sig redo att ringa 911, medan Alfred utan att tveka flög ner till mannen. Han lade ifrån sig telefonen och han och Lia följde efter.

Alfred svävade nära mannen, oförmögen att tala och bli förstådd av honom var allt han kunde säga, "Hoo-hoo!"

"Håll dig borta från mig!" skrek mannen och viftade bort stackars Alfred som bara försökte hjälpa till.

Mannen närmade sig kanten, sparkade av sig skorna och såg dem falla ner i floden nedanför honom. Han såg hur vattnet tog över dem och drog ner skorna med sin hungriga mun. Han ville se mer och tog av sig sin t-shirt - där det ironiskt nog stod "The End" på framsidan.

Den unge mannen såg på när hans favorittröja gungade och dansade på sin väg ner. När vattnet svalde den började mannen sjunga:

"Här går jag runt mullbärsbusken.

Mullbärsbusken, mullbärsbusken.
Här går jag runt mullbärsbusken,
Allt på en, på en solig, morgon."

Alfred hörde honom sjunga. Han var bekant med rimmet. Han väntade på att mannen skulle sjunga en vers till. Han ville faktiskt att han skulle sjunga mer. Men han var rädd för att störa honom. Mannen skulle inte förstå, även om han försökte prata med honom.

Vid det här laget väntade E-Z på ett tecken från Alfred. Till slut fick han ett - Alfred sa åt honom och Lia att inte komma närmare.

Alfred önskade att den unge mannen kunde förstå honom. Om han kom närmare kanske han kunde fånga honom. Han gick närmare och vecklade ut sina vingar till fullo.

Den unge mannen såg honom. "Svan," sade han. Sedan hoppade han.

Trumpetsvanen var större än den genomsnittliga svanen. Men inte tillräckligt stor för att fånga en fullvuxen man. Han försökte dock bromsa fallet. Han riskerade sitt liv för att rädda honom. Men vad han än gjorde så föll mannen ändå som en blyballong. ner i den hungriga flodens mynning.

Alfred dök i efter honom utan att tänka på sig själv. Hur han tänkte bära upp mannen visste ingen. Vissa säger att det är tanken som räknas. I det här fallet drogs Alfred under av mannens blotta tyngd.

Vid det här laget svävade E-Z ovanför vattnet och letade efter antingen mannen eller Alfred så att han kunde hjälpa dem. Varken Lia eller Lilla Dorrit kunde simma. Och E-Z kunde inte hoppa i efter dem med eller utan sin stol.

Förbannad flög han mot stranden och letade efter tecken på liv. Till slut såg han det, något som guppade på andra sidan. Han rusade över, bar mannen till där Lia väntade, och när han hade hostat gick han för att leta efter några tecken på svanen Alfred.

Då såg han honom. Hälften i och hälften ur vattnet. Han guppade med tidvattnet.

"Alfred!" ropade han och lyfte upp svanens huvud och märkte genast att hans nacke var bruten. Alfred, den trumpetande svanen, hans vän fanns inte längre. Eriels gärning var fullbordad.

Lia, som hade följt E-Z:s alla rörelser, såg Alfreds nacke och skrek "Neeeeej!"

E-Z lyfte upp svanens livlösa kropp på sin rullstol och höll om den. Även han började gråta.

Bakom dem ropade mannen som Alfred räddat,

"Jag är inte död! Det är jag, Alfred."

KAPITEL 19

JORDPAUS.

Fåglar stannade mitt i flykten. Det gjorde även flygplan. Och andra flygande föremål som ballonger och drönare. Kulor slutade avfyras efter att de lämnat kammaren. Vatten upphörde att strömma över Niagarafallen. Insekter surrade inte längre. Luften stod stilla.

Ophaniel dök upp tillsammans med Eriel, Ariel och Haniel. Med händerna på höfterna och hakan framskjuten var det mer än uppenbart att hon var irriterad.

Istället för att tala vände hon sig mot E-Z.

Han stod som förstenad med munnen vidöppen. Hans sista ord hade varit, "NOOOOOOOOOOOOOOOOOOOO!"

Nu iakttog hon Lia. Flickan hade en tår frusen på kinden. Den hade runnit från hennes gamla öga.

Nu tillbaka till E-Z. Han bar på en kropp. Kroppen av en död svan.

Nu till Alfred, som inte längre var en svan. Han hade antagit formen av en man. En drunknad man.

Just den man som skulle ersätta honom i De tre.

"Vad är det för fel på den här bilden?" frågade Ophaniel, härskaren över månen och stjärnorna.

Ingen vågade säga något.

"Eriel, det är du som bestämmer här. Först förstör du bindningstestet med E-Z och Sam genom att få dig själv, ursäkta uttrycket - slagen ur parken.

"Nu, genom din dumhet, har svanen Alfred tagit över en människokropp. Kroppen tillhör den person som jag sa till dig, borde vara medlem i De Tre.

"Du vet vad vi står inför. Du förstår vad framtiden bär i sitt sköte om vi inte får ordning på saker och ting. Du vet!"

Eriel bugade vid Ophaniels fötter och lyfte sig sedan från marken innan han talade. "Jag uttalade orden, det är gjort."

"Ja, du talade orden och sedan misslyckades du med att se till att uppgiften slutfördes, din imbecill!"

Hon svävade nära den nye Alfred. "Jag är ledsen, men det här komplicerar saker och ting, även för oss. Även med våra krafter kommer det inte att vara så lätt att få honom ur den här mänskliga kroppen och tillbaka till sin svanform. Vi kanske måste skicka tillbaka honom till mellan och mellan! Och det förtjänar han inte. Faktum är,"

Ariel flög till Ophaniels sida och frågade: "Får jag tala?"

"Det får du, om du har någon insikt om Alfred som kan hjälpa oss ur den här röran."

"Jag känner Alfred bättre än någon annan här. Han gick med på att vara den ende, att offra sig själv. Han skulle göra det igen utan att tveka - även om det inte fanns något i det för honom. Det är en enorm uppoffring för alla levande varelser att göra, att ge sitt liv för att rädda en annan. Det bör också beaktas hur mycket Alfred har fått lida, både i sin mänskliga existens och som svan. Han är en exceptionell själ och han bör få en andra chans, och en tredje, och en fjärde om det behövs."

Eriel hånade, "Han borde vara borta, tillbaka till mellan och mellan för all evighet. Han är inte värdig..."

"Jag gav dig inte tillåtelse att avbryta!" skrek Ophaniel. För att hindra honom från att avbryta i framtiden knäppte hon igen hans läppar.

"Det är sant, det du säger, Ariel," sa Ophaniel. "Alfred fungerar bra med både Lia och E-Z. Kanske borde vi ge honom en andra chans i den nya kroppen. Det var trots allt inte meningen att han skulle befinna sig i mellanrummet. Det var upp till Hadz och Reiki. Vi skulle ha förvisat dem till gruvorna direkt efter det. Istället gav vi dem en ny chans med E-Z.

"Ändå skickade Eriel dem till gruvorna. Så slutet gott, allting gott. Kanske förtjänar Alfred en ny chans. Låt oss se vad som händer, som människor säger, ta det som det kommer. Om det fungerar bra. Om inte, kan den här kroppen återvinnas eftersom anden redan har lämnat byggnaden."

"Tack," sa Ariel och bugade lågt för Ophaniel. "Tack så mycket. Jag ska hålla ett öga på situationen. Jag tänker inte låta Alfred svika dig."

Ophaniel nickade, lyfte och sa orden:

JORDEN FORTSÄTTER.

Tiden började ticka och världen återgick till hur den var innan.

Ophaniel försvann först, de andra tre väntade några sekunder innan de följde efter.

KAPITEL 20

"Aldrig i livet!" utbrast E-Z och rullade sig närmare den nye Alfred. "Alfred, är det du? Kan det verkligen vara du?"

Lia behövde inte fråga eftersom hon redan visste. Hon sprang till Alfred och slängde armarna om honom.

Alfred sa, med sin engelska accent, "Eriel måste ha gjort en switch-a-roo."

Alfred, som bara hade ett par jeans på sig, skakade. "Även om jag är iskall känns det verkligen bra att vara tillbaka i en kropp igen." Han spände musklerna och sprang på stället för att värma upp sig. Sedan gjorde han några volter över gräsmattan medan E-Z och Lia stod och tittade med öppen mun.

"Vilken skrytmåns!" sa Lilla Dorrit.

Alfred, som just hade lagt märke till henne, gick fram och strök med handen över hennes päls. Hon kändes så mjuk och varm att han kelade med henne.

"Det här är en ganska märklig händelseutveckling", sa E-Z och rullade närmare. "Jag vet inte riktigt vad jag ska tro om det."

"Jag vet inte heller", sa Alfred, "men kan vi diskutera det medan vi äter? Jag är utsvulten och en cheeseburgare med ketchup och lök och en stor portion pommes frites skulle verkligen göra susen."

"Vänta lite", sa E-Z. "Om du är den här killen, den här killen vars namn vi inte ens vet - tänk om någon känner igen dig?"

Alfred böjde sig ner och rörde vid sina tår. Han kände huden i ansiktet. Sitt hår. "Vi går över den bron när vi kommer till den." Han log, lyfte huvudet i riktning mot himlen och sa: "Tack Eriel, var du än är."

Ett plan över deras huvuden skrev orden:

Än en gång till brottet, kära vänner.

"Det är en ganska konstig fras för skywriting", konstaterade Lia. "Vet någon av er vad det betyder?"

E-Z skakade på huvudet, "Jag kan googla det." Han tog fram sin telefon.

"Det behövs inte", sa Alfred. "Det är från Shakespeare, tillskrivet kung Henry. Bokstavligen betyder det 'Låt oss försöka en gång till', och jag tror att det sades under strid. Så jag antar att det här är ett meddelande från min Ariel, som låter mig veta att jag har fått en ny chans." Tårar vällde upp i hans ögon.

E-Z var misstänksam mot denna förändring av händelserna. Han var glad att Alfred fortfarande var med dem, men han undrade vad till vilket pris. "Jag är orolig", medgav E-Z.

Lia sa att hon också var det.

"Ah, oroa dig inte. Om Ariel skickar mig det här meddelandet så är hon på vår sida. Dessutom, mannen vars kropp jag är i - han ville inte ha den längre. Jag försökte rädda honom, men han hoppade ändå. Kanske är det ödet att jag ska hjälpa dig med dina prövningar E-Z. Vad det än är, så tar jag det. Jag ska ge allt. Det är efter att jag har fått på mig en skjorta och några skor."

"Jag undrar vad du har för krafter nu Alfred. Jag menar, om du fortfarande har dem, eller om du har andra krafter. Eller inga alls. Eftersom du är människa igen", frågade Lia.

Alfred kliade sig i sitt blonda huvud. "Uh, jag vet inte. Det enda som behöver botas här är min tidigare svanskropp. Jag vill inte ta risken att om jag botar den så hamnar jag tillbaka i den."

"Det låter rimligt", sa Lia. "Men vi kan inte lämna din gamla svanskropp där, eller hur? Vi måste begrava den."

När de tittade på den livlösa kroppen försvann den i tomma luften.

"Det löser ju problemet", sa E-Z.

"Jag känner att jag borde säga några ord för min gamla kropp. Är det någon som har något emot det?"

Både E-Z och Lia böjde sina huvuden.

Alfred reciterade ett utdrag ur en dikt av Lord Alfred Tennyson med titeln:

Den döende svanen:

Slätten var gräsbevuxen, vild och kal,

Bred, vild och öppen för luften,

Som överallt hade byggt upp

ett underliggande tak av dystert grått.

Med en inre röst rann floden,

I den flöt en döende svan,

Och högljutt klagade den.

Här Hoo-Hoo'd Alfred och Hoo-Hoo'd tills tårar fyllde alla deras ögon när dikten fortsatte:

Det var mitt på dagen.

Den trötta vinden gick vidare,

Och tog rörtopparna som den gick.

De stod tillsammans i ett ögonblick av tystnad.

Sedan sa Lia: "Nu ska du få lite fräscha och torra kläder, så går vi till en hamburgerrestaurang. Jag är hungrig och törstig också."

E-Z skakade på huvudet. "Lite mat skulle vara gott, men jag är fortfarande misstänksam mot Eriel. Det är något här som inte stämmer."

"Vi kanske kommer på det - när vi har ätit! Led mig till cheeseburgerhimlen."

De började röra sig längs strandpromenaden. De fortsatte att gå en stund. Innan de insåg att de hade gått vilse.

"Jag är en utmärkt navigatör", sa enhörningen Lilla Dorrit när hon flög ner för att hälsa på dem. "Klättra ombord Alfred och Lia. E-Z ni kan följa mig."

Alfred stack ner handen i jeansfickan och tog fram en plånbok. I den hittade han några sedlar och identiteten på den kropp som han nu befann sig i. Den unge mannen hette David, James Parker och var tjugofyra år gammal. Han höll upp ett körkort.

"Snyggt foto", sa Lia.

"Ja, jag är ganska stilig."

"Åh, broder", sa E-Z och körde vidare.

Upp, upp i luften flög Lilla Dorrits passagerare. E-Z följde efter tills han visste var han var. Han bestämde sig för att be om en GPS till sin rullstol. Synd att de inte hade tänkt på det när de modifierade den.

Nedstigningen följdes av ett snabbt besök i en second hand-butik. Alfred hade nu en ny t-shirt, jeans, löparskor och strumpor. Följt av en kort kö innan beställningen av mat började.

Lilla Dorrit höll sig undan, medan trion stoppade i sig sin mat. De var alla mycket hungriga.

Alfred gjorde gurglande ljud, för många för att kunna beskrivas i detalj. När de ätit färdigt slängde de skräpet i sina respektive papperskorgar. Och begav sig hemåt.

När de nästan var framme ropade Alfred till E-Z: "Vi måste prata!"

"Kan det inte vänta tills ni har landat?" frågade Lilla Dorrit. "När jag är klar här har jag platser att besöka och människor att träffa."

"Så oförskämt", sa E-Z. "Varsågod, Alfred eller David eller vad du nu heter."

"Det var det jag ville prata med dig om", sa Alfred. "Hur ska du förklara min förvandling för farbror Sam och Samantha? Farbror Sam och Samantha, det här är Alfred, den trumpetande svanen. Hans namn är nu David James Parker. Tack vare kroppen han gick in i och för närvarande bor i. Sedan den unge mannen som var den tidigare ägaren av kroppen begick självmord. På Jones Street Bridge."

"Jösses", sa E-Z. "Det är hundra procent sanningen som vi känner den, men vi kan inte berätta sanningen för dem."

"Min mamma skulle svimma om vi sa det. Varför berättar vi inte för dem att svanen Alfred flög söderut? För soligare väder. Eller att han träffade en partner? Sedan kan vi presentera Alfred som D.J., vilket låter mycket mer vänligt än David James."

"Du är ett geni", sa E-Z. "Men eftersom min vän heter PJ kan det bli lite förvirrande med en DJ och PJ. Vad tycker du Alfred? Har du någon preferens?"

"Jag gillar inte DJ. Det låter alldeles för vanligt. Jag skulle föredra att heta Parker. Parker the Butler var en av mina favoritkaraktärer i Thunderbirds."

"Parker får det bli då", avslutade E-Z när Lia gav ifrån sig ett skrik och Alfred svimmade - deras hem var borta. Bränt ner till grunden.

KAPITEL 21

"Åh nej!" E-Z skrek när han sprang mot de brinnande resterna. "Jag måste hitta farbror Sam och Samantha. Jag måste bara."

Hans stol svävade över resterna; allt var svart förkolnat. En oöverskådlig röra av förstörelse utan några tecken på mänskligt liv. Enstaka föremål var indränkta med vatten. Enstaka röksignaler steg upp här och där bland de släckta glödbränderna.

E-Z höjde sina knytnävar i luften. "Kom hit Eriel, din gigantiska..."

"Flygande dumskalle!" Parker avslutade förolämpningen.

Lia försökte lugna ner alla.

"Varför var du tvungen att göra det? Varför? Varför? Varför?" E-Z skrek.

Lia föll till marken. Hon vilade huvudet på E-Z:s knä och Parker kramade om henne precis när en bil gnisslande stannade bakom dem.

Två dörrar flög upp: Sam och Samantha.

De sprang och höll om varandra; som om de aldrig hade förväntat sig att se varandra igen. Alla fällde en tår eller två, innan de kom ifrån varandra. När de insåg att gruppkramen inkluderade en man som de inte kände.

Främlingen var en lång man, som inte skulle ha några problem att få en plats i Raptors om han var yngre. Han var klädd från topp till tå i en mörksvart kritstrecksrandig kostym med matchande skor.

Hans jackknappar var uppknäppta och avslöjade en svart kostym med ett glänsande tyg, möjligen siden. Hans kolsvarta ögon och vindpinade lockar kontrasterade mot hans murgröna hy. Han liknade en korsning mellan en begravningsentreprenör och en trollkarl.

Han sträckte fram handen: "Hej, jag är Sams försäkringskille."

Farbror Sam förklarade att han och Samantha hade gått ut för att få något att äta. När han såg E-Z:s ansiktsuttryck motiverade han det med att "hon hade inte kunnat sova på grund av jetlag." Samantha och Sam utbytte blickar och nickade. "Samantha och jag..."

"Åh, mamma!"

E-Z sa: "Samantha och farbror Sam sitter i ett träd och k-i-s-s-i-n-g."

"Sluta", sa Parker. "Du gör dem generade."

Alla blickar riktades mot försäkringskillen. Han hette Reginald Oxworthy. Han pratade i telefon. Han skrek. "Vad menar du med att han inte är kvalificerad?"

"Åh nej!" sa Sam.

"Han har varit vår kund i flera år, först när han bodde i en annan delstat och sedan han flyttade hit. Han är försäkrad, det är jag säker på." Det blev en paus. "Ja, titta igen!" Han knäppte igen telefonen. "Jag är ledsen för allt det här."

Sam gick närmare och alla andra följde efter. "Vad exakt är problemet?"

"Åh, inget problem så att säga."

"Jag tyckte att det lät som ett problem", sa Samantha. De andra nickade.

Oxworthy rensade halsen. "Jag sa åt dem att kontrollera din policy igen. Ge mig en," hans telefon ringde. "En sekund", sa han och gick iväg från dem. De följde honom som en grupp fotbollsspelare i en klunga och lyssnade på varje ord han sa. "Uh, ja. Just det. Då har de bekräftat det. Inga problem, sånt händer."

Han log mot Sam och gav honom tummen upp. Han flyttade sig bort från omgivningen och fortsatte sitt samtal.

De stod i en klunga och tittade på vad som återstod av deras hem. Ett hem som E-Z hade bott i hela sitt liv. Vad skulle hända nu? Skulle de behöva bygga upp det igen på den här platsen? Ett nytt hus, utan historia eller mening. Ett nytt hus som aldrig skulle bli ett hem för honom. Det skulle aldrig bli en plats där hans föräldrars spöken, om spöken nu existerade, kunde komma och hälsa på.

Oxworthy gick mot dem. "Nåväl. Jag ber om ursäkt för förseningen. Men era hotellbokningar har bekräftats. Vi kan sätta igång. Vi installerar er när ni är redo."

"Tack," sa Sam. "Har ni någon aning om vad som orsakade branden?"

"Efter en preliminär undersökning är de nittio procent säkra på att explosionen orsakades av en gasläcka. Men oroa dig inte för det nu. Din försäkring täcker alla kostnader för hotellvistelsen. Jag har bokat tre rum åt dig. Det borde räcka, eller hur?"

"Det blir bra", sa Sam. "Tack, Reg."

"Din försäkring täcker också kostnader för ersättningsartiklar, nödvändigheter, mat. Du behöver inte betala ett öre på hotellet. Om du köper något, skicka kvitton till mig. Gör kopior, du behåller originalen. Jag ska se till att du blir ersatt."

Sam och Oxworthy skakade hand.

"Behöver någon skjuts till hotellet?" Oxworthy frågade, och Lia och Samantha klättrade in i baksätet på hans svarta Mercedes.

E-Z och Parker klev in i farbror Sams bil.

"Jag tror inte att vi har presenterats för varandra", sa farbror Sam och sträckte fram handen till Parker som satt i baksätet.

"Trevligt att träffas", sa Parker.

"Jaha, du är också britt", sa Uncle Sam. "På tal om det, var är Alfred?"

E-Z skakade på huvudet. "Jag förklarar i morgon bitti. Och du kan fortsätta med det du tänkte berätta för oss, om dig och Samantha."

"Det låter bra", sa Sam och tittade i backspegeln för att se att Parker sov djupt. Han startade bilen och körde iväg.

"Vi har alla haft en ganska händelserik dag", sa E-Z.

"Det säger du till mig."

Förlåt Eriel, för att jag skyllde det här på dig, tänkte E-Z. Men en aning i bakhuvudet antydde att juryn fortfarande inte hade bestämt sig i frågan.

KAPITEL 22

När alla anlänt till hotellet checkade de in på sina rum, med en plan om att träffas senare för middag kl. 18.00.

Farbror Sam hade ett rum för sig själv, men mellan hans och brorsonens rum fanns en dörr. Parker sov också i E-Z:s rum, medan Lia och hennes mamma delade ett rum några dörrar längre ner.

Efter att ha installerat sig bestämde sig Lia och Samantha för att handla det nödvändigaste. Högsta prioritet var nya kläder eftersom allt de hade tagit med sig hade gått förlorat i branden.

"Våra pass då?" frågade Lia.

"Tur att jag alltid har dem med mig i handväskan."

"Puh!" De två gick in i en designerbutik och började genast prova det senaste nordamerikanska modet.

"Det här blir extra roligt eftersom försäkringsbolaget betalar för allt!" utbrast Samantha genom väggen till sin dotter i det angränsande omklädningsrummet.

"Det finns inget vi älskar mer än en shoppingrunda!" sa Lia. "Jag ska definitivt köpa det här, och det här och det här."

$$\ast\ast\ast$$

Tillbaka på hotellet snarkade Parker på sängen. E-Z rullade fram och tillbaka i rummet och tänkte på sin försvunna dator. Tur att han inte hade kommit för långt med sin roman Tattoo Angel, men det han tänkte mest på var sina föräldrars saker. Han kunde inte fatta att de alla var - BORTA. Det hjälpte inte att han inte hade tittat på dem på väldigt länge. Men varför klandrade han sig själv? Försäkringsbolaget sa att orsaken var en gasläcka. De sa att de var nittio procent säkra. Varför fortsatte han att känna att allt var hans fel eftersom han kunde ha stoppat det, stoppat Eriel när han hade chansen.

Sam stack in huvudet i rummet. "Är ni två okej?"

Parker sträckte på sig.

"Ja, vi är okej. Kom in bara."

"Jag ska ner till affären och handla lite nödvändigheter. Kan ni två ge mig en lista på vad ni behöver, eller vill ni följa med mig?"

"Om det handlar om mat - räkna med mig!" sa Alfred.

"Du är ju alltid hungrig!"

"Vad kan jag säga, jag har bara ätit gräs ett bra tag nu."

E-Z fångade Sams blick och låtsades röka en låtsascigarett.

Farbror Sam hånskrattade och undrade hur hans brorson på tretton år kunde känna till sådana saker. För att byta samtalsämne låste de sina rum och gick ner i hallen.

"Vart är vi på väg egentligen?" frågade E-Z.

"Just det, det är inte så ofta vi shoppar i stan. Det finns ett fantastiskt köpcentrum som jag har velat åka till sedan jag flyttade hit. Det är inte långt dit, så jag tänkte att vi kunde prata lite på vägen."

"Kan du berätta vad som hände?" frågade Parker.

"Ja, hur fick du och Samantha kontakt så snabbt?" frågade E-Z.

"Hmmm", sa Sam.

"Jag menade branden", sa Parker och gav E-Z en korsad blick över axeln.

De kom fram till butiken. Parker och Sam gick in genom svängdörrarna, medan E-Z använde dörröppnarknappen för att komma in.

Väl inne böjde sig Parker ner för att rätta till sina skor. E-Z drog ner en snygg jeansjacka från klädhängaren och provade den. Han rullade sig framför en spegel för att kolla passformen. "Det här ser ganska bra ut."

Sam kom över för att bedöma situationen, "Håller med, det är en exakt passform. Det ser ut som om den är gjord för dig."

"Vad tycker du, Alfred?"

Sam gjorde en dubbel tagning. Parker sa: "Kan du sluta kalla mig Alfred! Vem var den där Alfred egentligen?"

"Uh, förlåt det är den brittiska accenten. Han hade en också. Alfred var, tja, en vän till oss."

Sam återgick till att titta på kläder. Han höll på att fylla en korg med underkläder och toalettartiklar.

"Vad tycker du Parker?"

Han gick över golvet för att ta en närmare titt. "Den passar bra. Jag tycker att du ska köpa den. Men det blir synd när dina vingar slår ut och den blir förstörd."

Sam gick förbi och E-Z slängde jackan i hans korg. "Jag tycker att ni ska skaffa lite nödvändigheter också, som underkläder. Om ni inte tänker gå commando."

"Usch!" utbrast E-Z.

"Åh, jag är bekant med den frasen. Jag är ganska säker på att det har sitt ursprung i Storbritannien."

"Jag förstår varför min brorson kallar dig Alfred. Det är en sådan sak han skulle ha sagt."

E-Z stirrade på Parker i en sekund. Sedan följde han sin farbror på vägen till kassan där han stannade, provade en hatt och slängde den i korgen.

"Vart tog Parker vägen?" frågade han. Sam fortsatte att titta på slipsnålar medan E-Z skannade butiken efter sin försvunne vän.

Parker stod helt stilla mitt i gång fyra med höger arm uppåt och vänster arm nedåt. Uttrycket i hans ansikte var omisskännligt zombieliknande.

"Åh, nej!" sa E-Z när han rullade fram. "Uh, Parker," viskade han. "Vad är det för fel? Det är bäst att du ser upp, annars kommer någon att förväxla dig med en skyltdocka."

Parker stod helt stilla.

"Skärp dig", sa E-Z och knuffade till Parker med sin stol. Parkers kropp lutade och välte sedan över ända. E-Z tog tag i honom precis i tid och höll upp honom i ryggen på hans skjorta. Han försökte räta upp sin vän så att han inte såg så stel och mannequinlik ut, men det var inte en lätt uppgift.

Farbror Sam rusade fram för att hjälpa till. "Vad är det med Parker?"

"Det vet jag inte. Vi måste få ut honom härifrån."

"Tar han droger? Han har ett konstigt ansiktsuttryck, som om han har sett ett spöke eller något."

"Nej, inga droger, annat än lite gräs då och då. Och spöken finns inte - för att inte tala om att det är dag. Jag kanske kan transportera honom på min stol? Vi måste få ut honom härifrån innan någon märker det och ringer polisen.

"Jag håller med. Jag vet inte vilken anledning de skulle ge polisen om de ringde dem. Det är en kille i vår butik som imiterar en skyltdocka! Kom fort."

"Lustigt", sa E-Z. "Du går och checkar ut så stannar jag här. Låt oss fundera på hur vi kan få ut honom härifrån utan att dra till oss för mycket uppmärksamhet."

Farbror Sam gick för att betala medan E-Z stannade kvar med Parker. Kunder som kom uppför gången hade problem med att ta sig in och runt dem. E-Z rullade sin stol åt vänster och sedan åt höger för att få plats med kunderna.

Till slut, när det var flera kunder samtidigt, tryckte han upp Parker mot en vägg. Han var åtminstone ur vägen. Sedan satt han och väntade på Sam.

"Vi är här borta!" ropade E-Z när han fick syn på honom.

"Varför är han vänd mot väggen? Och vad gör ni här borta?"

"Det var massor av kunder och vi var i vägen. Har du funderat på hur vi kan få ut honom härifrån?"

"Ja, jag ska skaffa en sådan där flakbil", sa Sam.

"Varför inte skaffa en vagn?" frågade E-Z. "Mindre iögonfallande."

"Vi skulle aldrig kunna få in honom i en vagn. Inte om du inte vill ta fram dina vingar, lyfta upp honom och släppa ner honom i den."

"Jag måste tänka." Efter några minuter insåg han att en flakbil var den bästa idén. "Ja, skaffa en flakbil så kan jag hjälpa dig att lägga honom i den. När vi är ute ur butiken kan jag flyga honom tillbaka till hotellet. Det enda problemet blir när jag kommer dit, vad jag ska göra med honom då."

"Det löser vi när vi har lämnat affären." Sam gick för att hämta en vagn. Istället kom han tillbaka med en flakvagn. Det visade sig vara ett bättre alternativ. De fick enkelt upp Parker på den och åkte tillbaka till hotellet.

"Vi går tillbaka, sakta och stadigt", sa E-Z. "Jag behöver inte flyga trots allt. Vi tar det lugnt och försiktigt, går upp till vårt rum och lägger honom på sängen."

"Sedan lämnar jag tillbaka flaket, jag var tvungen att lova att jag personligen skulle lämna tillbaka det."

"Låter som en plan. Hoppsan."

En grupp shoppare tog upp större delen av trottoaren. De stannade för att släppa igenom dem, fortsatte sedan sin väg igen och var snart tillbaka vid hotellet.

Väl inne fick flaket inte plats i den vanliga hissen, så de var tvungna att använda servicehissen. Det krävdes en del övertalning, dvs. mutning av conciergen. När de väl hade fått pengarna hjälpte han dem till och med att få ut flaket ur hissen. Han erbjöd sig också att lämna tillbaka den till butiken när de var klara. Ett erbjudande som Sam artigt avböjde.

Nu, utanför E-Z och Parkers rum, öppnades hissen och ut klev Lia och hennes mamma. Båda bar på många väskor när de märkte killarna och flaket.

"Åh, nej! Vad har hänt?! frågade Lia.

"Jag vet inte", sa E-Z. "Han tog en konstig sväng."

"Vi tar in honom", sa Sam.

Efter att de ställt ner sina väskor hjälpte flickorna E-Z och Sam att få upp Parker på sängen.

"Han kanske är förtrollad?" Lia föreslog.

"Det är ett ganska konstigt hopp för dig att göra," sa Samantha. "Du har tittat på alldeles för många repriser av Charmed."

Lia skrattade. "Ja, det var en av mina favoriter. Jag menar den tidigare versionen, den med tjejen från Who's the Boss."

"Bra att veta att du tittar på den gamla kanalen i Nederländerna också", sa E-Z. Sedan flyttade han sig närmare Parker. "Vänta lite nu. Andas han fortfarande?"

De väntade på att Parkers bröstkorg skulle höjas och sänkas. Det hände inte.

"Kolla efter hjärtslag - eller puls", föreslog Samantha.

"Det finns hjärtslag", sa Sam. "Och han andas, men det är sporadiskt."

Samantha böjde sig fram och kände på Parkers panna. "Åh, han har feber!"

"Hämta lite is!" Sam ropade och följde sedan sin egen order och sprang ut i korridoren med ishinken i släptåg.

"Borde vi inte ringa en läkare?" frågade Samantha.

KAPITEL 23

"Jag håller med mamma. Vi måste ringa en ambulans, eller så kanske hotellet har en läkare som bor här", sa Lia.

E-Z grimaserade och ESPade Lia meddelandet - vi måste göra oss av med farbror Sam och din mamma.

Sam kom tillbaka med en hink full med is. "Vi måste få ner honom i badkaret." Han och Samantha började lyfta Parker.

"Vänta!" sa Lia. "Sam och mamma, varför går ni inte och hämtar massor av is? Jag menar, vi måste ju fylla badkaret innan vi lägger honom i det, eller hur?"

"Jag tror att de försöker bli av med oss", sa Sam.

"Ledsen", sa E-Z. "Kan du ge oss några minuter att försöka lösa den här Parker-situationen?"

Samantha och Sam nickade och lämnade sedan rummet.

E-Z reciterade de magiska orden som kallade på Eriel: Roch-Ah-Or, A, Ra-Du, EE, El.

Fortfarande dök inte ärkeängeln upp. Att han ignorerades irriterade E-Z till det yttersta nu när han visste att han ständigt övervakades av Eriel.

Lia försökte nå Haniel men fick inget svar.

E-Z och Lia visste inte vad de skulle göra när Parkers hjärta saktade ner i sina slag och nästan stannade helt.

Utan att bli tillkallad eller med fanfar anlände Ariel. Hon flög rakt över till Parker. Hon lade sina händer på hans panna. De såg hur tårar föll från hennes ögon och landade på hans kinder. Hon mässade, sjöng en mjuk sång och väntade. När han inte rörde sig eller återfick medvetandet vände hon sig om för att gå. Men innan hon gick beklagade hon sig: "Han är borta." Och sekunder senare var hon också borta.

Trots att de befann sig på 45:e våningen och trots att Alfred/Parker var död. Igen. E-Z lyfte upp honom från sängen och bar honom till fönstret. Han tittade tillbaka på Lia över axeln.

Hon grät när han och Parker föll.

Föll, föll. Tills E-Z:s rullstolsvingar kom ut. De flög iväg, han och Alfred, han och Parker. De var båda likadana. Två till priset av en.

Han började yra, medan han steg högre och högre. Metalldelarna i hans stol blev allt hetare.

Han fruktade att de skulle självantända.

Han var tvungen att ställa allt till rätta. Han var helt enkelt tvungen. Han var tvungen att hitta Eriel.

Rullstolen började krampa och fick E-Z och Alfred/Parker att falla.

De landade stolslösa i silon där E-Z klamrade sig fast vid sin väns livlösa kropp.

Det dröjde inte länge förrän Eriel anlände och hängde i luften framför dem och ropade: "Jag sa ju att det skulle hända. Jag sa det till dig och han gick med på det. Affären var klar."

E-Z visste att detta var sant, men ändå. "Varför gav du honom hopp då, och varför Shakespeare-citatet om att ge honom en andra chans?"

Eriel tittade på den slappa kroppen som E-Z höll i. "Det var inte mitt verk."

"Vem behöver jag då tala med?" frågade E-Z. "För honom till mig. Gud, eller vem som än är ansvarig. Jag kräver att få se honom!"

KAPITEL 24

E riel väste och försvann sedan.

E-Z och Alfred/Parker stannade kvar. Namnet Parker var ingenting och ingen för honom. Alfred var hans vän och nu när han var borta skulle han minnas honom som Alfred och bara Alfred.

Han väntade på något och ingenting på samma gång. E-Z höll om sin döde väns kropp och önskade honom tillbaka till livet igen.

"Vill du ha något att dricka?" frågade rösten i väggen.

"Jag skulle vilja att min vän levde igen. Kan du väcka honom till liv igen? Kan du hjälpa mig att rädda honom?"

"Vänligen sitt kvar."

PFFT.

Den lugnande doften av lavendel fyllde luften. Han somnade in i ett drömlikt tillstånd där han återupplevde ett minne, ett minne som hade skiftat och förändrats för att passa hans nuvarande situation.

Där var E-Z:s mamma och pappa, levande och friska, men yngre. De återvände från sjukhuset i en bil som han aldrig hade sett förut. Hans pappa Martin rusade ut ur förarsätet för att hjälpa hans mamma Laurel ut ur bilen.

Tillsammans sträckte de sig in i baksätet och lyfte ut en spädbarnsstol. De tittade kärleksfullt på barnet i den, som sov djupt.

"Han är som sin storebror", sa Martin.

"Ja, E-Z somnade alltid i bilen", sa Laurel.

"Kom in," ropade Martin.

"Och träffa din storebror", sa Laurel, när barnet öppnade ögonen en kort stund och sedan somnade om igen.

E-Z som hade tittat ut genom fönstret, med sin farbror Sam bredvid sig. Han ville gå ut och hälsa på sin nya lillebror eller lillasyster.

"Vänta tills de kommer in", sa farbror Sam.

"Okej", sa sjuårige E-Z med ansiktet tryckt mot fönstret i sina båda händer.

Ytterdörren öppnades, "Vi är hemma!" ropade hans mamma Laurel.

E-Z sprang till ytterdörren där hans mamma och pappa kramade om honom. De satte sig på huk för att presentera den nyaste medlemmen i familjen Dickens.

"Den är så liten", sa E-Z.

"Han är en han", sa hans pappa.

"Åh."

"Vill du hålla honom?" frågade hans mamma.

"Okej", sa E-Z och höll sina armar så att hans mamma kunde placera hans lillebror i den. "Men jag vill inte väcka honom. Skulle han ha något emot det?"

"Nej, han kommer inte att vakna", sa Laurel.

"Om han gör det är det för att han vill träffa sin storebror."

"Har han något namn?" frågade E-Z och tog den nyfödde i sina armar och vaggade hans huvud.

"Inte än, vill du ge honom ett namn?" frågade hans mamma. "Bra, håll om hans nacke, precis så...mycket bra. Hur visste du att du skulle göra det? Du är en så bra storebror."

"Bra jobbat, kompis", sa hans pappa.

E-Z tittade ner i cygnetens ansikte och sa: "Han ser ut som en Alfred för mig."

Tårarna rullade nerför E-Z:s kinder när de två världarna kolliderade. I den ena höll han sin lillebror som hette Alfred. I den andra höll han om Alfreds döda kropp i silon.

"Väntetiden är nu sju minuter", sa rösten i väggen.

"Sju minuter", upprepade E-Z.

Han tänkte på Alfred, på hans krafter. Om hur han kunde hela andra livsformer, inklusive människor. Han undrade om Alfred hade botat den unge mannen. Hade gjort omkopplingen själv? Skulle det ha varit möjligt?

"Alfred", sa E-Z. "Alfred, kan du höra mig?" Han skakade sin väns kropp. "Alfred!" sa han om och om igen och hoppades att hans vän kunde höra honom på något sätt.

När väggens klocka räknade ner dök Ariel upp. "Du kan inte behandla kroppen på ett sådant sätt. Det är en skam." Hon bredde ut sina vingar och gick för att lyfta Alfreds slappa kropp ur E-Z:s armar med avsikten att ta den med sig.

"Nej!" sade E-Z. "Du ska inte få honom."

Ariel skakade sina vingar och sedan sitt pekfinger mot E-Z.

"Alfred har lämnat byggnaden, du håller i huden, dräkten som höll honom. Alfred är där han är menad att vara nu. Låt hans kropp gå."

E-Z satte sig upp. Om Alfred var med sin familj någonstans, om det var sant, ja, då skulle han låta honom gå. Tills dess höll han fast vid honom.

"Var är han exakt? Är han med sin familj?"

Ariel flög nära, anmärkningsvärt nära, nästan sittande på E-Z:s näsa. "Det kan jag inte säga."

"Då låter jag honom inte gå."

"Visst," sa Ariel. Hon väste och försvann.

Ovanför honom, i silon, syntes två figurer - en man och en kvinna. De rörde sig mot honom och svävade ner. Närmare och närmare.

Han gnuggade sig i ögonen. Drömde han igen? Det var hans mor och hans far. Martin och Laurel. Änglar som kom för att hälsa på honom. Han skakade på huvudet. Det kunde inte vara de. Det kunde inte vara de. Han hade drömt om dem - att de skulle ta hem en lillebror. Nu var de här, med honom i silon. Så klart som dagen - men sov han fortfarande? Drömde han?

"E-Z," sa hans mamma. "Den här personen, din vän Alfred, är död. Du måste släppa honom och fortsätta med ditt arbete. Du måste slutföra prövningarna och klockan tickar. Du börjar få ont om tid."

E-Z:s pappa Martin sa: "Det är det enda sättet vi alla kan vara tillsammans igen."

"Men de ljög för honom", sa E-Z. "De sa till honom att han skulle få vara med sin familj. Han kan inte vara med sin familj nu, inte så här. Hur vet jag att de inte ljuger för mig, om att vara med dig? Hur vet jag att du inte är en manipulation av Eriel för att få mig att lyda hans bud?"

"Vem är Eriel?" frågade hans mamma.

"Vi känner inte Eriel", sa hans far.

Detta var helt obegripligt. Det här var Eriels plats. Om de kände honom eller inte spelade ingen roll, han var ansvarig för att de var där. Han visste hur han skulle få E-Z på fall. Han visste hur han skulle få honom att göra det han ville att han skulle göra.

Vad exakt ville han? Och varför använde han sina föräldrar för att få det? Det var skamlöst. I luften ovanför honom svävade hans föräldrar och satte på och stängde av sina leenden som om de vore marionetter. Det var då han med säkerhet visste att de två spökena, eller vad de nu var, inte var hans föräldrar trots allt. De var ett påhitt av hans fantasi, eller möjligen av Eriels. Vad han inte kunde lista ut var varför. Varför blev han så grymt och skamlöst manipulerad?

"Vakna E-Z!"

Han var tillbaka i sin säng. I sitt hus.

Han rullade runt och somnade om...och landade tillbaka i silon - igen.

KAPITEL 25

T re siloliknande saker svävade runt i rummet som om
de lekte en lek med Follow the Leader.

De var inte silos. De var autentiska eviga viloplatser
som kallades själsfångare.

Varje gång en levande varelse dog, förutsatt att
kroppen den levde i hade fötts med en själ, skulle den en
dag leva vidare. Själafångarna var många, alltför många
för att kunna räknas. Deras antal var mycket större än
vad vi människor kan förstå. Mer än ett googolplex,
vilket är det största kända talet.

När E-Z anlände deponerades han som tidigare i sin
väntande själsfångare.

Alfred anlände därefter, fortfarande död placerades
hans kropp i hans själsfångare.

Lia anlände sist, fortfarande sovande i sin
själsfångare.

Det dröjde inte länge förrän E-Z började känna sig
klaustrofobisk.

"Vill du ha något att dricka?" frågade rösten i väggen.

"Nej tack", sa han och trummade med fingrarna på
rullstolens arm, när en ängel dök upp. En ny ängel, en
som han inte hade sett förut.

Denna ängel var en kvinna. Hon var klädd i en böljande svart klänning och hatt - som om hon deltog i en examensceremoni. På hennes stränga ansikte satt ett par glasögon. De liknade dem som Marilyn Monroe bar på affischen på kaféet. Skillnaden var att dessa bågar pulserade av röd vätska som liknade blod.

"E-Z", sa hon med en skakande hög röst. Hennes röst gav eko. "Välkommen tillbaka till din Soul Catcher."

"Själsfångare?" sa han. "Är det vad den här saken kallas? För mig ser den mer ut som en silo. Så, vad är en Soul Catcher egentligen?"

"Det är en evig viloplats för själar", sa hon, som om hon hade svarat på samma fråga en miljon gånger tidigare.

"Men är inte det för när folk är döda? Jag är inte död." Han hoppades verkligen att han inte var död!

"Vänta!" ropade hon.

Återigen skakade hon väggarna när hon pratade. Och hans tänder vibrerade också. Så mycket att han hellre ville vara ute i snön än att behöva höra henne yttra ett ord till.

"Jag sa inte till dig att det här var tid för frågor och svar. Som jag ser det har du slutfört de flesta av dina prövningar framgångsrikt. Även om Alfred hjälpte till i rättegång nummer två. Som du vet är osanktionerad hjälp inte tillåten."

E-Z öppnade munnen för att försvara Alfred, men stängde den bara igen. Han ville inte riskera att hon höjde rösten igen. Han önskade verkligen att de skulle skruva upp värmen där inne. Men å andra sidan var det en plats för själar. Kanske själar föredrog kall förvaring.

TICK-TACK.

En filt var nu draperad runt hans axlar.

"Tack så mycket."

"Du har rätt, när du dör kommer din själ att vila här. Eller skulle ha vilat här, om vi hade låtit dig dö. Men vi höll dig vid liv. Vi hade goda skäl att göra det. Saker och ting har dock förändrats. Det har inte fungerat. Därför skulle vi vilja upphäva vår ursprungliga överenskommelse."

"Vad menar du med att upphäva den? Ni är inte lite fräcka! Att försöka annullera ett avtal, vad är det bara för att jag är ett barn? Det finns lagar mot barnarbete. Dessutom har jag gjort allt som begärts av mig. Visst, jag har fått lära mig allt i farten. Men i vått och torrt har jag klarat det. Jag har hållit min del av avtalet och du borde hålla din."

"Ja, du har gjort vad som har begärts av dig. Det är det som är problemet - du saknar initiativ."

"Brist på initiativ!" E-Z utbrast medan han slog nävarna i rullstolens armar. "Avtalet var att du skulle skicka mig prövningar och jag skulle lista ut hur jag skulle övervinna dem. Jag har räddat liv. Du kan inte ändra reglerna halvvägs genom spelet."

"Det är sant, det var den ursprungliga överenskommelsen. Sedan gick saker och ting fel med Hadz och Reiki - de glömde att radera sinnen - och Eriel var tvungen att bli inblandad."

"Han skickade mig prövningar, jag klarade dem. Jag besegrade honom till och med i en duell."

"Ja, det gjorde du. Jag hade bett honom att testa banden mellan dig och din farbror Sam."

"Att testa oss?"

"Ja. Det är inte meningen att en ärkeängel ska SKAPA prövningar för en ängel under utbildning. På grund av din, ja, brist på initiativ, var Eriel tvungen att bli mer involverad än han borde ha varit."

"Vänta bara en minut! Så du säger att det var meningen att jag skulle gå ut och hitta mina egna prövningar? Varför har ingen informerat mig om dessa krav?"

"Vi hoppades att du skulle lista ut det själv. Det har funnits ledtrådar. Ledtrådar om den stora bilden. Gemensamma nämnare. Vi hoppades att du hade andra att diskutera prövningarna med. De prövningar du redan har slutfört. Att ni skulle komma fram till problemet. Komma fram till samma slutsats.

Hjälpa oss. Kanske till och med övervinna det - utan att vi behöver berätta det för er. Vi gav dig alla möjligheter, men du gjorde det inte. Så vi går en annan väg."

"Gemensamma nämnare? Jag kanske vet vad du menar."

"Om du räknar ut det och tar Superhjälte-alternativet... Det skulle fungera. Så länge allt var kristallklart. Du hade hela bilden. Kände till riskerna."

"Så vi kommer fortfarande att vara ett team? Varför stavar du inte ut det? Gör det enkelt för mig?"

"Tidigare, även om dina följeslagare fick krafter som du inte hade - använde du dem inte. Istället satt ni tre och slösade tid - väntade på att allt skulle hända.

Tyckte du inte att det var konstigt när Eriel dök upp i nöjesparken? Han höjde De tres profiler. Det är inte en ärkeängels jobb. Det är ditt jobb."

Han skakade på huvudet. "Jag var inte hundra procent säker på att det var Eriel, förrän han identifierade sig i slutet. Innan dess hade jag mina misstankar. Vem annars skulle klä sig som Abraham Lincoln?

"Dessutom trodde jag att det var meningen att ingen skulle veta. Fram till dess trodde jag att rättegångarna var hemliga. Jag var rädd för att bryta mitt avtal med dig. Ophaniel sa att om jag berättade för någon skulle jag förlora chansen att träffa mina föräldrar igen. Jag följde de regler som satts upp för mig. Jag tror inte att du förstår begreppet fair play."

"Det här är ingen lek. Ärkeänglar kan göra vad vi vill!" utbrast hon och gick närmare där E-Z satt. Hon stack fram hakan. "Vi bestämde att du var mer lämpad för Superhjälte-spelet än Ängel-spelet. Det var då du fick hjälp av PR-avdelningen. För att uppmuntra dig att hitta dina egna människor att hjälpa. Gud vet att jorden är full av dem. Vad kallade Shakespeare dem, de som gnäller och spyr i sin sköterskas famn."

"Jag har inte läst någon Shakespeare, men jag är släkt med Charles Dickens. Inte för att det är relevant. Men, okej, så du vill att jag ska fortsätta som superhjälte med Alfred, om han lever, och med Lia vid min sida. Vi kan lätt få massor av stöd och publicitet från media.

"Jag är fortfarande engagerad i dig. Om du ger oss fria tyglar, ja, då är det bara fantasin som sätter gränser. Vi känner många barn i skolan och i sportbranschen. Vi kan starta en Superhjälte-hotline och en webbplats. Vi kan använda sociala medier för att få kontakt med människor från hela världen. Folk kommer att stå i kö för att vi ska hjälpa dem. Det kommer att bli ett helt nytt spel."

"Ah, äntligen talar han om initiativ...men min kära pojke, det är alldeles för lite och för sent. Som jag sa tidigare, vi vill inte ha några förpliktelser gentemot dig. Du är inte längre bunden till oss. Du har inte längre någon skuld att betala."

"Men..."

"Ni har alla tre bevisat att ni bara gör det här för er själva. När änglarna först föreslog att ni kunde hjälpa oss, representera oss här på jorden - hade vi en plan. Med Alfred var det samma sak. Sedan kom Lia. Sedan dess har vi haft viss framgång med er två. Vi inkluderade henne i trion... men nu har ni blivit föräldrade."

"Vi räddar människor, vi hjälper människor."

"Ge mig inte det. Om jag erbjöd dig chansen att vara med dina föräldrar idag, här och nu. Du skulle kasta in handduken. Du skulle ge dig av utan att bry dig om eller tänka på de liv du kunde ha räddat om prövningarna hade fortsatt.

"Samma sak med Alfred, förväntar jag mig - om han överlever. Han skulle vara borta i ett prästkragefält med sin familj utan att blinka med ett öga. Och på tal om ögon, om Lia hade fått synen tillbaka - då skulle hon också vara iväg.

"Efter noggrant övervägande insåg vi att ingen av er är engagerad i något annat än er själva, därför har vi gått vidare till plan B."

"Vänta lite nu. Låt oss definiera arbete." Han googlade det och blev glad när han upptäckte att han hade fyra staplar. "Enligt en ordbok på nätet: att utföra arbete eller fullgöra uppgifter regelbundet mot lön eller ersättning. Jag arbetade för dig, utan betalning. Annat än ett löfte om ersättning. Vi hade ett muntligt avtal.

"Jag är inte säker på detaljerna i det avtal som Alfred hade, eller Lia, men jag slår vad om att deras änglar erbjöd dem liknande incitament. Jag höll min del av avtalet, och du borde hålla din. Jag är tretton år gammal och", han googlade det. "Ja, som jag trodde, enligt det amerikanska arbetsmarknadsdepartementet är fjorton år minimiåldern för att arbeta."

Hon skrattade och justerade sina glasögon. Han märkte att hon hade blod på händerna. Hon torkade dem på sitt svarta klädesplagg. "Tidiga lagar är inte tillämpliga på änglar eller ärkeänglar. Det är dock naivt av dig att tro att det skulle vara så." Hon gjorde en paus. "Vi är beredda att erbjuda dig två alternativ. Alternativ nummer ett: Du stannar här i din själsfångare för resten av ditt liv."

"Vadå?"

Själva grunden till hans Soul Catcher skakade. Tanken på att bli levande begravd i denna metallbehållare gjorde honom illamående.

"Det liv du kommer att leva, för dina levande andningsdagar kommer att spenderas som utlovat av dessa imbecilla ärkeänglar. Med dina föräldrar. Det vill säga, du kommer att återuppleva ditt liv med dina föräldrar från den dag du föddes fram till det exakta ögonblick då deras liv upphörde. Du kommer aldrig att sitta i rullstol, och de kommer aldrig att dö." Hon gjorde en paus. "Nu kan du tala."

"Menar du att jag ska återuppleva mitt liv med mina föräldrar, varenda dag vi hade tillsammans, i all evighet, om och om igen?"

"Ja."

"Vad är alternativ nummer två?"

"Kan du inte gissa?" frågade hon med ett tandlöst flin.

Hennes leende var så oäkta att han var tvungen att titta bort.

Han väntade.

"Alternativ två innebär att du återgår till att leva ditt liv med din farbror Sam." Hon tvekade och gick närmare E-Z. Han var redan kall, och nu gjorde hon honom ännu kallare med varje slag med vingarna. Han täckte sig med filten. Hon fortsatte. "Som du kanske redan har gissat kommer du varken någonsin eller aldrig att återförenas med dina föräldrar med något av alternativen. Vi skulle återskapa det förflutna. Det skulle vara som om du levde i en pjäs eller tv-serie."

"Va! Det är inte vad jag gick med på!" utbrast E-Z. "Är det du säger Hadz. Reiki, Eriel och Ophaniel ljög för mig?"

"Ljög är ett starkt ord, men ja. Titta på din omgivning. Själar deponeras i individuella fack. Ett fack är förberett i förväg för varje själ."

"Så du säger att mina föräldrar är i var och en av dessa saker?"

"Ja, deras själar är det."

"Och vad händer sedan med dem?"

"Jo, de svävar omkring i himlarna."

"Det var sorgligt. Jag trodde alltid att mina föräldrar skulle vara tillsammans, någonstans. Jag vet att det var det enda som gav Alfred någon slags tröst. Att hans fru och barn var tillsammans någonstans. Ingen vill tänka på att deras älskade dör ensam. Än mindre att tillbringa evigheten i en metallbehållare som driver runt från plats till plats."

"Mänsklig sentimentalitet. Själar existerar bara. De lever och andas inte, de äter inte och de känner sig inte för varma eller för kalla. Människor förstår inte konceptet."

Han hånskrattade.

"Jag vill inte förolämpa er art. Men när en kropp dör ut är det som återstår, själen, ett svårt koncept att förstå sig på. Människans hjärna är helt enkelt för liten för att förstå universums komplexitet. Därav skapandet av religiösa doktriner. Skrivna i lekmannatermer. Lätt att lära ut och följa utan några bevis."

"Eftersom själar är mer värdefulla än människor som jag, hur kan jag då leva resten av mitt liv i en av dessa behållare?"

"Vi har gjort justeringar, som nu och tidigare. Du hade inga problem med att existera här inne när vi tog in dig, eller hur?"

"Förutom klaustrofobi", sa han. "Och de gånger då de behövde lugna ner mig med den där lavendelsprayen."

"Ah, ja. Om klaustrofobin återkommer beror naturligtvis på vilket alternativ du väljer. Om du väljer alternativ nummer ett kommer miljön att försörja dig på alla sätt tills din själ är redo. Sedan kan din jordiska form bortskaffas. Människor anpassar sig, och du kommer att vänja dig vid det. Dessutom kommer du att vara med dina föräldrar och återuppleva minnen. Det får tiden att gå. Nu, namnge ditt val!"

"Vänta, mina vingar då, och min stols vingar? Vad kommer att hända med dem?" Han tvekade, "Hur blir det med Alfreds och Lias krafter? Om vi väljer alternativ nummer ett, kommer vi att gå tillbaka till hur vi skulle ha varit? Jag menar innan du och de andra ärkeänglarna blev inblandade i våra liv?"

"Naturligtvis, vi kommer inte att dra av dina vingar, min kära pojke, eller ta bort några krafter som någon av er redan har fått. Vi är ärkeänglar, inte sadister."

"Bra att veta, så vi kan fortsätta vara superhjältar."

"Det kan ni, men då måste ni skapa er egen publicitet - för när vi är ute - då är vi ute för gott."

"Vänligen sitt kvar", sa rösten i väggen, även om E-Z inte hade mycket val i frågan.

Ärkeängeln sa ingenting. Istället distraherade hon sig själv genom att rengöra sina glasögon och sedan sätta på dem igen.

"En sak till", frågade E-Z, "angående Alfred."

"Fortsätt, men skynda på. Ett annat koncept som människor inte förstår är att tid existerar i hela universum. Jag har andra platser att vara på och andra ärkeänglar att träffa."

"Okej, jag kommer till det. Alfred befinner sig nu i en annan mänsklig kropp. Om själen stannar kvar i kroppen, finns det då två själar där inne? Väntar själafångaren på två själar?"

Ängeln vände ryggen åt honom. Hon rensade halsen innan hon sa: "Jag, vi, hoppades att du inte skulle ställa den frågan. Du är smartare än vi trodde." Hon blundade och nickade: "Mhmmm." Hennes ögon förblev stängda. E-Z tittade för att se om hon hade öronproppar eftersom hon verkade lyssna på någon. Eller så inbillade han sig det. Hon nickade. "Instämmer", sa hon.

"Är det någon annan här inne med oss?" frågade han.

En ny röst hördes från hela hans omgivning. Varför hade alla ärkeänglar så höga röster?

"Jag är Raziel, hemligheternas väktare. E-Z Dickens du måste lyssna på mina ord. För när de väl har sagts ska du inte minnas dem. Inte heller att jag var här. Själafångare och deras syften är inte ditt bekymmer. Du har överskridit dina gränser och vi tolererar det inte. Vi har generöst gett dig två alternativ. Bestäm dig NU, annars kommer min lärde vän att fatta beslutet åt dig."

E-Z började tala, men sedan blev han helt tom i huvudet. Vad var det de pratade om?

Ärkeängeln slöt ögonen igen, mumlade orden "Tack" och Raziels röst talade inte mer.

✳✳✳

Det var som om tiden hade hoppat bakåt. "Förväntar du dig att jag ska bestämma mig direkt, utan att ge mig tid att tänka på det? Utan att prata med min farbror Sam eller med mina vänner? På tal om det, hur var det med Alfred, han fick veta att han skulle återförenas med sin familj? Och Lia, hon fick höra att hon skulle få synen tillbaka."

"Eftersom Alfred är borta kommer ditt beslut - om han överlever på jorden eller inte - att vara hans beslut. Hans första alternativ kommer att vara detsamma som ditt. Skulle han vilja återuppleva sitt liv med sin familj upprepade gånger? När han är borta kanske han redan har trevliga drömmar om dem. Å andra sidan vet man aldrig vilka trick hjärnan kan spela. Han kanske befinner sig i en loop av mardrömmar och bara du kan rädda honom och hans familj genom att göra det rätta valet för honom."

"Menar du att han aldrig kommer att ta sig ur det? Definitivt?"

"Det kan jag inte säga. Allt jag vet är att själafångaren inte är redo att hämta hans själ...än."

"Och Lia?"

"Hennes mänskliga ögon är borta i det här livet, precis som dina ben är. Hon kan återuppleva sina seende dagar, men hon kanske föredrar att du väljer åt henne också. Hon har trots allt inte haft tid att växa upp och mogna som ett normalt barn skulle ha gjort. Hon har redan förlorat tre år av sitt liv och vi är inte säkra på om det här är en engångsföreteelse eller om det kommer att hända igen."

"Du menar att ni inte heller vet vad som kommer att hända med henne?"

"Nej, det gör vi inte. Dessutom sover hon fortfarande."

"Jag kan inte bestämma detta för oss alla tre på en tidsgräns. Det är ett stort beslut och jag behöver tid."

"Då ska du få det." En klocka dök upp och räknade ner från sextio minuter. "Din tid börjar nu. Ge mig ditt svar innan den slår noll. Annars kommer allt vi har diskuterat att vara ogiltigt. Och du kommer att befinna dig tillbaka på hotellet med din väns döda kropp." Hennes vingar flaxade och hon steg högre och högre.

"Vänta, innan du går", ropade han.

"Vad är det nu?"

"Finns det andra, jag menar andra barn som vi?"

"Det har varit trevligt att lära känna dig", sa hon.

"Den känslan är definitivt inte ömsesidig", svarade han.

KAPITEL 26

Medan minuterna tickade iväg gick E-Z igenom allt han just hade fått höra. Han önskade att silon var tillräckligt bred så att han kunde röra sig mer. Han satt åtminstone bekvämt i sin rullstol. Tillsammans var de som en dynamisk duo.

"Vill du ha något att äta?" frågade rösten från väggen.

"Javisst", säger han. "Ett äpple, lite popcorn - med ostsmak skulle vara gott och en flaska vatten."

"Kommer strax", sa rösten och ett metallbord sköts in genom en springa i väggen som han inte hade lagt märke till tidigare. Det kom till vila framför honom. Ur springan kom en krok som först bar vattenflaskan. Sedan en andra krok med ett glas. En tredje krok följde med ett äpple. Kroken polerade äpplet med en handduk innan det sattes ner. Sedan dök en fjärde krok upp med en skål popcorn.

"Tack", sa han när de fyra greppande krokarna vinkade och försvann in i väggen igen.

"Ni är välkomna."

"Uh, finns det någon chans att du kan ge mig min dator? Den förstördes i branden. Jag skulle verkligen vilja kunna göra en lista över de saker jag behöver för att fatta det här beslutet."

"Visst. Ge mig bara en minut eller två."

Medan han åt upp äpplet och funderade på popcornen dök hans bärbara dator upp från en annan lucka på den motsatta väggen. Kroken höll den uppe och väntade på att E-Z skulle flytta de andra föremålen för att få plats med den. När han inte gjorde det dök krokar upp från andra sidan. En plockade upp äppelkärnan och försvann tillbaka in i väggen. En annan hällde det återstående vattnet i glaset. Sedan tog han tillbaka den tomma flaskan genom springan i väggen. Eftersom han ville behålla popcornen och vattenglaset tog han bort dem från bordet. Kroken ställde ner hans bärbara dator och gick sedan tillbaka genom sitt spår i väggen.

E-Z tyckte att krokarna var coola tillbehör. Han skulle lätt kunna sälja dem till en stor svensk kedja.

Nu när alla krokar var borta lyfte han på locket till sin laptop och klickade igång den. Först kontrollerade han sin Tattoo Angel-fil, allt var fortfarande kvar! Han var så lycklig att han skulle ha gråtit om inte klockan hade tickat iväg.

"Tack så mycket", sa han och stoppade en handfull ostbågade popcorn i munnen. Och sedan började han skriva. Han bestämde sig för att tänka på sig själv i tredje hand. Först skulle han skriva ner för- och nackdelar med Alfred. Direkt visste han att Alfred inte skulle ha något emot att återuppleva sitt förflutna med sin familj upprepade gånger. Möjligen skulle han ha valt det alternativet direkt.

"Ändå tyckte E-Z att det inte var ett alternativ som hans familj skulle ha velat att han tog. Eftersom han då skulle återuppleva det som redan var och inte gå vidare. I livet är det meningen att man ska gå vidare. Att fortsätta lära sig och växa.

Ju mer han tänkte på det, desto mer insåg han att det skulle vara som att binge-watcha sin livshistoria. Föreställ dig ditt liv tjugofyra-sju på permanent loop. Att aldrig veta när det skulle ta slut. Eller om det någonsin skulle ta slut. Det skulle kunna bli ett helt annat helvete. Ett helvete som han inte orkade tänka på.

Förutom om han visste säkert att Alfred alltid skulle vara i koma. Vilket ärkeängeln hade antytt. För honom skulle valet avvärja alla mardrömmar och mardrömmar. Alfred skulle vara med sin familj, för alltid. Även om det inte var på riktigt... kunde det vara tillräckligt. Skulle han välja det?

Han tittade på klockan, femtio minuter kvar. Han började tänka på Lias fall. Hennes dröm om att bli en berömd ballerina hade gått i kras. Skulle hon vilja återuppleva sin barndom med vetskapen om att drömmen aldrig skulle uppfyllas? För henne skulle det vara värt att ta en chans på framtiden. Ögonen i hennes handflator gjorde henne speciell, unik...och hon var sympatisk. Hon kunde till och med vara den senaste versionen av en Wonder Woman, om hon kunde utnyttja alla krafter.

"E-Z?" sa Lia. "Jag kan höra dig tänka, men var är du?"

Åh nej! Nu när hon var vaken skulle han behöva förklara allt för henne, och det skulle ta tid och tiden höll på att rinna ut. Han måste göra det, snabbt. "Lyssna Lia," började han, "jag har en lång historia att berätta för dig, snälla stoppa mig inte förrän historien är klar. Vi börjar få ont om tid." Han förklarade allt, det tog honom tio minuter. Ytterligare tio minuter borta. Fyrtio minuter återstod.

"Okej, E-Z, du tänker på dig själv och jag tänker på mig själv. Låt oss ta fem minuter, sedan pratar vi igen. Tiden börjar nu."

"Bra plan."

Fem minuter senare visade klockan trettiofem minuter kvar. E-Z frågade Lia om hon hade bestämt sig.

"Det har jag", sa hon. "Du då?"

"Jag också", sa han. "Du först, på fem minuter eller mindre om du kan."

"Det handlar om ett ganska enkelt beslut för mig, E-Z. Jag vill inte stanna i den här saken och leva mitt liv här. När själafångaren tar mig hit när jag är död. Det är okej. Men jag vill inte vara tvångsmässigt begränsad till det här utrymmet. Inte när jag kan vara där ute och känna värmen från solskenet, lyssna på fåglarna och ha vinden i håret. För att inte tala om att tillbringa tid med min mamma och med farbror Sam, och förhoppningsvis med dig. Livet är för kort för att slösas bort och jag gillar mina nya ögon för det mesta." Hon skrattade.

"Jag håller med och om jag vore du skulle jag göra detsamma."

"Tack, E-Z. Hur lång tid är det kvar nu?"

"Tjugofem minuter till", bekräftade han. "Här är mina tankar på förhoppningsvis mindre än fem minuter. Jag har inget emot att vara här inne, det är inte mycket annorlunda än att vara där ute. Jag har lärt mig att det inte är världens undergång att sitta i rullstol. Jag har faktiskt blivit ganska van vid det. Jag kan göra saker som jag brukade göra tidigare, som att spela baseboll, och jag är inte helt kass på det. En dag kanske de till och med kommer att spela det på Paralympics.

"Mina föräldrar skulle inte vilja att jag slösade bort mitt liv på att leva i det förflutna. Det skulle inte heller Uncle Sam. Jag är inte villig att ge upp allt, bara för att de där dumma ärkeänglarna gav några olämpliga löften. Så jag håller med dig. Vi ska ta oss ur de här själafångargrejerna. Vi ska leva våra liv tills vi är färdiga med att leva. Och sen kan den komma och fånga oss. Flera år senare, när vi förhoppningsvis har bidragit till mänskligheten och levt goda liv. Vi kanske kan hitta andra som är som vi. Vi kan sätta upp en superhjälte-hotline och arbeta tillsammans över hela världen. Vi kan använda våra krafter för att göra världen till en bättre plats. Vi skulle kunna leva våra liv fullt ut, skapa inspirerande liv som vi skulle vara stolta över och som våra familjer också skulle vara stolta över."

"Bravo!" utbrast Lia. "Men finns det andra som är som vi?"

"Jag frågade ängeln som förklarade allt för mig, men hon svarade inte. Det får mig att tro att det finns fler." Han kastade en blick på klockan. "Bara tjugoen minuter kvar."

"Hur är det med Alfred? Kommer han någonsin att vakna?"

"Ängeln sa att hon inte visste, det vet bara själafångaren...men hon sa att han kanske har mardrömmar. Om det finns en chans att han är i ett levande helvete, då kanske vi borde låta honom gå. Kanske alternativ nummer ett, att han återupplever livet med sin familj på loop, är det rätta för honom?"

"Jag håller inte med. Ingen av oss vet med säkerhet när själafångaren kommer för att hämta oss. Alfred skulle inte vilja slösas bort här inne, eftersom mardrömmar kan hitta honom. Inte där det finns en chans att han kan hjälpa någon eller inspirera någon. Vi kom hit tillsammans och vi borde gå härifrån tillsammans. Det är min åsikt."

Fjorton minuter och tickande.

Hon hade tagit sig an Alfreds problem på ett unikt sätt Hade hon rätt? Skulle Alfred verkligen vilja ge upp sin familj i det här scenariot för en oviss framtid? Lever vi inte alla i en värld som inte är kartlagd? Ändra kurs, ducka och dyka. Öppnar fönster, stänger dörrar. Låter våra känslor leda oss vilse och sedan tillbaka igen. Allt handlar om att leva. Ja, Lia hade rätt. Det var en klar affär.

Åtta minuter kvar på klockan.

"Jag tror att du har rätt, Lia. Det är alla för en och en för alla," sa E-Z. "Ärkeängeln sa till mig att jag behövde säga orden innan klockan gick. Då skulle vi alla befinna oss tillbaka på hotellet... som om det här Soul Catcher-intermezzot aldrig hade hänt."

"Men tror du att vi fortfarande kommer att minnas själsfångarna? Det är en viktig sak för oss att lära oss av den här upplevelsen. Även om vi inte delade med oss av den. Tänk på att det slår hål på allt vi vet om himlen och livet efter detta."

Fem minuter kvar.

"Det gör det, men låt oss diskutera detta på andra sidan." Han knöt nävarna när klockan tickade ner till fyra minuter. "Vi har bestämt oss!" ropade han. "Få ut oss tre ur de här, de här själsfångarna - NU!"

Väggarna i E-Z:s silo började skaka. "Är du okej, Lia?" ropade han. Hon svarade inte. Marken under hans fötter tycktes skramla och mullra. Sedan började den snurra, först medurs, sedan moturs, sedan medurs.

Inuti honom vred sig magen. Han spydde ut ostliknande popcorn och tuggade röda äppelbitar överallt.

De var de enda souvenirerna som själsfångaren skulle ha av honom. Förhoppningsvis under en fruktansvärt lång tid.

Tack och erkännanden

Kära läsare,

Tack för att du har läst den första och andra boken i E-Z Dickens-serien. Jag hoppas att du tycker om de nya karaktärerna och är ivrig att få veta vad som händer härnäst.

Nästa bok i serien kommer snart att finnas tillgänglig!

Tack än en gång till mina beta-läsare, korrekturläsare och redaktörer. Era råd och uppmuntran höll mig på rätt spår med det här projektet och er input var/är alltid uppskattad.

Tack också till min familj och mina vänner för att ni alltid finns där för mig.

Och som alltid, trevlig läsning!

Cathy

Om författaren

Cathy McGough bor och skriver i Ontario, Kanada
tillsammans med sin man, son, två katter och en hund.
Om du vill skicka e-post till Cathy kan du göra det här:
cathy@cathymcgough.com
Cathy älskar att höra från sina läsare.

Även av:

FICTION

YA

E-Z DICKENS SUPERHJÄLTE BOK TRE: RÖDA RUMMET

E-Z DICKENS SUPERHJÄLTE BOK FYRA: PÅ ICE

www.ingramcontent.com/pod-product-compliance
Lightning Source LLC
Chambersburg PA
CBHW070509310726
48976CB00002BA/387